Erstausgabe 2010

Neu überarbeitete Ausgabe 2020

Herstellung und Verlag: BoD- Books on Demand, Norderstedt

ISBN: 978-3-7519-3470-1

Dieter Ebels

Das Geheimnis Des Billriffs

Das Geheimnis des Billriffs

Die wilden Fluten der tosenden See wirbelten den stolzen Dreimaster wie ein Stück Treibholz durch die aufschäumenden Wellen. Es war der wildeste Orkan, der im gesamten Verlauf des Jahres 1864 über das Meer peitschte.

Kapitän Störte saß in seiner Kajüte und betete.

„Herr im Himmel, ich hab oft gesündigt, hab oft geflucht. Wenn es dich wirklich gibt, dann lass diesen verteufelten Sturm endlich vorüberziehen."

Der verwegene Seemann hatte in den vielen Jahren, in denen er schon über die Meere gefahren war, wahrhaftig schon so manche Stürme überstanden, doch so einen zerstörerischen Orkan, wie heute, den hatte er noch niemals vorher erlebt. Der Kapitän war davon überzeugt, dass es der Teufel persönlich war, der im höllischen Zorn die Elemente der Natur durcheinander wirbelte. Bereits seit gestern peitschte dieser tosende Orkan, der wie aus dem Nichts heraus entstanden war, mit unbändiger Gewalt über das Schiff, und seitdem wütete er ununterlässlich mit übermächtiger Kraft. Der tosende Sturm hatte sofort sein erstes Opfer gefordert. Ein Matrose war beim Einholen der Segel oben aus der Takelage gestürzt. Als er auf die Planken aufschlug, hatte er den Steuermann nur um eine Elle verfehlt. Beim Aufprall des Matrosen, der diesen Sturz nicht überlebte, wurde unglücklicher Weise der Kompass zerstört. Der Kapitän wusste, dass sie bei einem solchen Sturm ohne Kompass verloren waren. Auch sein Steuermann, ein alter Hase, der noch in der Lage war, mittels Lot, Strömung, Dünung und sogar anhand der Temperatur und des Geschmacks des Wassers, die Position zu bestimmen, konnte bei so einer brodelnden See diese Gabe nicht nutzen. Seit gestern war der stolze Dreimaster nur noch ein Spielball der Natur. Die Seeleute hatten hoffnungslos die Orientierung verloren.

Gerade meldete der Maat, dass mittlerweile drei Mann über Bord gegangen waren. Dem Kapitän stand die Verzweiflung ins Gesicht geschrieben. Eigentlich sollte das seine allerletzte Fahrt sein. Die Ladung, die das Schiff in seinem Rumpf trug, garantierte, dass der Kapitän und seine gesamte Besatzung für alle Zeiten ausgesorgt hatten. Der Kapitän wollte sich endlich den großen Traum erfüllen, in einem vornehmen Haus mit eigenen Dienern zu wohnen. Die Ladung im Bauch des Schiffes bestand aus einem Wikingerschatz, zwei Dutzend Kisten voller Gold- und Silbermünzen.

Das Schiff kam von den Färöerinseln. Dort hatten sie das letzte Jahr auf der Insel Sandur verbracht. Als zwei von der Pest dahin geraffte Tote beerdigt werden sollten, halfen einige Besatzungsmitglieder des Schiffes beim Ausheben der Gräber mit. Weil man großen Respekt vor der Pest hatte, wurde das Grab besonders tief ausgeschaufelt. Beim Graben waren die Männer auf einen unermesslichen Schatz aus der Wikingerzeit gestoßen. Aus einer Schriftrolle, die beim Schatz lag, ging hervor, dass der Neffe von Trondur i Götu, des letzten Warägerhäuptlings auf den Färöern, der im Jahre 1035 starb, als erfolgreicher Seeräuber die Meere befahren hatte. Er hatte ausnahmslos alle Schiffe ausgeraubt, die ihm begegnet waren. Der Name dieses Mannes war Gunbjörn und die Ausbeute seiner Raubzüge war dieser unermessliche Schatz, der hier in Sandur vergraben

6

wurde. Nachdem die Totengräber den Schatz gehoben hatten, ließ der Kapitän die geborgenen Kisten sofort an Bord seines Schiffes bringen. Zwei Einheimischen aus Sandur, die beim Grabschaufeln mitgeholfen hatten, überieß man acht Duzend Silbermünzen als Schweigegeld.

Nun saß der Kapitän in seiner Kajüte und betete. Zwischendurch fiel sein Blick auf eine kleine Truhe, die direkt neben ihm stand. Diese Truhe gehörte ebenfalls zum Schatz der Wikinger. Es waren allerdings weder Gold und Silber, noch andere Wertgegenstände darin. Trotzdem beherbergte diese Truhe den allerwertvollsten Teil des Schatzes. Als der Kapitän an den Inhalt der Truhe dachte, huschte ein kurzes Lächeln über sein Gesicht. Er wusste, dass der geheimnisvolle Inhalt der Truhe nicht von dieser Welt war.

Soll die Besatzung sämtliches Gold und Silber unter sich aufteilen, dachte er. *Ich will von all diesem Schund nichts haben. Das, was in der Truhe ist, gehört mir. Es wird mich zum mächtigsten Mann der Welt machen. Sobald wir einen sicheren Hafen angelaufen haben, werde ich die Truhe öffnen und es wagen, den Cöersyn herauszunehmen.*

Kapitän Störte griff in seine Rocktasche. Er nahm einen Schlüssel heraus und blickte ihn lächelnd an. Der Griff des prachtvoll gearbeiteten Schlüssels wurde von einem Drachenkopf aus purem Gold verziert. Die funkelnden Augen des Drachens bestanden aus zwei feuerroten Rubinen. Dieser Schlüssel war der einzige, mit dem man die Truhe öffnen konnte, die Truhe mit dem geheimnisvollen Inhalt. *Bald werde ich unendlich viel Macht besitzen.*

Plötzlich fuhr ein heftiger Stoß durch das Schiff, ein Stoß, der den Kapitän von seinem Stuhl schleuderte. Von draußen vernahm er das verzweifelte Geschrei seiner Männer. Die grellen Schreie übertönten sogar den tosenden Sturm. Dem Kapitän blieb keine Zeit mehr, sich wieder zu erheben. Es gab einen weiteren, heftigen Schlag und das Holz der Kajütenwand zerbarst. Das Wasser, welches brodelnd in den Raum hineinschoss, brauchte nur wenige Sekunden, um die Kajüte vollends zu fluten.

Dann ging alles sehr schnell. Nachdem die letzte Luft, in Form von dicken Blasen, aus dem, im Todeskampf zuckenden Kapitän Störte gewichen war, trieb sein lebloser Körper unterhalb der Decke seiner Kajüte. In seiner Hand, fest umschlossen, hielt er immer noch den Schlüssel mit dem goldenen Drachenkopf.

Die tosende See nahm den Dreimaster mit allem, was sich darin befand, zu sich.

*   *   *

Alexander Lorenz stellte sein angemietetes Fahrrad an den extra dafür vorgesehenen Zaun ab, strich einmal mit der Hand über seinen, vom Fahrtwind zerzausten, blonden Haarschopf und marschierte los. Er war unterwegs, um einen Abstecher zum Billriff zu unternehmen. Das Billriff, eine riesige Sandbank, lag am westlichen Ende der Nordseeinsel Juist.

Von dort, wo er sich jetzt befand, ging es nur noch zu Fuß weiter. Bereits nach kurzer Zeit erreichte er die Küste.

Alexander war früh aufgestanden. Er wollte die morgendliche Ruhe und Einsamkeit genießen. Ein Blick auf seine Uhr verriet ihm, dass es gerade einmal kurz vor Sieben war. Er dachte an die Worte von Frau Hensen, der Frau, bei der er eine Ferienwohnung angemietet hatte. „Herr Lorenz", hatte sie heute Morgen zu ihm gesagt, „ich glaube, Sie sind der einzige Mensch, der selbst im Urlaub nicht ausschläft. Dass Sie zu so früher Stunde schon zum Billriff wollen, ist wirklich außergewöhnlich. Andere junge Männer schlafen lange und gehen dann abends aus, um vielleicht irgendeine Eroberung zu machen. Bei einem so gut aussehenden Mann wie Sie, da müssten die Frauen doch Schlange stehen."

Er hatte der redseligen Frau Hensen zu verstehen gegeben, dass er die absolute Ruhe suchte, und die gab es halt nur ganz früh morgens, bevor sich die anderen Urlauber auf den Weg machten.

Andere junge Männer schlafen lange, wiederholte er in Gedanken Frau Hensens Worte. Sicher, er gehörte mit seinen fünfunddreißig Jahren noch zu den jungen Männern, aber nach einer „Eroberung", wie sich seine Vermieterin ausdrückte, stand ihm nicht der Sinn. Tatsächlich wäre es ihm nicht schwergefallen, eine Frau kennen zu lernen, denn er gehörte zu dem Typ Mann, der mit seinem charmanten Lächeln und einem verschmitzten Blick aus seinen hellblauen Augen, die Herzen mancher Frauen höher schlagen ließ. Seine Größe von 1,82 Meter und die sportliche Figur punkteten ebenfalls beim anderen Geschlecht.

Er war vom Schicksal immer sehr verwöhnt worden, doch seit seiner Scheidung vor zwei Monaten war ihm schmerzlich klar geworden, dass nicht alles im Leben immer so verlief, wie man es sich vorstellte. Seine Exfrau hatte das Sorgerecht für die siebenjährige Tochter erhalten und war sogleich zu ihren Eltern nach Freiburg gezogen. Alexander wohnte in Düsseldorf. Da nützte es nichts, wenn ihm seiner Tochter gegenüber ein Besuchsrecht eingeräumt worden war. Die Distanz von Düsseldorf nach Freiburg war einfach zu groß, um der Tochter regelmäßige Besuche abzustatten. Die für ihn nur schwer erträgliche Situation hatte sein Leben mächtig durcheinander gewirbelt, hatte es in ein emotionales Chaos verwandelt. Die Scheidung mit allem drum und dran hatte ihn fast an den Rand des Wahnsinns getrieben.

Das war auch der Grund dafür, dass er sich die Insel Juist als Urlaubsort ausgesucht hatte. Hier gab es keine Hektik und wenn man mal Lärm hörte, dann war es höchstens das Geklapper von Pferdehufen. Auf der autofreien Insel gab es neben Pferdefuhrwerken und Fahrrädern keine anderen Fortbewegungsmittel. Die Insel bot Alexander genau das, wonach er momentan suchte, einen Ort, um in Ruhe über seine bedauernswerte Situation nachzudenken, um den schlimmsten Nackenschlag seines Lebens zu verarbeiten. Er hatte sich fest vorgenommen, sich durch nichts, aber auch gar nichts stören zu lassen; wollte nichts hören und nichts sehen, was ihn an seine beschissene Situation erinnerte. Selbst sein Handy hatte er zuhause gelassen.

Sein Blick schweifte über das Watt. Es war Ebbe. Er wusste aus einem Gezeitenkalender, der in seiner Ferienwohnung auslag, dass heute um neun Uhr Niedrigwasser war. Das Meer befand sich also noch auf dem Rückzug.

Der frische Seewind ließ ihn für einen Moment frösteln. Zwar war es für diese Jahreszeit, es war Ende April, tagsüber außergewöhnlich warm, doch in den Morgenstunden zeigte das Thermometer nur zwölf Grad an. Alexander trug deshalb eine warme und windabweisende Jacke mit Kapuze. Er schloss für einen Moment die Augen und sog die würzige Seeluft gierig in die Nase. Dann atmete er langsam wieder aus, mit dem Wunschdenken, dass alle negativen Gedanken ihn mit der entschwindenden Atemluft verlassen.

Er setzte sich in den Sand und zog seine Schuhe und seine Socken aus. Alexander liebte es, barfuß durch den Sand zu laufen, selbst wenn es, wie heute Morgen, noch sehr kühl war. Er verstaute seine Socken in die Schuhe und knotete diese mit den Schnürsenkeln zusammen. Die zusammen gebundenen Schuhriemen legte er sich über die Schulter, so, dass ein Schuh nach vorn und der andere nach hinten herunter baumelten.

Als er die riesige Fläche des Billriffs, welche sich vor ihm ausdehnte, betrat, spürte er den feuchten und kühlen Sand unter seinen Füßen.

Bis vor einer Stunde hatte es noch ein wenig geregnet und es sah ganz danach aus, als würde der Himmel bald wieder seine Pforten öffnen. Als er heute Morgen die Ferienwohnung verlassen hatte, versperrte hier und da ein leichter, schmutziggrauer Dunstschleier die Sicht auf das Meer. Nun wurde es immer diesiger. Die düsteren Wolken, welche die Nordsee bedeckten, erweckten den Eindruck, als schwebten sie direkt auf dem Wasser. Alexander konnte das Meer eigentlich nur erahnen, denn die weite Sandfläche vor ihm verschwand in der Ferne in einer grauen Nebelwand.

Alexander Lorenz blickte beim Laufen auf den Boden. Nirgendwo war eine Fußspur zu sehen. Nur ab und zu erkannte er zwischen den zahlreichen Muschelschalen, die hier in großen Mengen herumlagen, die Spuren irgendwelcher Seevögel. Ansonsten wirkte die ausgedehnte Sandfläche noch jungfräulich. Es war ein schönes Gefühl, der erste zu sein, der heute Morgen hier seine Füße auf den Boden setzt.

Vor ihm, im Sand, lag ein morsch wirkendes Stück Holz. Dieses längliche Holzstück wurde von großen, kreisrunden Löchern durchzogen. Alexander wusste sofort, was er da vor sich hatte. Bei einem Besuch im Nationalparkhaus hatte er die gleichen Holzstücke gesehen. Es waren Überreste von alten Schiffen, die teils vor mehreren hundert Jahren vor Juist gesunken waren. Diese Wracks lagen irgendwo auf dem Meeresgrund. Die immer wieder kehrenden Sturmfluten wirbelten die See auf und beförderten die kleinen Wrackteile an den Strand.

Nachdenklich betrachtete er das uralte Holzstück. War das vielleicht einmal die Planke auf einem großen Segelschiff? Was waren das für Menschen, die vor ein paar hundert Jahren über diese Planke gelaufen sind? Was werden diese Menschen wohl empfunden haben, als ihr Schiff in einen Sturm geraten war und in die Tiefe gerissen wurde?

Gedankenversunken bückte er sich nach dem länglichen Holzstück. Er wusste, dass die runden Löcher, die überall im Holz zu sehen waren, von Bohrmuscheln stammten. Auch das hatte er im Nationalparkhaus erfahren.

Alexander griff nach dem Holz und hob es auf. Im gleichen Moment zerbröselte es zwischen seinen Fingern. Es war durch und durch morsch. Er hatte schon einmal ein ähnliches Holzstück am Strand gefunden. Das war allerdings noch sehr stabil gewesen. Dieses hier hatte wahrscheinlich wesentlich länger auf dem Meeresgrund geruht. Er ließ den Rest des Holzes fallen und setzte seinen Weg fort.

Nach einer Weile blieb er stehen und blickte sich um.

Die großen Dünen der Insel waren bereits weit hinter ihm und der morgendliche Nebel hatte sie fast vollends eingehüllt. Vor ihm war immer noch kein Ende der weitläufigen Sandfläche des Billriffs zu erkennen.

Als er schließlich weiterging, spürte er, dass der Boden unter seinen Füßen immer schlammiger wurde. Er sackte bei jedem Schritt merklich ein.

Muss wohl daran liegen, dass bis vor kurzer Zeit hier noch das Wasser war.

Er befand sich also bereits auf dem Watt.

Alexander dachte daran, dass er, wenn jetzt Flut wäre, im Meer stehen würde.

Mit einem Mal stutzte er.

Direkt vor ihm kreuzten merkwürdige Spuren seinen Weg. Im ersten Moment dachte er an einen Hund, der durch den Sand gelaufen war. Dann aber erkannte er die Spuren genauer.

Das kann doch nicht sein, ging es ihm durch den Kopf.

Die Abdrücke, die er vor sich im Sand erblickte, stammten eindeutig von einem Reh. Alexanders Onkel war Förster. Dieser hatte ihn schon als Kind immer mit in den Wald genommen und ihm sämtliche Tierspuren erklärt.

Nachdenklich fasste er sich an den Kopf.

Rehspuren im Watt, sehr merkwürdig.

Er setzte seinen Weg fort.

Der graue Nebel um ihn herum schien immer dichter zu werden. Als er kurz hinter sich schaute, stellte er fest, dass die großen Dünen nun endgültig nicht mehr zu sehen waren. Die dusteren Nebelschwaden hatten sie vollends verschlungen.

Er blieb erneut stehen. Egal in welche Richtung er blickte, der dichte Nebel war nun allgegenwärtig. Die riesige Sandfläche um ihn herum verwischte am Horizont mit einer schmutziggrauen, wolkenartigen Masse.

Mit einem Mal überfiel ihn ein merkwürdiges Gefühl, ein dumpfes Gefühl von unglaublicher Einsamkeit. Die absolute Stille, die hier herrschte, tat ihr übriges dazu. Er schauderte, glaubte für einen Moment, die bedrückende Atmosphäre, die sich langsam um ihn herum ausbreitete, körperlich zu fühlen.

Alexander atmete einmal tief durch.

„Du wolltest doch die Einsamkeit", sagte er leise zu sich selbst.

Obwohl er eigentlich einen längeren Spaziergang über das Billriff geplant hatte, entschloss er sich dazu, kehrt zu machen. Ohne zu zögern begab er sich wieder auf den Rückweg.

Während er durch den weichen Sand schritt, richtete er seine Augen suchend auf die ihn umgebene, dichte Nebelmasse. Er wartete darauf, dass die graue Suppe vor ihm endlich wieder einen Blick auf die großen Dünen freigab.

Irgendwie unheimlich.

Unwillkürlich beschleunigte er seine Schritte. Eigentlich hätten die Dünen längst vor ihm auftauchen müssen, doch er konnte sie nicht ausmachen. Als er auf den Boden blickte, wurde ihm bewusst, dass er den falschen Weg genommen hatte. Anfangs war er seinen eigenen Fußspuren gefolgt, dem Weg, auf dem er gekommen war. Dann aber hatte er sich so sehr auf den Nebel konzentriert, dass er ganz offensichtlich unbemerkt in die falsche Richtung marschiert war.

„Scheiße!", kam es missmutig aus seinem Mund.

Alexander überlegte kurz. Der Boden unter seinen Füßen bestand nicht mehr aus dem typisch schlammigen Untergrund des Watts, sondern aus feinem Sand. Daraus schloss er, dass er sich wieder auf dem Billriff befand.

Ich werde den Rückweg schon finden. Nun lächelte er über seine eigene Unsicherheit. *Hier kann man sich nicht verlaufen.*

Ein paar Meter vor ihm schälte sich etwas Rotes aus dem Nebel heraus, ein zerrissenes Fischernetzt, geflochten aus farbigem Kunststoff, welches halb im sandigen Untergrund begraben war.

Dann wurde er auf eine Ansammlung von Möwen aufmerksam. Die Seevögel stritten sich scheinbar um etwas Fressbares. Zwischen den Möwen hüpften auch einige dunkle Vögel umher. Er glaubte, Krähen zu erkennen.

Neugierig geworden, schritt er auf die Tiere zu.

Als die Vögel ihn bemerkten, flogen sie laut kreischend auf.

Er hatte die Stelle, an der eben noch die Vögel saßen, fast erreicht, als er vor sich, auf dem Sandboden, etwas Dunkles entdeckte, eine alte, lederne Brieftasche. Er bückte sich und hob das Fundstück auf. Dabei erfasste er aus dem Augenwinkel heraus, dass dort, wo sich gerade noch die Krähen und Möwen versammelt hatten, irgend-etwas aus dem Sand herausragte. Es sah auf dem ersten Blick so aus, wie eine menschliche Hand.

Alexander schluckte.

Während er mit einem mulmigen Gefühl im Bauch auf die vermeintliche Hand zuging, schob er die gefundene Brieftasche unbewusst in die Innentasche seiner Jacke.

Nach wenigen Metern erkannte er ganz deutlich, womit sich die Vögel beschäftigt hatten. Er schluckte noch einmal, dieses Mal aber sehr laut.

Vor seinen Füßen ragte tatsächlich eine menschliche Hand aus dem sandigen Boden. Der Handrücken wirkte aufgedunsen und die Haut glich einer grauen, ledernen Oberfläche. Dort, wo eigentlich die Finger sein sollten, erblickte er nur Knochen. Diese waren, bis auf wenige Fleischreste, von den Vögeln abgefressen worden. An einem der Fingerknochen glänzte ein breiter, silberner Ring mit einem dunklen Stein.

Er spürte, wie ihm eine Gänsehaut über den Rücken lief. Ihm überkam das Gefühl, als würde ihm jemand eine Faust in den Magen drücken. Alexander kniff die Augen zusammen, ein vergeblicher Versuch, den schrecklichen Anblick für einen Moment loszuwerden. Dann hob er die Lider und vor ihm manifestierte sich wieder die Hand, ein widerlicher Anblick, abstoßend und unerträglich. Ihm wurde übel.

Unsicher schaute er sich nach allen Seiten um, so, als erwarte er jeden Augenblick ein Gespenst. Er konnte keinen klaren Gedanken mehr fassen und starrte gebannt in die Stille, bis diese seine Gedanken endgültig zu ersticken drohte. Eisige Kälte kroch über seinen ganzen Körper. Die Hände zitterten.

„Ganz ruhig", sagte er zu sich selbst.

Polizei, ich muss die Polizei verständigen. Automatisch ging seine Hand zur Brustasche. Darin steckte eigentlich immer sein Handy. Doch noch während der Bewegung hielt er inne. *Mein Handy ist zuhause.*

Alexander setzte seinen Weg nun im Laufschritt fort. Dass er nicht einmal wusste, ob er in die richtige Richtung lief, war ihm egal. Er wollte nur von diesem unheimlichen Billriff herunter. Das Blut hämmerte in seinen Schläfen.

Bald schon hörte er das Rauschen der Wellen und etwas später erkannte er, dass er sich an der Nordseite des Billriffs befand. Er erblickte den Sandstrand und langsam gab der Nebel auch wieder den Blick auf die Dünen frei.

Alexander hielt sich rechts und lief auf die Dünen zu. Nun setzte er seinen Weg so fort, dass er die großen Dünen zu seiner Linken hatte. Hier kannte er sich wieder aus.

Als er endlich die Stelle erreichte, an der sein Fahrrad stand, bekam er kaum noch Luft. Er hatte sich völlig verausgabt.

Während er mit weichen Knien zu seinem Rad taumelte, bemerkte er, dass vor ihm zwei Personen standen, die dabei waren, ebenfalls ihre Fahrräder hier abzustellen. Es handelte sich um ein älteres Paar.

„Mein Gott, junger Mann." Die Stimme der grauhaarigen Frau klang sorgenvoll. „Sie sehen ja aus, als hätten Sie ein Gespenst gesehen. Ist alles in Ordnung? Können wir Ihnen irgendwie helfen?"

Alexander Lorenz blickte die beiden wortlos an und atmete noch ein paar Mal kräftig durch.

„Ist mit Ihnen alles in Ordnung?", fragte dieses Mal der Mann.

„Geht schon wieder", schnaufte Alexander. „Haben sie ein Handy dabei?"

„Ja, warum?"

„Ich muss", Alexander schnappte noch einmal nach Luft. „Ich muss die Polizei anrufen."

„Was ist denn passiert?", wollte die Frau wissen.

„Da draußen", Alexander deutete in die Richtung des Billriffs. „Da ragt eine menschliche Hand aus dem Sand."

Das Paar vor ihm wurde blass. Die beiden blickten den jungen Mann ungläubig an.

„Sind Sie ganz sicher, dass es eine Hand ist?" Die Stimme der Frau wirkte unsicher. „Vielleicht ist es ja nur ein prall mit Wasser gefüllter Handschuh, den Sie da gesehen haben."

„Das ist kein Handschuh", entgegnete Alexander. „Haben Sie ein Handy oder nicht?"

Der Mann griff in seine Jackenasche, zog ein Handy heraus und wählte die Nummer der Polizei. Als er Verbindung hatte, erklärte er, dass vor ihm ein junger Mann stand, der behauptet, dass eine menschliche Hand im Sand auf dem Billriff steckt. Dann nahm er das Mobiltelefon vom Ohr und wandte sich an den jungen Mann, der immer noch schnaufenden vor ihm stand.

„Ich soll Sie fragen, ob Sie ganz sicher sind, dass es nicht vielleicht doch ein Handschuh ist?"

„Hat ein Handschuh Fingerknochen?" Alexander klang deutlich genervt.

Der Mann telefonierte weiter. Dann beendete er das Gespräch.

„Wir sollen hier warten und dafür sorgen, dass niemand das Billriff betritt."

„Wie sollen wir das denn machen?", warf die Frau ein.

„Das Billriff kann man auch von der anderen Inselseite aus erreichen. Wenn jemand von dort kommt, dann können wir es nicht verhindern."

„Du hast Recht", stimmte der Mann zu. „Wenn von dort aus Leute auf das Billriff gehen, dann hat die Polizei Pech gehabt."

Alexander setzte sich auf den sandigen Boden. Er konnte das gerade Erlebte immer noch nicht fassen. Geistesabwesend nahm er die Schuhe von seiner Schulter, knotete sie mit zitternden Fingern auseinander und zog sie wieder an. In seinen Gedanken manifestierte sich wieder das scheußliche Bild, die Hand, die Knochen.

Als die Frau erkannte, dass der junge Mann vor ihr nervlich am Ende war, trat sie an ihn heran und legte tröstend ihre Hand auf seine Schulter.

„Atmen Sie ein paar Mal tief durch. Dann wird es wieder besser."

Alexander sah zu ihr auf. Sein Blick wirkte verschleiert.

„Es war schrecklich." Er sprach leise. Seine Stimme bebte.

„Es war so schrecklich." Seine Augen waren ausdruckslos.

„Zunächst sah ich nur die vielen Möwen, dachte, dass sie sich um etwas Fressbares streiten. Mein Gott, ich konnte doch nicht ahnen, dass es eine Hand ist."

„Ich kann gut verstehen, dass Sie schockiert sind", meinte die Frau.

„Die Hand war fürchterlich entstellt. Die Vögel hatten bereits das Fleisch von den Fingern abgefressen und…, oh Gott, sie sind jetzt bestimmt wieder da, um auch noch den Rest der Hand zu fressen."

Alexander stand auf, trat mit unsicheren Schritten bis an den Rand der Dünen heran und übergab sich.

* * *

Es dauerte eine ganze Weile, bis endlich die Polizei erschien.

Statt des erwarteten Polizeiautos, fuhr ein Krankenwagen vor. Ein Mann in Polizeiuniform stieg aus.

„Ist das Polizeiauto etwa kaputt?", fragte der Mann, der die Polizei verständigt hatte den Polizisten.

„Es gibt auf der Insel kein Polizeiauto", war die Antwort.

„Wenn ich mit dem Fahrrad gekommen wäre, dann hätte es noch länger gedauert."

Dann wandte der Polizist sich an Alexander Lorenz und hörte sich die Geschichte des jungen Mannes an.

„Können Sie mir die Stelle zeigen, an der Sie diese Hand entdeckt haben?", fragte der Beamte.

Alexander blickte ihn entgeistert an.

„Was? Ich soll noch mal da raus?"

„Ja, oder soll ich etwa das riesige Billriff absuchen, bis ich irgendwo auf den Fundort stoße? Wenn ich bei dem dicken Wetter alleine nach einer Hand auf dem Billriff suche, kann es Stunden dauern, bis ich sie finde. Ich kann sehr gut verstehen, dass Sie nicht noch einmal dorthin möchten, aber ich bin auf Ihre Unterstützung angewiesen."

Alexander atmete einmal tief durch.

„Hoffentlich finde ich den Ort noch. Da draußen war es sehr nebelig. Ich wusste wirklich nicht mehr, wo ich war und bin einfach losgerannt."

Der Polizist verzog das Gesicht.

„Versuchen Sie, sich zu erinnern. Auf welchem Weg sind Sie zurück gekommen?"

„Seit wann gibt es da draußen Wege?", warf die ältere Frau, die das Gespräch neugierig verfolgte, ein und deutete mit der Hand in die Richtung des vernebelten Billriffs.

„Meine Fußspuren", sagte Alexander plötzlich. „Wir müssen nur meinen Fußspuren folgen."

Der Polizist nickte.

„Darauf hätt ich auch kommen können."

Nachdem der Durchgang zum Billriff durch polizeiliche Absperrbänder geschlossen worden war, machte sich der Beamte zusammen mit Alexander Lorenz, auf den Weg.

Der Nebel lichtete sich langsam. Dennoch tauchten die grauen Wolken, welche die riesige Sandfläche umgaben, die Umgebung in eine unheimliche Atmosphäre.

Der Wind frischte ein wenig auf und je weiter die beiden Männer hinaus auf das Billriff marschierten, desto windiger wurde es.

Nachdem sie Alexanders Fußspuren eine Zeit lang gefolgt waren, sahen sie bald in der Ferne einige Seevögel, die aufgeregt über eine ganz bestimmte Stelle der riesigen Sandbank umherschwirrten.

„Da muss es sein", sagte der Polizist und beschleunigte seine Schritte.

Er lag mit seiner Vermutung richtig, denn bald standen die zwei vor der, nun fast vollends skelettierten Hand.

„Ich kann verstehen", wandte sich der Polizist an Alexander, „dass dieser Anblick Sie schockiert hat. So etwas widerfährt einem schließlich nicht alle Tage."

Alexander wusste nicht, warum, aber dieses Mal empfand er den Anblick der Hand überhaupt nicht mehr schlimm. Vielleicht lag es daran, dass er nicht mehr alleine war.

Der Polizist blickte sich nun genauer um. Er entdeckte sofort etwas, was Alexander heute Morgen übersehen hatte.

Ungefähr einen Meter von der skelettierten Hand entfernt, schauten zwei Schuhspitzen aus dem Sand heraus.

Der Polizist bückt sich und schob mit seiner Hand vorsichtig den Sand zwischen den Schuhspitzen und der Hand beiseite. Er legte den Stoff einer Jeanshose frei.

„Den werden wir wohl ausgraben müssen", murmelte er.

Er wandte sich an Alexander:

„Haben Sie die Schuhe im Sand heute Morgen nicht bemerkt?"

Der Angesprochene schüttelte den Kopf.

„Nein, ich war viel zu aufgeregt. Ich hab diese Hand gesehen, dann wollte nur noch weg von hier."

Der Polizeibeamte blickte nachdenklich auf die Stelle im Sand, die den toten Körper verbarg.

„Ich vermute, dass es sich um jemanden handelt, der irgendwo auf See über Bord gegangen ist. Die Leiche ist wahrscheinlich bei der letzten Springflut angeschwemmt worden." Er kratzte sich nachdenklich am Kopf. „Etwas macht mich aber stutzig. Wenn der Leichnam ange-schwemmt wurde, dann wäre er nicht unter dem Sand verschwunden. Vielleicht hat hier jemand versucht, ein Kapitalverbrechen zu vertuschen und sein Opfer hier vergraben." Er zuckte kurz mit den Schultern. „Da werde

ich vorsichtshalber die Kripo anfordern. Schließlich sollen die von der Spurensicherung keine Langeweile haben."
Der Polizisten meldete den Leichenfund telefonisch weiter. Nach dem Gespräch schüttelte er den Kopf.
"Ich soll den Fundort sichern und warten. Als hätte ich nichts besseres zu tun." Nun wandte er sich an Alexander.
„Ich benötige noch Ihre Personalien."
Der Angesprochene erteilte alle nötigen Auskünfte und der Polizeibeamte nahm die Angaben in einem Notizblock auf.
„Sie können jetzt gehen, Herr Lorenz. Erholen Sie sich erst mal von diesem Schreck. Sollten noch irgendwelche Fragen aufkommen, dann kann ich Sie ja bei Ihrer Vermieterin erreichen."
Während des Rückwegs begleitete Alexander ein leichtes Schwindelgefühl. Auch das mulmige Gefühl in der Magengegend wollte einfach nicht weichen.
Jetzt war der Weg wesentlich leichter zu finden, denn der Nebel hatte sich fast gänzlich aufgelöst. Die großen Dünen lagen schon wieder frei.
Bald erreichte er den Weg, der zum Abstellplatz seines Fahrrads führte. Sofort erkannte er, dass sich hinter dem polizeilichen Absperrband mittlerweile eine Menschentraube gebildet hatte. Das ältere Paar stand auch noch dort. Alle Blicke waren neugierig auf den jungen Mann gerichtet, der vom Billriff zurück kam und auf sie zuschritt.
Als er sie erreichte, hoben sie das Absperrband hoch, damit er, ohne sich zu bücken, hindurch kam.
„Haben Sie dem Polizisten die Hand gezeigt?", fragte der Mann, der die Polizei mit seinem Handy verständigt hatte.
Lorenz nickte.
„Und was sagt er dazu?"

Alexander sah ihn an. Dann ging sein Blick zu den anderen Leuten, die ihn erwartungsvoll anschauten. Er fühlte sich umzingelt von Augenpaaren, voller Neugier, voller Sensationslust, Augen, die darauf warteten, dass sich endlich seine Lippen bewegten und alles über die geheimnisvolle Hand preisgaben.

„Da draußen liegt eine Leiche unter dem Sand begraben. Der Polizist wartet jetzt auf die Spurensicherung."

Die Augen um ihm herum wurden größer, zeigten Entsetzen.

„War es Mord?", fragte jemand aus der Menge.

Die Antwort war nur ein Schulterzucken.

Dann bahnte sich Alexander seinen Weg durch die Menschentraube, die bereitwillig eine Gasse für ihn bildete. Er nahm sein Fahrrad und schob es über den sandigen Untergrund. Als er schließlich den befestigten Weg unter seinen Füßen spürte, schwang er sich auf seinen fahrbaren Untersatz und radelte in die Richtung seiner Unterkunft. Während er monoton in die Pedale trat, erschien wieder dieses Bild vor seinen Augen, die abgefressene Hand, deren knochigen Finger aus dem Sand ragten, als wollten sie das letzte Mal stumm um Hilfe schreien. Ihm wurde wieder schlecht. Plötzlich schien sich alles um ihn herum zu drehen. Er bremste und konnte einen Sturz gerade noch verhindern, weil er im letzten Moment absprang.

Ein tiefes Durchatmen, wirre Gedanken, es war einfach alles zu viel für ihn. Sein Blick fiel auf den Boden.

Überall feiner Kies gestreut, hätte ausrutschen können, noch mal Glück gehabt.

Er atmete noch einmal tief durch, setzte sich wieder auf das Rad und fuhr los. Sein Kopf blieb leer. Den auffrischenden Wind nahm er genauso wenig wahr, wie das knirschende Abrollgeräusch der Räder über den kiesigen Untergrund. Das einzige, was er sah, war dieses schreckliche Bild, welches einfach nicht aus seinen Gedanken verschwinden wollte.

Es dauerte eine ganze Weile, bis er die Wohnung erreicht hatte.

Die Ferienwohnung lag an der Billstraße. Es war eine der wenigen Wohnungen, die einen Balkon mit Blick auf die Salzwiesen, das Wattenmeer und sogar auf den Hafen boten.

Alexander stellte das Fahrrad ab und begab sich in seine Unterkunft. Als erstes öffnete er die Balkontür. Er brauchte frische Luft. Dann griff er nach der Thermokanne, in der sich noch heißer Kaffee von heute Morgen befand, nahm eine Tasse und goss das dampfende, koffeingeschwängerte Getränk ein. Schließlich trat er auf den Balkon und ließ sich in einen der Kunststoffstühle fallen.

Was für ein Tag.

Er trank einen Schluck Kaffee, lehnte sich nach hinten und schloss die Augen. Immer wieder sah er die Hand vor sich, die tote Hand und die grässlich abgenagten Knochen. Dieser schreckliche Anblick schien sich in seinen Kopf eingemeißelt zu haben.

Ich muss mich ablenken, an etwas andres denken.

Sein Blick ging nach oben. Die Wolken hatten sich fast vollständig aufgelöst und der Himmel war nahezu überall leuchtend blau. Über ihm kreisten ein paar Möwen. Ihr schneeweißes Gefieder bildete einen herrlichen Kontrast zum strahlenden Blau des Himmels. Eigentlich liebte Alexander diese Seevögel, doch nach seinem heutigen

Erlebnis hatte sich seine Einstellung zu den Möwen geändert.

Ekelige Aasfresser.

Er schüttelte sich.

Ihm fiel ein, dass irgendjemand mal gesagt hatte, dass die Möwen die Ratten der Meere sind. Das traf seiner Meinung nach auch voll zu.

Noch ehe er weitere Überlegungen über die Möwen anstellen konnte, wurde er aus seinen Gedanken gerissen.

Es klopfte an der Tür.

„Ja, bitte?"

Die Tür öffnete sich. „Herr Lorenz?" Es war die Stimme seiner Vermieterin.

Die hat mir gerade noch gefehlt, ging es Alexander durch den Kopf. „Ich bin hier, auf dem Balkon." Ihm stand im Moment nicht der Sinn nach der geschwätzigen Frau.

„Ich hab gesehen, dass Ihr Fahrrad draußen steht", sagte Frau Hensen, als sie auf den Balkon trat. „Sie sind also doch nicht zum Billriff gefahren. Darüber können Sie froh sein, denn dort hat die Polizei heute Morgen eine Leiche gefunden. Man hat jemanden umgebracht und im Sand des Billriffs verscharrt. Dort ist jetzt alles von der Polizei abgesperrt worden." Sie sprach, ohne Luft zu holen.

Alexander blickte die Frau verwundert an.

„Wer hat Ihnen das denn erzählt?"

„Das weiß ich von meiner Freundin Lilli. Sie rief mich vorhin an. Wissen Sie, Herr Lorenz, meine Freundin hat auch Feriengäste und diese haben sie direkt vom abgesperrten Billriff aus per Handy über das Verbrechen informiert."

Ein müdes Lächeln huschte über Alexanders Lippen.

„Man weiß überhaupt nicht, ob es ein Mord war. Der Polizist sagte, dass es auch jemand sein könnte, der irgendwo über Bord gegangen ist und auf dem Billriff angeschwemmt wurde."

Seine Vermieterin blickte ihn mit großen Augen an.

„Woher wissen Sie das?"

„Ich hab die Leiche entdeckt."

Frau Hensen ließ sich auf einen Stuhl fallen. Sie atmete einmal tief durch.

„Sie haben die Leiche entdeckt?", kam es ungläubig aus ihrem Mund.

Alexander nickte. „Ja. Ich war auf dem Billriff und plötzlich stand ich vor einer Hand, die aus dem Sand ragte. Ein grässlicher Anblick, von Vögel abgefressene Fingerknochen, es war ekelig."

„Das ist ja schrecklich."

„Schrecklich ist gut. Mir ist immer noch ganz schlecht von diesem Anblick."

„Kann ich Ihnen irgendetwas bringen, Herr Lorenz?"

„Nein danke."

„Dann werde ich jetzt wieder verschwinden. Ich muss meine Freundin anrufen, um sie richtig zu informieren. Schließlich weiß ich jetzt alles aus erster Quelle."

Sie ließ den jungen Mann alleine.

Kaum hatte sie die Tür hinter sich geschlossen, da vernahm Alexander das schrille Klingeln eines Telefons. Kurze Zeit später klopfte es wieder an der Zimmertür.

Es war erneut die Vermieterin.

„Herr Lorenz, die Polizei hat angerufen. Ich soll Ihnen ausrichten, dass die heute Nachmittag so gegen drei Uhr zur Polizeiwache kommen sollen, um eine Aussage zu machen. Wenn Ihnen der Zeitpunkt nicht zusagt, dann sollen Sie anrufen, um einen anderen Termin zu nennen. Die Polizeiwache liegt an der Carl-Stegmann-Straße. Ich glaub, es ist die Hausnummer Eins. Wissen Sie, wo das ist?"

Alexander nickte.

„Ja, bin schon mal dort vorbeigelaufen."

Er wusste nicht, warum, aber plötzlich sah er die Rehspuren, die er auf dem Billriff entdeckt hatte, wieder vor sich.

„Frau Hensen, wissen Sie, ob es auf Juist Rehe gibt?"

„Ja, warum wollen Sie das wissen?"

„Weil ich Rehspuren gesehen habe."

„Es gibt viel zu viel dieser Biester auf der Insel." Ein kurzes, abfälliges Lächeln huschte über ihr Gesicht. Dann änderte sich der Gesichtsausdruck zu einer Maske des Verachtens. „Die Rehe sind für alle, die einen Garten nahe den Dünen haben, eine Plage. Die Biester fressen alles weg, einfach alles. Meine Freundin hatte sich vor zwei Jahren einen kleinen Gemüsegarten angelegt und einen Zaun herum gezogen, einen Meter hoch, und was hatte es genutzt? Nichts. Die Rehe sind einfach rüber gesprungen und haben alles weg gefressen."

„Und ich dachte immer, Rehe seien scheue Waldbewohner."

„Schön wär´ `s."

Mit diesen Worten verließ Frau Hensen die Wohnung.

*   *   *

Alexander Lorenz war pünktlich bei der Polizei vorstellig geworden. Der Polizist, den er am Billriff zur Leiche geführt hatte, bat ihn hinter den Tresen und bot ihm einen Platz an.

Nun saß er dem Polizisten gegenüber.

Alexanders Aussage war schnell zu Protokoll genommen, denn viel hatte er ja nicht zu erzählen.

Der Beamte war sehr nett, in Alexanders Augen ein äußerst sympathischer Mann, dem die blaue Polizeiuniform ausgezeichnet stand.

Als der Polizist das Gespräch in sehr persönliche Bahnen lenkte und Fragen stellte, die mit dem Leichenfund nichts zu tun hatten, störte es Alexander wenig. Ganz im Gegenteil, er empfand es als angenehme Ablenkung.

„Was machen Sie eigentlich beruflich?", fragte der Polizist.

„Ich bin Restaurator und Konservator."

„Und was restaurieren Sie, Herr Lorenz?"

„Allesmögliche. Meist sind es sehr wertvolle Kunstwerke."

„Dann sind Sie bestimmt in einem Museum angestellt."

Alexander lächelte.

„Das denken die meisten. Für mich gibt es keine feste Anstellung, bin Freiberufler. Wir, das heißt zwei Freunde und ich, haben uns auf Kunstwerke großer Meister spezialisiert. Ich will uns ja nicht loben, aber unsere Arbeit hat mittlerweile einen so guten Ruf, dass wir von Museen in ganz Europa Aufträge erhalten. Wir sind bereits für die nächsten fünf Jahre völlig ausgebucht."

„Donnerwetter, dann müssen Sie ja wirklich ein Ass sein. Sie sind bestimmt stolz auf das, was Sie erreicht haben."

Alexanders Blick ging nach unten.

„Wie man`s nimmt." Seine Stimme klang traurig. „Hätte ich einen anderen Beruf, einen Job, bei dem ich jeden Tag nach der Arbeit nach Hause kommen könnte, dann wäre meine Ehe nicht in die Brüche gegangen." Er schaute für einen Moment nach unten, wirkte resigniert. Als er wieder aufblickte, waren seine Augen ausdruckslos. „Wir hatten einen Auftrag in Madrid. Als ich nach mehr als fünf Wochen wieder nach Hause kam, lag meine Frau mit `nem andren Kerl im Bett und dass war `s."

Alexander wusste selbst nicht, warum er einem Fremden so private Dinge erzählte.

„Tut mir leid", meinte der Polizist, und es klang ehrlich.

„Ich werde damit schon fertig."

Nun legte der Polizeibeamte seinem Gegenüber das ausgedruckte Protokoll mit der Zeugenaussage vor.

„Würden Sie das bitte noch mal durchlesen und dann unterschreiben?"

Alexander unterschrieb, ohne die Aussage noch einmal durchzulesen.

Währenddessen schüttete sich der Polizist einen Kaffee ein.

„Möchten Sie auch einen Kaffee, Herr Lorenz?".

„Danke, gerne."

Der Beamte stand auf, holte eine Tasse, schenkte ein und stellte den Kaffee vor seinem Zeugen auf den Schreibtisch.

„Bitte."

Alexander bedankte sich.

„Wissen Sie, mir steckt immer noch der Schreck in den Gliedern. Ich bin eigentlich kein ängstlicher Mensch, aber heute Morgen auf dem Billriff, es war irgendwie unheimlich, auch schon, bevor ich die Leiche entdeckt hatte. Es war eine dermaßen beklemmende Atmosphäre, man hätte dort glatt einen Gruselfilm drehen können. Als dann diese Hand vor mir aus dem Sand ragte, gab es mir den Rest."

Der Polizist nickte.

„Ich kenne diese Sandbank nur zu gut. Wenn man bei dickem Wetter dort unterwegs ist, herrscht dort in der Tat eine beklemmende Atmosphäre, zumal, wenn man die Geschichte des Billriffs kennt."

Diese Aussage machte Alexander neugierig.

„Was für eine Geschichte ist das denn?"

„Die alten Bewohner von Juist nennen die Westspitze ihrer Insel, also das Billriff, heute noch den Schiffsfriedhof. Dort sind im Laufe der Jahrhunderte schon unzählige Schiffe aufgelaufen. Sie können sich nicht vorstellen, wie viel Menschenleben diese Sandbank schon gefordert hat. Selbst in der jüngeren Zeit sind hier noch Schiffe gestrandet, vom Segler bis zum Frachter. Als mir heute früh der Leichenfund gemeldet wurde, da dachte ich zunächst an einen Toten, der schon lange im Sand verborgen war und den das Meer jetzt frei gespült hatte. Sie glauben ja gar nicht, was dort schon alles angeschwemmt wurde. Auf dem Billriff sind schon die schrecklichsten Geschichten passiert. Am 28. Juli 1940 wurden dort siebzig Leichen angeschwemmt. Es waren englische Soldaten aus Dünkirchen, die vom Gezeitenstrom dort angetrieben worden waren."

„Mein Gott." Alexander schluckte. „Wenn ich das gewusst hätte, dann wäre mir diese riesige Sandbank bestimmt noch unheimlicher erschienen."

Der Polizeibeamte trank einen Schluck Kaffee. Nachdem er die Tasse wieder abgestellt hatte, nahm er ein Schriftstück in die Hand.

„Die Leiche wurde bereits mit dem Hubschrauber weggebracht."

„Das ging aber schnell."

„Sie haben es sehr eilig damit gehabt, denn sie soll schnellstens kriminaltechnisch untersucht werden. Eigentlich sollte sie jetzt schon zur Autopsie auf dem Tisch liegen." Für einen Moment blickte der Polizist sein Gegenüber nachdenklich an. „Eigentlich", fuhr er fort, „dürfte ich es Ihnen nicht sagen, aber es wird sowieso spätestens morgen in der Zeitung stehen. Es war Mord."

„Mord?"

„Ja, das steht bereits fest."

Alexanders Gesicht wurde merklich blass.

„Ich habe ein Mordopfer gefunden." Seine Stimme klang sehr leise, fast flüsternd.

Der Polizist nickte. „Das Opfer war männlich. Die Mordwaffe, ein außergewöhnlich langes Messer, steckte noch in seinem Rücken, genau in der Herzgegend. Der oder die Mörder hatten den Versuch unternommen, ihr Opfer tief im Sand zu vergraben, doch das war an dieser Stelle ein fast unmögliches Unterfangen. Je nach Wasserstand läuft jede Grube mehr oder weniger schnell voll. Wir wissen auch schon, wer der Tote war."

„Das haben Sie aber schnell heraus gefunden."

„Es war auch nicht schwer, denn er hatte eine Geldbörse mit Personalausweis und Führerschein dabei." Der Polizist nahm die Tasse an den Mund und trank noch einen Schluck Kaffee. Dann blickte er auf das Schriftstück in seiner Hand. „Der Mann hieß Reinhard Karlsfeld und wohnte in Hamburg. Die einzige Angehörige, die wir ausmachen konnten, ist seine Schwester, ebenfalls wohnhaft in Hamburg. Sie wurde bereits vom Tod ihres Bruders verständigt."

„War er ein Feriengast auf Juist?"

„Diese Vermutung liegt nah. Wir überprüfen es bereits, doch das Ergebnis war bisher negativ. Es ist viel Arbeit, die Hotels und die Vermieter von Ferienwohnungen und Fremdenzimmern nach ihren Gästen zu befragen. Ein Karlsfeld ist in keiner der bisher befragten Unterkünfte gemeldet."

Plötzlich stieß jemand ohne Vorankündigung die Tür auf. Ein älterer Mann stapfte in den Raum und schob dabei einen etwa zwölf Jahre alten Jungen vor sich her, den er fest am Kragen hielt.

„Dieser Bengel wollte zwei Buddelschiffe aus meinem Laden klauen", polterte der Mann lautstark. „Hab ihn gerade noch erwischt. Hab auch gesehen, wie ein Freund von ihm ebenfalls zwei Schiffe in die Jacke gesteckt hat. Der ist mir aber entwischt." Er zog den Jungen wütend am Kragen hin und her. Sein Auftritt hatte etwas Theatralisches. „Der Bengel rückt weder mit seinem Namen, noch mit dem Namen seines Freundes raus."

Der Polizist erhob sich.

„Nun beruhigen Sie sich erst mal und lassen den Jungen los." Dann wandte er sich müde lächelnd an Alexander. „Damit ist unser Kaffeeklatsch wohl beendet. Vielen Dank, Herr Lorenz."

Alexander verabschiedete sich.

Als er das kleine Haus, in dem sich die Polizeiwache befand, verlassen hatte, hörte er durch das geöffnete Fenster erneut die Stimme des bestohlenen Mannes, der lauthals seinen Unmut herausschrie.

Eigentlich wollte Alexander heute noch zum Strand, um sich einfach am Rand der großen Dünen in den Sand zu setzen und auf das Meer hinaus zu schauen. Um diese Jahreszeit brauchte man nur ein paar hundert Meter über die weiße Sandfläche des herrlichen Strandes zu gehen und schon fand man ein Plätzchen Erde für sich ganz alleine. Hier konnte man ohne jegliche Störung auf die offene See blicken und vor allem die Ruhe genießen.

Doch für Alexander war der Tag heute gelaufen. Ihm war nicht mehr nach Strand. Nachdem, was er heute erlebt hatte, wäre er gar nicht in der Lage gewesen, irgendetwas zu genießen. Er wurde die aufwühlenden Gedanken an das Geschehene einfach nicht los. Irgendwie gelang es ihm nicht, in die Gegenwart zurückzufinden. Unschlüssig machte er sich auf den Weg zu seiner Ferienwohnung. Das letzte Stück des Weges legte er auf dem Damm zurück, der parallel zur Billstraße verlief. An dieser Straße lag auch seine Unterkunft. Links von ihm fiel der Damm ab. Dort erstreckten sich die Salzwiesen bis hin zum Wattenmeer. Aus den Salzwiesen stieg ein Bukett aus würzigen Gerüchen auf, welches ihm sanft in die Nase kroch. Er liebte diese für Salzwiesen typische, duftgeschwängerte Luft, hatte sie jeden Morgen, wenn er auf seinen Balkon trat, gierig in sich hineingezogen, doch jetzt war ihm das alles egal. Irgendwie fühlte er sich um sämtliche Sinne für die schönen Dinge des Lebens beraubt.

Entlang des schmalen Weges auf der Deichkrone standen ein paar Bänke. Auf einer dieser Bänke saßen zwei Personen. Als Alexander sie erreichte, erkannte er in einer dieser Personen sofort seine Vermieterin. Sie saß neben einem jungen Mann und unterhielt sich sehr angeregt mit ihm. Das Alter des Mannes schätzte Alexander auf etwa dreißig Jahre.

„Hallo Frau Hensen", sagte er im Vorbeigehen.

Erst jetzt blickte die Frau zu ihrem Feriengast auf.

„Ich hab Sie gar nicht kommen sehen, Herr Lorenz."
„Kein Wunder, Sie waren schließlich sehr angeregt in Ihrem Gespräch vertieft."
„Kommen Sie jetzt von der Polizei?"
„Ja."
„Und?"
So ein neugieriges Weib.
„Ich habe nur meine Aussage zu Protokoll gegeben."
Seine Vermieterin stand auf.
„Herr Lorenz, ich möchte Ihnen jemanden vorstellen." Sie wies mit der Hand auf den jungen Mann auf der Bank. „Das ist Hauke, der Sohn meiner Freundin Lilli. Er arbeitet in einem Museum in Hamburg. Da Sie mir erzählt haben, dass Sie auch in Museen tätig sind, hätten Sie bestimmt viel Gesprächsstoff miteinander." Nun wandte sie sich an den Mann auf der Bank, der gerade im Begriff war, aufzustehen. „Hauke, das ist Herr Lorenz. Ich habe dir schon von ihm erzählt. Es ist der Mann, der heute Morgen die Leiche am Billriff gefunden hat."
Die beiden jungen Männer reichten sich die Hände.
„Tja, Herr Lorenz, da hat der Tag für Sie ja nicht gerade gut angefangen."
„Das können Sie laut sagen, Hauke."
„Mein voller Name ist Hauke Hein. Sie können aber ruhig Hauke und Du sagen."
Alexander lächelte. Es war ungewöhnlich, dass ein Fremder ihm einfach so das Du anbot, zumal er diesen Hauke vom Typ und von der Optik her, eher in die Kategorie „schüchterner Junge" eingeordnet hätte. Aber irgendwie war dieser Hauke ihm sofort sympathisch.
„Ich bin Alexander Lorenz, also für dich Alexander und auch Du."

35

Hauke war etwa 1,75 Meter groß, schmächtig und schmalschulterig. Sein ebenfalls schmales Gesicht wirkte etwas blass. Auf seiner Nase trug er eine zierliche Brille mit silbernem Rahmen. Die dunkelblonden, von einem schnurgeraden Seitenscheitel durchzogenen Haare, endeten über der Stirn als Pony, der fast bis zu den Augenbrauen reichte.

„Hauke Hein", wiederholte Alexander seinen Namen. „Du bist doch nicht etwa einer Novelle von Theodor Storm entsprungen?"

Ein kurzes Lächeln huschte über Haukes Gesicht.

„Du meinst den Schimmelreiter. Der Mann im Schimmelreiter heißt Hauke Haien und nicht Hauke Hein. Darauf werd ich oft angesprochen." Nachdem Hauke Hein das klar gestellt hatte, blickte er sein Gegenüber neugierig an. „Wie hast du die Leiche am Billriff denn entdeckt, Alexander?"

„Nenn´ mich ruhig Alex. Das sagen fast alle zu mir."

Frau Hensen unterbrach das Gespräch der beiden.

„Entschuldigt mich bitte. Ich muss noch ein paar Einkäufe erledigen." Sie verabschiedete sich und verschwand.

Nun ließen sich die zwei jungen Männer auf der Bank nieder. Alexander erzählte seinem Nebenmann alles, was ihm heute beim Spaziergang über das Billriff widerfahren war. Obwohl er über diese Geschichte gerade erst mit dem Inselpolizisten geredet hatte, tat es gut, sie noch einmal erzählen zu können. Alexander hatte das Gefühl, dass er dadurch dieses schreckliche Erlebnis besser verarbeiten konnte. Nachdem er seinem Nebenmann alles berichtet hatte, lehnte er sich zurück. „Ich komme gerade von der Polizei, musste dort meine Zeugenaussage zu Protokoll geben."

„Weiß die Polizei schon etwas Genaueres über die Leiche?"

„Ja. Stell dir vor, Hauke, der Tote vom Billriff wurde ermordet."

„Was?"

„Er hatte ein langes Messer im Rücken stecken."

„Unglaublich. Ich kann mich nicht daran erinnern, dass hier schon mal jemand umgebracht wurde."

„Die Polizei kennt auch den Namen des Toten. Er hieß Karlsfeld."

Kaum hatte Alexander den Namen ausgesprochen, wurde der junge Mann neben ihm schlagartig weiß im Gesicht. In seinem Blick lag Unsicherheit. Diese merkwürdige Reaktion war ihm natürlich nicht entgangen.

„Kennst du diesen Karlsfeld etwa?"

Hauke Hein schluckte und blickte sein Gegenüber fragend an.

„Weißt du auch, wie der Tote mit Vornamen hieß?"

„Lass mich mal überlegen. Ich glaub der Polizist hat gesagt, dass er Reinhard hieß."

Haukes Blick ging mit einem Mal weit in die Ferne. Sein Körper sackte auf der Bank schlaff zusammen.

„Reinhard", kam es ganz leise über seine Lippen.

Hauke saß da, wie ein Häufchen Elend. Seine Augen wurden feucht und eine dicke Träne kullerte seine Wange hinab.

Alexander wurde unsicher. Er wusste nicht, wie er sich verhalten sollte. Ganz offensichtlich hatte der Tote dem jungen Mann neben ihm sehr nahe gestanden. Zögerlich legte er eine Hand auf Haukes Schulter.

„War er mit dir verwandt?"

Hauke Hein drehte langsam den Kopf in Alexanders Richtung.

„Er ist ein guter Freund von mir. Reinhard war vor vier Tagen noch hier auf der Insel. Ich brachte ihn bei seiner Abreise selbst zum Inselflugplatz, winkte ihm noch zu, als sein Flieger abhob. Er kann doch jetzt nicht einfach tot sein." Erneut ging sein Blick teilnahmslos in die Ferne. Dabei schüttelte er ganz langsam, wie in Zeitlupe, den Kopf. „Reinhard kann nicht tot sein."

„Es tut mir leid." Alexander wusste nicht, was er noch sagen konnte, wusste nicht, wie er sich jetzt verhalten sollte.

Die beiden saßen auf der Bank, umgeben von bedrückendem Schweigen.

Nach einer Weile war es Alexander, der dieses Schweigen brach.

„Hatte dein Freund denn Feinde?"

Zunächst bekam er als Antwort nur ein hilfloses Schulterzucken. Dann atmete Hauke tief durch. „Du möchtest wissen, ob Reinhard Feinde hatte?" Er schüttelte den Kopf. „Nein, er hatte keine Feinde, warum auch? Er konnte keiner Fliege was zu Leide tun. Er war der friedliebendste Mensch, den man sich nur vorstellen kann. Wir kannten uns schon seit unserer Kindheit und ich habe nicht ein einziges Mal gesehen, dass Reinhard sich mit irgendjemandem gestritten hat."

„Vielleicht wurde dein Freund ja überfallen und ausgeraubt", mutmaßte Alexander. „Vielleicht war es ein Raubmord."

Haukes Mundwinkel zuckten kurz nach unten. „Nein, bei Reinhard gab es nichts zu holen." Die Stimme klang ausdruckslos.

„Du musst unbedingt zur Polizei gehen und melden, dass du den Toten kanntest."

„Warum? Du hast doch gesagt, dass sie wissen, wer der Tote ist."

„Ja, aber sie wissen nicht, warum er hier auf Juist war."

„Ich weiß es doch auch nicht. Als Reinhard sich vor vier Tagen von mir verabschiedete, wollte er nach Hamburg. Ich wusste nicht, dass er wieder zurück gekommen war."

„Trotzdem, Hauke, du solltest zur Polizei gehen. Vielleicht kann deine Aussage ja zur Klärung des Mordes beitragen."

„Wenn du meinst." Hauke zögerte. Dann stand er auf. „Na gut, ich geh jetzt zur Polizei. Vielleicht war der Tote ja überhaupt nicht mein Freund Reinhard, sondern jemand, der nur so ähnlich hieß." Er wirkte mit einem Mal wieder sehr gefasst.

„Mach die keine falschen Hoffnungen, Hauke." Alexander erhob sich ebenfalls. Er schaute Hauke an und verspürte wieder dieses tiefe Mitleid mit dem blassen jungen Mann. „Möchtest du, dass ich dich zur Polizei begleite?"

Hauke wirkte unsicher. Seine Pupillen schienen für einen Moment hinter der Brille unruhig hin und her zu huschen. Dann nickte er.

„Ja, wenn es dir nichts ausmacht. Ich möchte jetzt nicht allein sein."

Der Weg zur Polizei glich einem Schweigemarsch.

In seinen Gedanken sah Hauke seinen Freund Reinhard vor sich, wie er beim letzten Abschied im Flieger saß und ihm zuwinkte. Auch wenn Hauke noch einen winzigen Funken Hoffnung in sich trug, dass der Tote vielleicht doch nicht sein Freund war, so war er sich doch sicher, dass dieser Funke gleich bei der Polizei von einer fürchterlichen Flutwelle für immer gelöscht wird.

Ihr Weg führte sie am Kurpark vorbei. Hier saßen die Menschen auf den Bänken und genossen die warmen Sonnenstrahlen. Andere flanierten durch die Anlage oder sahen den Kindern dabei zu, wie diese ihre Bötchen im großen Brunnen schwimmen ließen. Der Kurpark glich einer kleinen, pulsierenden Oase. Hauke und Alexander bekamen von all dem nicht viel mit. Zu sehr waren sie in ihre Gedanken vertieft. Als sie den Kurpark passiert hatten, war die Polizeiwache schnell erreicht.

Der Polizist staunte, als Alexander Lorenz plötzlich wieder vor dem Tresen in der Polizeiwache stand.

„Da haben Sie aber Glück gehabt, dass ich noch da bin", meinte der Beamte. „Ich wollte gerade abschließen, denn die Wache ist offiziell nur von neun bis elf Uhr vormittags geöffnet. Haben wir bei Ihrer Aussage noch etwas vergessen?"

„Nein. Ich habe Ihnen aber jemanden mitgebracht, der den Toten gut kannte."

Der Polizist musterte den Mann, der zusammen mit Lorenz eingetreten war.

„Ich kenne Sie irgendwo her", stellte der Polizist fest.

„Kein Wunder", antwortete Hauke. „Wir sind uns schon oft im Ort flüchtig begegnet, allerdings nur im Vorbeilaufen. Ich bin der Sohn von Lilli Hein. Sie wohnt hier direkt um die Ecke."

Der Polizist nickte.

„Deshalb kamen Sie mir so bekannt vor."

Er wies auf die Stühle vor seinem Schreibtisch.

„Bitte, nehmen Sie Platz."

Lorenz und Hein nahmen das Angebot an.

Hauke erkundigte sich sofort nach den genauen Personalien des Mordopfers. Er wollte sich Gewissheit verschaffen. Der Polizist las von einem Schriftstück den Namen, das Geburtsdatum und die Adresse des Mordopfers vor. Noch während der Beamte las, ging Haukes Blick ins Leere. Da war sie, die Gewissheit, die er erahnt, aber eigentlich nicht wahrhaben wollte. Reinhard war tot.
„Wie gut kannten Sie das Mordopfer?"
Die Frage des Polizisten klang wie aus weiter Ferne.
Hauke erklärte dem Beamten mit monotoner Stimme, dass der Tote ein Freund von ihm war. Er berichtete auch, wann er ihn das letzte Mal gesehen hatte. Nun wirkte er wieder sehr gefasst.
Der Polizist notierte Haukes Personalien, sowie die Aussage über den letzten Inselaufenthalt des Mordopfers auf einem Block. Als seine Besucher ihn schließlich wieder verließen, begleitete er sie zur Tür.
„Vielen Dank, Herr Hein. Wenn wir noch etwas von Ihnen wissen möchten, werden wir uns bei Ihnen melden."
„Was wirst du jetzt tun, Hauke?", fragte Alexander, als sie wieder draußen waren.
„Ich weiß es nicht." Er zuckte lustlos mit den Schultern. „Eigentlich wollte ich heute ins Schwimmbad gehen, doch danach ist mir nicht mehr. Weißt du, Alex, ich hab mir drei Wochen Urlaub genommen, wollte mal wieder etwas Abstand zum Museumsstaub gewinnen." Noch einmal zuckte er resigniert mit den Schultern. „Urlaub", kam es bitter über seine Lippen. „Der Urlaub ist für mich gelaufen." Erneut wurde sein Blick teilnahmslos. „Ich kann `s immer noch nicht fassen."
Wie schon vorhin auf der Bank, legte Alexander ihm beruhigend die Hand auf die Schulter. Erneut verspürte er

tiefes Mitleid mit Hauke. Das Gefühl, dass er den armen Kerl neben sich jetzt auf keinen Fall allein lassen durfte, manifestierte sich immer mehr.

„Soll ich dich nach Hause bringen, Hauke? Wenn du möchtest, dann komme ich noch mit zu dir. Du kannst mir von deiner Arbeit im Museum erzählen. Das lenkt dich bestimmt etwas ab."

Hauke blickte ihn verwundert an.

„Das würdest du wirklich tun? Ich meine, du hast doch Urlaub und bestimmt etwas Besseres zu tun."

„Nach dem heutigen Erlebnis ist mir ebenfalls der Sinn nach Urlaub vergangen. Also, was ist jetzt? Soll ich dich begleiten?"

Hauke nickte.

Während die beiden auf dem Weg zu Haukes Wohnung waren, dachte Alexander über den schmächtig wirkenden jungen Mann, der sichtlich geknickt neben ihm her schritt, nach. Obwohl Hauke für ihn ein Fremder war, wurde das Gefühl, jetzt für ihn da sein zu müssen, immer stärker.

Ein armer Kerl, irgendwie mag ich ihn.

Genau in dem Moment, als er das dachte, blickte Hauke ihn an. „Es ist wirklich merkwürdig, Alex. Vor einer Stunde kannte ich dich noch nicht und jetzt hab ich das Gefühl, als geht ein guter Freund neben mir her."

Ein kurzes Lächeln huschte über Alexanders Gesicht.

Bald erreichten die beiden Haukes Zuhause. Das mit ziegelroten Klinkern verkleidete Haus, welches in einer kleinen Seitenstraße lag, gehörte Haukes Mutter. Sie hatte ihrem Sohn ein Gästezimmer im oberen Geschoss zur Verfügung gestellt.

Haukes Mutter war nicht daheim, als die zwei jungen Männer eintraten.

„Das war früher mal mein Kinderzimmer", erklärte Hauke, nachdem sie den Raum betreten hatten. „Hier wohne ich immer, wenn ich auf Juist bin. Es ist eigentlich mein zweites Zuhause, bin schließlich hier aufgewachsen. Meine kleine Wohnung in Hamburg ist zwar auch schön, aber hier fühle ich mich immer noch am wohlsten."

Er räumte einige Kleidungsstücke vom Sofa, damit sein Besucher Platz nehmen konnte.

„Kann ich dir etwas zu trinken anbieten, Alex?"

„Was hast du denn da?"

„Ich könnte dir einen echten Ostfriesentee oder einen Kaffee kochen. Wenn dir eher nach etwas Kaltem ist, dann wäre noch Wasser, Limo, Cola oder Bier da."

Sein Gast war über die reichhaltige Auswahl erstaunt. Er überlegte kurz.

„Nach etwas Heißem ist mir auf jeden Fall nicht."

„Wie gesagt, dann hast du die Wahl zwischen Wasser, Limo, Cola oder Bier."

„Kaltes Bier?"

„Kaltes Bier."

„Na dann, ein kaltes Bier bitte."

Nachdem Hauke zwei Dosen Bier auf den Tisch gestellt hatte, nahm er neben seinem Gast Platz.

Alexander blickte ihn fragend an. „Das du in einem Hamburger Museum arbeitest, hab ich ja schon mitbekommen. Jetzt möchte ich aber endlich wissen, welcher Tätigkeit du dort nachgehst?"

„Ich arbeite in der Verwaltung, leite 'ne große Abteilung und bin für den gesamten Fundus zuständig. Ich kann dir sagen, dass das 'ne Menge Zeug ist, was da im Museum herumliegt. Wenn man es genau nimmt, dann sind eigentlich nur die wenigsten Dinge ausgestellt. Um den

Besuchern wirklich alles zeigen zu können, was das Museum beherbergt, müsste man anbauen. Das Schlimme ist aber, dass regelmäßig immer neue Dinge dazu kommen." Er trank einen Schluck Bier. „Es kommt oft vor, dass unser Museum ganze Sammlungen erbt. Wir müssen dann immer zu sehen, dass wir alles katalogisiert bekommen. Das ist `ne Menge Arbeit." Sein Blick wurde mit einem Mal wieder traurig. „Mir fällt gerade ein, dass mein Freund Reinhard ebenfalls einige alte Relikte für das Museum zur Verfügung gestellt hat. Es war erst im letzten Monat. Eine alte Tante von ihm war verstorben und er hatte beim Entrümpeln ihres Hauses geholfen. Dabei entdeckte er auf dem Dachboden einige wertvolle Relikte der Seefahrt, alte Schiffsglocken und Sextanten. Dann war da noch eine Kiste, in der sich für das Museum sehr wertvolle Unterlagen befanden, uralte Logbücher und `ne Menge Siegel aus der Zeit, als die ersten Hansekoggen die Meere befuhren. Reinhard überließ das wertvolle Erbe seiner verstorbenen Tante dem Museum. Ich musste ihm noch versprechen, den Inhalt der Kiste erst zu katalogisieren, wenn er mir grünes Licht dafür gibt. Bis dahin sollte ich die Kiste so, wie sie war, aufbewahren. Mein Gott, und jetzt ist er tot." Als Hauke erneut seine Bierdose ansetzen wollte, verhielt er in der Bewegung. „Ich Trottel. Warum hab ich nicht gleich daran gedacht?"

Alexander blickte ihn verwundert an.

„An was hast du nicht gedacht?"

„Reinhard hatte scheinbar doch Feinde, und ich hab `s ihm nicht geglaubt." Hauke redete so, als verspürte er mit einem Mal große Schuldgefühle.

„Was hast du ihm nicht geglaubt, Hauke?"

„Reinhard erzählte mir kurz vor seiner Abreise von Juist, dass er zwischen den alten Sachen auf dem Dachboden etwas gefunden hat, was ihn nicht nur steinreich machen wird, sondern ihm auch unglaubliche Macht verleiht, sobald er hinter das Geheimnis, welches noch entschlüsselt werden muss, gekommen ist. Reinhard sagte, dass diese Sache so unvorstellbar ist, dass er niemals gedacht hätte, dass es so etwas überhaupt geben kann. Er meinte, bereits kurz vor dem Ziel zu sein und dass alles nur noch eine Frage der Zeit sei. Natürlich glaubte ich, dass mein Freund wieder einen seiner berühmten Scherze macht. Er war bekannt dafür, dass er die Leute gerne mit irgendwelchen erfundenen Geschichten verarscht. Als er dann noch erzählte, dass man bei ihm in der Wohnung eingebrochen hatte, weil man sein Geheimnis stehlen wollte und dass es sogar Leute gibt, die ihn heimlich beobachten und verfolgen, war ich mir sogar ganz sicher, dass er wieder mal seiner Fantasie freien Lauf ließ. Er hatte behauptet, dass seine Wohnung total durchwühlt worden war. Angeblich hatten die Einbrecher den gesamten Inhalt aller Schränke und Schubladen durch die ganze Wohnung verteilt. Ich gab Reinhard auch sofort zu verstehen, dass ich ihm diese Geschichte nicht abkaufe. Daraufhin hatte er gelächelt und gesagt, dass ich meine Meinung darüber bald ändern werde."

„Wenn ich ehrlich bin, Hauke, dann klingt das wirklich unglaubwürdig, ein unvorstellbares Geheimnis, welches unglaubliche Macht verleiht. Das hört sich an, wie aus einem Fantasyfilm."

„Reinhard behauptete, dass er beobachtet und verfolgt wurde. Vielleicht hat er ja in den alten Unterlagen eine echte Schatzkarte gefunden? Vielleicht war man war deshalb hinter ihm her und hat ihn umgebracht."

„Vorausgesetzt, seine Geschichte entsprach der Wahrheit", meinte Alexander.

Die zwei diskutierten noch eine ganze Weile über das Für und Wider dieser Geschichte. Bald waren die ersten Dosen Bier gelehrt. Hauke begab sich zum Kühlschrank und sorgte für Nachschub.

„So, Alex", meinte er schließlich, „jetzt möchte ich endlich auch mal was über deinen Beruf erfahren."

Diese Auskunft erteilte der Angesprochene gerne, denn er war stolz darauf, berichten zu können, welch berühmte Kunstwerke er schon erfolgreich restauriert hatte.

„Ob du es glaubst oder nicht Hauke, ich wurde, gemeinsam mit meinen Partnern, schon nach Rom gerufen, um einen großes Werk von Leonardo zu bearbeiten."

„Leonardo?"

„Ja."

„Du meinst Leonardo Da Vinci."

Alexander lachte.

„Genau, einen Leonardo da Vinci. Ich hab Leonardo gesagt, weil der Künstler schlicht und einfach nur Leonardo hieß. Er kam aus der Stadt Vinci und deshalb nannten sie ihn Leonardo da Vinci. Nur, das wissen viele nicht."

Hauke grinste sein Gegenüber an.

„So etwas brauchst du mir nicht zu erklären, Alex. Wenn ich das nicht wüsste, dann hätte ich meinen Job verfehlt.

Ich hab mich während meines Studiums ausgiebig mit der italienischen Kunstgeschichte beschäftigte und bei dem Namen fielen mir spontan weitere Leonardos ein, der venezianischen Maler Leonardo Dudreville und Leonardo

Bernini. Bernini lebte im siebzehnten Jahrhundert in Florenz und schuf weltberühmte Landschaftsteppiche."

Alexander nickte anerkennend und deutete eine Verbeugung an. „Ich verneige mein Haupt vor deinem großen Wissen."

In diesem Moment vernahmen sie von unten Geräusche.

„Bist du schon zu Hause, Hauke?", ertönte eine Frauenstimme.

„Ja, Mama."

Nun waren Schritte zu hören. Jemand stieg die Treppen hinauf. Dann betrat eine Frau den Raum. Sie blickte Haukes Gast verwundert an.

„Oh, du hast ja Besuch, Hauke."

„Mama, das ist Alex", stellte Hauke seinen Gast kurz vor. „Er hat sich als Feriengast bei deiner Freundin Lilli eingemietet."

Alexander stand auf, reichte der Frau die Hand und nickte ihr mit einem freundlichen "Hallo" zu.

Sie nickte kurz zurück und wandte sich an ihren Sohn.

„Hast du schon gehört, Hauke, dass man draußen am Billriff eine Leiche gefunden hat?"

Der Blick ihres Sohnes verfinsterte sich.

„Ja." Die Traurigkeit in seiner Stimme war zurückgekehrt. „Falls du es noch nicht weißt, Mama, der Tote war Reinhard."

„Was?", kam es lang gezogen aus dem Mund der Frau.

Sie blickte Hauke ungläubig an.

„Woher weißt du das?"

„Von der Polizei."

„Von der Polizei?" Verständnislosigkeit lag in ihrer Stimme. „Wieso von der Polizei?"

Hauke atmete tief durch.

„Es ist so, Mama, Alex hat heute Morgen Reinhards Leiche entdeckt und wir waren zusammen auf der Wache, um eine Aussage zu machen."

Haukes Mutter schaute für einen Moment nach unten, schüttelte leicht den Kopf und wandte sich dann Alexander zu.

„Mein Gott." Ihre Stimme zitterte. „Oh, mein Gott." Sie schluckte. Ihre Augen wurden feucht. Die Lider zuckten ein paar Mal schnell herunter. „Weiß man schon, was ihm zugestoßen ist?"

Alexander nickte.

„Ja, er wurde ermordet."

Erneut kam ein lang gezogenes „Was?" aus ihrem Mund.

Bevor sie noch etwas sagen konnte, erklang von irgendwoher ein Telefon, dessen grelles Schrillen durch das ganze Haus hallte. Haukes Mutter verließ sofort den Raum und eilte die Treppen hinunter.

„Hauke!", rief sie nach wenigen Augenblicken. „Telefon für dich."

Hauke verließ sein Zimmer. Als er nach kurzer Zeit wieder zurück kam, ließ er sich neben Alexander auf das Sofa fallen. Er nahm seine Dose Bier in die Hand, trank sie mit einem Zug aus und stellte sie unsanft auf den Tisch zurück. Dann beugte er sich nach vorne, stützte die Ellbogen auf die Knie ab und starrte die Bierdose an.

Alexander runzelte die Stirn.

„Nun sag schon, Hauke, was ist passiert?"

„Reinhard hatte nicht gelogen. Die Geschichte vom Wohnungseinbruch ist wahr. Der Polizist war gerade am Telefon, fragte mich, ob Reinhard irgendwelche Feinde hatte. Da ist ein Fax von der Hamburger Polizei ange-kommen. Demnach hatte das Mordopfer vor wenigen

Tagen einen Einbruch gemeldet, bei dem die ganze Wohnung verwüstet wurde. Nun vermutet die Polizei, dass die Einbrecher etwas mit dem Mord zu tun haben könnten." Hauke schüttelte langsam den Kopf. „Mein Gott, was war ich für ein Freund. Warum hab ich ihn nicht ernst genommen?"

„Was hätte das genutzt, Hauke. Dadurch hättest du den Mord auch nicht verhindert."

„Du hast Recht, aber ich hab trotzdem ein schlechtes Gefühl."

„Wenn die Geschichte deines Freundes der Wahrheit entspricht, dann bedeutet das, dass es auch dieses Geheimnis, von dem er geredet hat, geben muss."

Hauke nickte.

„Ja, aber was könnte das sein?"

„Langsam macht mich diese Geschichte neugierig", meinte Alexander. „Meinst du, dass wir die Möglichkeit haben, hinter dieses merkwürdige Geheimnis zu kommen?"

„Ich bin mindestens genau so neugierig, wie du, Alex. Und jetzt, wo ich weiß, dass Reinhard nicht gelogen hat, fühle ich mich ihm gegenüber irgendwie verpflichtet." Er griff nach der leeren Bierdose und zerdrückte sie mit den Fingern. „Ich werde alles versuchen, um dieses Geheimnis zu lüften. Ich will wissen, warum er sterben musste." Er blickte die zerquetschte Bierdose in seiner Hand an, als erwartete er von ihr eine Antwort. „Nur, wonach sollen wir suchen? Reinhards Wohnung wurde bereits durchwühlt. Wo um alles in der Welt könnten wir einen Hinweis auf dieses Geheimnis finden?"

„Hattest du nicht gesagt, dass er dem Museum eine Kiste mit alten Unterlagen überlassen hat?"

Hauke nickte.

„Ja, und ich sollte den Inhalt erst katalogisieren, wenn er mir grünes Licht gibt."

„Hatte er dir schon grünes Licht gegeben?"

„Nein, dazu ist er nicht mehr gekommen."

„Wer weiß?", meinte Alexander. „Vielleicht gibt es ja in dieser Kiste einen Hinweis. Hattest du dir den Inhalt der Kiste schon einmal genauer angesehen?"

„Nein, ich hab zwar gesehen, dass diese Kiste einige alte Siegel, Logbücher und irgendwelche handschriftliche Unterlagen beinhaltet, doch ich bin noch nicht dazu gekommen, mir diese Dinge genauer zu betrachten. Dazu braucht man viel Zeit, denn wenn man so alte Artefakte nicht sachgemäß behandelt, dann könnte es passieren, dass sie einem regelrecht in den Händen zerbröseln."

„Irgendwie bekomme ich das Gefühl, dass der Inhalt dieser Kiste etwa mit dem Geheimnis deines verstorbenen Freundes zu tun hat."

„Wenn das stimmt,...", Hauke brachte den Satz nicht zu Ende. „Ich werde morgen nach Hamburg fahren."

Alexander blickte sein Gegenüber enttäuscht an.

„Werde ich erfahren, wenn du dort irgendetwas findest, Hauke?"

„Natürlich, aber warum kommst du eigentlich nicht mit?"

„Du meinst, ich soll mit in das Museum kommen?"

„Genau das mein´ ich. Wir könnten den Inhalt der Kiste zusammen untersuchen. Vier Augen sehen mehr als zwei."

Hauke blickte Alexander fragend an.

„Also, was ist? Kommst du mit?"

„Sehr gerne."

„Gut, dann werde ich gleich den Flugplatz anrufen und nachfragen, wann wir einen Flug haben können."

„Meinst du nicht, dass wir der Polizei erzählen sollten, warum man deinen Freund wahrscheinlich umgebracht hat?"

„Warum sollten wir das tun? Erstens würde uns die Polizei sowieso nicht glauben, wenn wir erzählen würden, dass Reinhard etwas gefunden hat, das Reichtum und unglaubliche Macht verleiht, und zweitens, sollten sie es doch glauben, dann würden sie wohlmöglich in das Museum gehen und die Kiste beschlagnahmen."

„Du hast Recht, Hauke."

Alexander wunderte sich darüber, wie schnell Hauke logische Argumente für den Grund, der Polizei nichts zu sagen, vortrug.

Hauke saß da und betrachtete nachdenklich die zerdrückte Bierdose in seiner Hand.

Alexander blickte ihn forschend an. *Eigentlich steckt Hauke im falschen Körper*, ging es ihm durch den Kopf. Er dachte darüber nach, dass Hauke, rein optisch gesehen, eher wie jemand wirkt, den man in die Kategorie eines schüchternen Typen stecken würde, zurückhalten und ohne jegliche Spontanität. *Da kann man mal sehen, wie sehr Äußerlichkeiten täuschen können.*

Plötzlich ging die Zimmertür auf. Haukes Mutter betrat den Raum.

„Wieso hat die Polizei angerufen, Hauke? Was wollte der Polizist von dir?"

„Nichts Besonderes, Mama. Es ging um den Mord an Reinhard. Sie wollten wissen, wann ich ihn das letzte Mal gesehen habe."

„Ach so." Haukes Mutter wirkte nachdenklich, so, als hätte sie die Lüge ihres Sohnes bemerkt. Dann machte sie Anstalten, das Zimmer wieder zu verlassen, blieb aber plötzlich wieder stehen. „Hast du eigentlich schon mein Fahrrad geflickt, Hauke?"

„Nein, das hab ich in der ganzen Aufregung glatt vergessen."

„Dann weißt du ja, was du jetzt zu tun hast. Ich brauche das Rad gleich."

„Ja, Mama, ich werde mich sofort an die Arbeit machen."

Die Frau verließ den Raum.

„Tut mir leid, Alex, aber ein Fahrrad ist hier auf Juist das gleiche, was auf dem Festland ein Auto ist. Ohne ihr Rad ist Mama aufgeschmissen. Wir müssen die Planung über unser weiteres Vorhaben auf später verschieben. Kann ich dich anrufen?"

„Ich hab kein Handy dabei und in meiner Ferienwohnung gibt `s kein Telefon."

„Hast du denn heute noch etwas vor, Alex?"

„Eigentlich nicht."

„Gut, wenn du nichts dagegen hast, dann komme ich zu dir in die Ferienwohnung, sobald ich Mamas Rad geflickt habe. Dann reden wir weiter."

„Einverstanden."

Alexander verabschiedete sich und machte sich auf den Weg zu seiner Unterkunft.

Dort wartete er voller Ungeduld auf Hauke. Immer wieder ging ihm die Kiste mit den alten Artefakten durch den Kopf. Was würden sie darin wohl finden? Konnte es wirklich ein Geheimnis geben, welches unglaubliche Macht verleiht? *Hauke ist wirklich ein netter Kerl,* ging es ihm durch den Kopf. Alexander konnte sich nicht daran erinnern, jemals jemanden kennen gelernt zu haben, der ihm auf Anhieb so sympathisch war. Zunächst dachte er daran, dass es vielleicht daran lag, dass sie beide etwas mit dem toten Reinhard Karlsfeld zu tun hatten und dass sie nun gemeinsam dessen Geheimnis lüften wollten. Doch Alexander war fest davon überzeugt, dass er sich auch ohne solche Umstände mit Hauke Hein sofort blendend verstanden hätte. *Könnte ein echter Freund von mir werden.* Er trat auf den Balkon und blickte auf das Watt hinaus. Es war wieder Ebbe. Er erkannte einige Segelboote, die auf dem Watt standen. Heute Mittag, bei Hochwasser, schwammen die ankernden Boote noch auf dem Meer. Nun lagen sie trocken.

Dann bog Hauke endlich um die Hausecke.

„Du hast das Rad deiner Mutter aber schnell geflickt", rief er ihm entgegen.

Hauke lächelte nur.

Wenig später stieg er bereits die steile Treppe empor, die zu Alexanders Ferienwohnung führte.

Als Hauke die Jacke auszog, meinte Alexander: „Wirf deine Jacke einfach über meine." Er deutete auf die, mit diversen Kleidungsstücken voll gehängte Garderobe. „Die anderen Garderobenhaken sind hoffnungslos überfüllt."

Kaum hatte Hauke die Jacke über die von Alexander gehängt, rutschten beide Kleidungsstücke vom Haken und landeten auf dem Boden.

„Das passiert mir auch dauernd", kommentierte Alexander dieses Missgeschick. „Entweder ist die Garderobe zu klein oder ich habe zu viele Klamotten daran aufgehängt. Vielleicht sollte ich einige meiner Jacken besser im Schrank unterbringen."

Er lachte.

Als Hauke die Kleidungsstücke wieder aufgehoben hatte, blickte er auf den Boden. „Deine Brieftasche ist aus der Jacke gefallen."

„Meine Brieftasche?", wunderte sich sein Gegenüber. „Ich habe keine Brieftasche."

„Und was ist das hier?" Hauke hielt eine Lederbrieftasche hoch. „Ich hab ganz genau gesehen, wie dieses Teil aus deiner Jacke gefallen ist."

Jetzt erkannte Alexander das lederne Stück.

„Mein Gott. Daran hab ich gar nicht mehr gedacht. Die Brieftasche fand ich heute Morgen auf dem Billriff. Als ich die Hand im Sand entdeckt hatte, muss ich mir die Brieftasche wohl unbewusst eingesteckt haben. Eigentlich hätte ich sie der Polizei übergeben müssen, denn sie lag ganz in der Nähe des Toten. Es könnte schließlich ein Beweismittel sein."

Hauke blickte die Brieftasche in seiner Hand neugierig an. Für einen Moment wirkte er noch unsicher, dann aber öffnete er sie.

„Dann wollen wir doch mal sehen, was wir da haben."

Er zog etwas aus einem der ledernen Fächer heraus, ganz offensichtlich eine Postkarte.

„Das gibt`s doch nicht", kam es leise aus seinem Mund.

„Was gibt es nicht?", wollte Alexander sofort wissen, als er Haukes verblüfften Gesichtsausdruck bemerkte.

„Das ist Reinhards Brieftasche. Diese Postkarte hier hat er mir letztens gezeigt, Urlaubsgrüße eines Nachbarn von ihm aus Mallorca."

Hauke durchsuchte die Brieftasche weiter. Schließlich zog er ein kleines Foto heraus und zeigte es Alexander.

„Das Mädchen auf dem Bild ist Trixi, Reinhards Schwester."

„Trixi", wiederholte Alexander. „Das ist aber ein merkwürdiger Name für ein Mädchen. Ich kenne jemanden, der einen Hund namens Trixi besitzt."

„Reinhards Schwester heißt eigentlich Beatrix, doch niemand nennt sie so. Alle sagen immer nur Trixi zu ihr."

Alexander betrachtete das Foto, welches eine junge Frau um die Dreißig zeigte.

„Trixi ist auf diesem Bild schlecht getroffen", stellte Hauke klar. „Sie ist in Wirklichkeit eine wahre Schönheit."

Alexanders Augenbrauen schoben sich verwundert nach oben.

„Auf diesem Foto sieht sie aber eher aus, wie irgend so 'ne blasse Ökotante."

Sein Gegenüber schmunzelte.

Er fuhr mit der Durchsuchung der Brieftasche fort. Dann zog er ein zusammengefaltetes Blatt Papier heraus, faltete es auseinander und las sich den handgeschriebenen Text darauf durch. Dabei wurden seine Augen immer größer.

„Ich werd´ verrückt. Das ist Reinhards Handschrift."

„Und was steht dort?"

Hauke rückte seine Brille zurecht.

„Ich glaub, es ist das, wonach wir suchen. Hör zu, ich lese es vor.

1. Übersetzung

Aus dem Tagebuch von Sven Jören,

erster Maat auf der Schwarzen Möwe, Kogge der Hanseflotte.

12. Juley 1871

Bisher hielt ich die Geschichten von Gunar für Unwahrheiten. Gunar hatte vor zwei Jahren auf der Schwarzen Möwe angeheuert. Jedes Mal, wenn er beim Landgang seine Heuer versoffen hatte, hörten wir von ihm die Geschichte von seinem Schatz und einem geheimnisvollen Ding, mit dem man die Welt beherrschen kann. Dieses Ding nannte er Cöersyn. Er wusste aber nicht einmal, wie dieser geheimnisvolle Cöersyn aussehen sollte. Gunar erzählte immer etwas von einer Karacke, die aus dem besten Gehölz von Sönderjylland bestanden hat. Der Teufel selbst wollte diesen Schatz besitzen, sagte Gunar und deshalb hat er die Karacke mit seiner Macht zu sich geholt. Alle sind zum Teufel gegangen, nur Gunar nicht, denn Gunar konnte als einziger schwimmen. Der gewaltige Schatz solle von den Warägern stammen, die einst auf den Färöern gelebt haben. Der Seeräuber Gunbjörn, ein Enkel vom letzten Warägerhäuptling, Trondur i Götu, soll den Schatz in Sandur vergraben haben. Als die Besatzung von Gunars Schiff zwei Tote, die an der Pest verreckt sind, begraben wollten, stießen sie beim Ausheben des Grabes auf den Schatz. Alles Gold, Silber und Geschmeide wurde auf das Schiff gebracht. Man überließ lediglich acht Duzend Silbermünzen den Totengräbern von Sandur als Schweigegeld. Gunar sagt, dass er reich war, bis der Teufel den Schatz holte. Gunar sagt auch, dass er der einzige ist, der weiß, wo der Schatz und die Truhe mit dem Cöersyn zu finden sind. Dieses Seemannsgarn kannte die ganze Besatzung der Schwarzen Möwe schon auswendig. Das Einzige, was der Wahrheit entsprach, ist, dass Gunar tatsächlich einer der wenigen ist, die auf dem Wasser schwimmen können, ohne abzusaufen. Die Besatzung der Schwarzen Möwe hatte 40 Tage Landgang, weil das Schiff vom Meeresdreck und Bohrmuscheln befreit werden musste. Die Beschädigungen durch Muscheln und Holzwürmer mussten beseitigt werden und der Rumpf der Schwarzen Möwe wurde neu kalfatert. Dieses Mal versoff Gunar nicht seine Heuer. Er verschwand mit einer Kutsche. Als er nach 30 Tagen zurück kam, war er wieder im Suff. Gunar brachte vier Kisten Rum mit und verteilte die Flaschen an die Besatzung. Wir alle wunderten uns über die vornehmen Kleider, die Gunar am Leib trug. Ich stellte ihm die Frage, woher er das alles hatte. Da antwortete er, dass er sich etwas von dem Schatz geholt hat. Er griff fürwahr einige Gold- und Silbermünzen aus seiner Rocktasche. Am nächsten Morgen kam Gunar zu mir. Er sagte, dass ich der einzige Mann wäre, dem er vertraut und er machte mir gegenüber ein Geständnis. Es klebt Blut an diesem Schatz, meinte er und er müsse sein Gewissen erleichtern. Er sagte, dass es drei Mann waren, die den Schiffsuntergang überlebt und es bis zum rettenden Strand geschafft hatten. Die drei waren noch einmal zum Wrack gerudert und konnten den Inhalt von vier Schatzkisten bergen. Auch die kleine Truhe mit dem geheimnisvollen Cöersyn wurde geborgen. Dann haben die drei Männer den Schatz vergraben. Kaum war das erledigt, da begann der Streit zwischen den beiden anderen Männern. Einer von ihnen kam bei diesem Streit ums Leben. Da Gunar sich sicher war, dass der andere Mann auch ihn umbringen würde, um den Schatz für sich alleine zu besitzen, wartete er die erste Gelegenheit ab, und erschlug den Mann rücklings. Nun war Gunar der einzige, der von dem Schatz wusste. Gunar schlug mir vor, dass er zusammen mit mir nach unserer nächsten Fahrt den Schatz und die Truhe mit dem Cöersyn bergen wollte. Danach wären wir reicher und mächtiger als Könige und könnten ein Leben im Wohlstand führen. Als Zeichen seines Vertrauens überreicht er mir eine Karte, *auf der die Lage des Schatzes eingezeichnet war. Bevor ich diese Karte zwischen Büchern in meiner Kiste versteckte, warf ich einen Blick darauf. In der Tat war die angegebene Position anhand der eingezeichneten Landmarken gut zu finden. Es hatte sich sehr schnell herumgesprochen, dass Gunar Gold- und Silbermünzen besaß. Zwei Tage später fand man ihn morgens mit aufgeschlitzter Kehle in einer Seitengasse. Man hatte ihn umgebracht und ausgeraubt. Nun bin ich der einzige, der das Versteck des Schatzes finden kann. Gott sei Gunars Seele gnädig."*

Nachdem Hauke zu Ende gelesen hatte, schwiegen die beiden für einen Moment.

„Wenn ich ehrlich bin", meinte Alexander schließlich, „dann hab ich einiges in dieser Geschichte nicht richtig verstanden."

„Da bist du nicht der einzige."

„Meinst du nicht, Hauke, dass diese ganze Geschichte nichts anderes ist, als Seemannsgarn?"

„Ich weiß nicht so recht. Du kanntest Reinhard nicht. Er band zwar ganz gerne anderen Leuten einen Bären auf, aber er war nicht so naiv, auf irgendwelche Hirngespinste reinzufallen. Weißt du, Reinhard war sehr intelligent. Er arbeitete bei einer großen Spedition, leitete dort die Personalabteilung und war für die gesamte Logistik zuständig. Ich hab ihn mal in seinem Büro besucht, ihm über die Schulter geschaut. Er erledigte seinen Job mit einer fast unglaublichen, logarithmischen Exaktheit. Auch wenn Reinhards Vorstellungen manchmal zwischen Realität und Imagination lagen, er war ein sehr logisch denkender Mensch. Ich bin davon überzeugt, dass es diesen Schatz tatsächlich irgendwo gibt. Ganz offensichtlich wurde Reinhard genau deshalb sogar umgebracht."

„Und was ist mit diesem geheimnisvollen Cöersyn?"

Hauke zuckte mit den Schultern.

„Ich kann mir nichts darunter vorstellen, aber wenn es den Schatz gibt, dann wird es auch diesen Cöersyn geben, was immer es auch ist."

Alexander kratzte sich nachdenklich am Kopf.

„Auf dem Zettel steht, dass dieser Cöersyn ein geheimnisvolles Ding ist, mit dem man die Welt beherrschen kann. Klingt doch verrückt, oder?"

Als Antwort bekam er nur ein Schulterzucken.

Nun lasen sich noch einmal in Ruhe den handgeschriebenen Zettel durch.

„Vielleicht bringt es uns weiter, wenn wir zunächst die Dinge auf diesem Papier abklären, die wir nicht so richtig verstehen", schlug Alexander vor. „Da steht was von einer Karacke, die aus dem besten Gehölz von Sönderjylland bestanden hat. Ich kenne weder eine Karacke, noch ein Sönderjylland. Eigentlich würde ich nun den Onkel Google fragen, aber ich habe kein Handy dabei."

Hauke grinste.

„Aber ich."

Er griff in die Brusttasche seines Hemdes und zog ein Handy heraus.

„Was für ein Zufall", sagte Alexander. „Du hast genau das gleiche Gerät, wie ich."

„Und wo ist dein Handy?"

„Hab `s absichtlich Zuhause gelassen, um einen absolut ungestörten und ruhigen Urlaub genießen zu können. Ich wollte einfach mal mit mir ins Reine kommen."

„Gibt es denn bei dir zu Hause irgendwelche Probleme?"

Alexander atmete tief durch.

„Ich bin frisch geschieden und da gibt es so einige Dinge, über die ich erst mal hinwegkommen muss."

„Dann erzähl doch mal, was dich so bedrückt. Es tut dir bestimmt gut, wenn du mal dein Herz ausschüttest."

Für einen Augenblick schaute Alexander sein Gegenüber verwundert an.

„Interessiert dich das denn überhaupt, Hauke?"

„Sonst würde ich dich doch nicht danach fragen, oder?"

Alexander verzog das Gesicht.

„Weißt du, Hauke, eigentlich hab ich noch niemanden erzählt, was wirklich geschehen ist. Die meisten Leute aus meinem Bekanntenkreis wissen natürlich, dass meine Frau mich mit einem anderen Kerl betrogen hat und dass sie nach der Scheidung das Sorgerecht für unsere Tochter bekam, doch über Einzelheiten hab ich noch mit keinem geredet."

„Wenn du es nicht erzählen möchtest, weil `s dir schwer fällt, darüber zu reden, geht das in Ordnung."

Alexander legte seinem Gegenüber eine Hand auf die Schulter.

„Ich werd es dir erzählen, aber ich schlage vor, dass wir uns erst mal setzen", meinte Alexander angesichts dessen, dass sie immer noch vor der Garderobe standen.

Nachdem sie Platz genommen hatten, erfuhr Hauke Alexanders Geschichte.

„Eigentlich hatte ich immer geglaubt, eine glückliche Ehe zu führen. Dann bekamen meine Partner und ich einen Auftrag in Madrid. Es ging um die Erhaltung von einem Fresko in einer großen Kathedrale. Für diese Arbeit waren sechs Wochen eingeplant, doch es verlief besser als wir dachten und so war die Arbeit schon nach fünf Wochen erledigt. Ich wollte meine Frau überraschen und hatte ihr deshalb nicht gesagt, dass ich eher komme. Es war Wochenende und ich wusste nach einem Telefongespräch mit meiner Frau, dass meine Tochter für zwei Tage bei einer Freundin schlief. Da wir also nur zu zweit sein würden, wollte ich meiner Frau eine ganz besondere Überraschung bereiten. Zunächst besorgte ich einen großen Strauß ihrer Lieblingsblumen. Dann fuhr ich zum Juwelier, um ihr genau den Ring zu kaufen, den sie sich schon seit langer Zeit gewünscht hatte. Ich ließ mich von einem Taxi in der kleinen Seitenstraße neben unserem Haus absetzen. Dort liegt die Hintertür, die in unseren Garten führt. Ich schlich mich hinein und bemerkte, dass oben, in unserem Schlafzimmer die Rollos runtergezogen waren. Meine Frau zog tagsüber immer zu, wenn sie sich mal zwischendurch zu einem Mittagsschläfchen ins Bett legte. Sie schlief also und das kam mir ganz gelegen, denn so konnte ich noch einige Vorbereitungen treffen. Ich begab mich in unser Gartenhäuschen, deckte dort den Tisch und hatte extra den Lieblingswein meiner Frau gekauft. Ich wollte eine gemütliche Atmosphäre schaffen, stellte ein paar Kerzen auf den Tisch und hatte vor, beim Italiener anzurufen, um dort das Lieblingsgericht meiner Frau zu bestellen. Das hatte ich schon des Öfteren gemacht und der Italiener lieferte die Bestellung bis ins Gartenhäuschen. Meine Frau fand das immer sehr romantisch. Dann ging ich ins Haus. Oben im Schlafzimmer brannte Licht und ich dachte, dass meine Frau wohl gerade wach geworden war. Also schlich ich leise die Treppe hinauf, in der linken Hand diesen riesigen Blumenstrauß und in der rechten die kleine Schatulle mit dem Ring. Dann hörte ich von oben dieses Stöhnen. Das mulmige Gefühl, welches sich plötzlich in meiner Magengegend breit machte und bei jedem Schritt schlimmer wurde, spüre ich jetzt noch. Schließlich stand ich vor der offenen Schlafzimmertür." Alexander schluckte, seine Augen schienen glasig zu werden. „Es war der schlimmste Moment meines Lebens." Es klang, als hätte er mit einem Mal einen Frosch im Hals. Sein Blick schien in die Ferne zu gehen. „Meine Frau lag mit weit gespreizten Beinen auf dem Bett und ließ sich von einem fremden Kerl vögeln. Ich hör jetzt noch sein lustvolles Gestöhne. Das hemmungslose Stöhnen meiner Frau allerdings übertönte seines um ein Vielfaches. Sie sah mich in der Tür stehen, schob den Kerl bei Seite und sprang auf. Ich hör immer noch ihre Worte. `Es ist nicht so, wie du denkst.´ Sie kam zu mir. `Es ist nicht so, wie du denkst´. Sie stand vor mir, blickte mich an, wirkte verzweifelt. Da setzte bei mir der Verstand aus und ich tat etwas, was ich noch niemals vorher getan hatte, ich schlug meine Frau, nicht mit der Faust, ich gab ihr mit der flachen Hand eine Ohrfeige. Dieser Schlag war allerdings so heftig, dass sie mit dem Kopf gegen den Spiegelschrank knallte. Der Spiegel splitterte. Ich sah Blut in ihrem Gesicht. Dann kam dieser Kerl, nackt wie er war, auf mich zu. Er brüllte mich an. `Ich werd´ dir helfen, eine Frau zu schlagen´. Ich hab nicht mehr gedacht, hab nur noch gehandelt. Mein Tritt traf ihn genau zwischen die Beine. All meine Wut, all meine Kraft hatten in diesem Tritt gelegen. Der Typ konnte nicht mal mehr aufschreien. Während seine Hände zu seinem Gehänge gingen, kam ein heiseres Röcheln aus seinem Mund. Dann sackte er, wie ein nasser Sack, zu Boden. Ich knallte meiner Frau den Ring und die Blumen vor die Füße und bin abgehauen, bin davon getorkelt, wie ein Schlafwandler. An das, was ich dann tat, kann ich mich kaum noch erinnern. Bin einfach ziellos durch die Straßen geirrt und konnte irgendwie nicht in die Realität zurückfinden."

Alexander schwieg.

Hauke blickte ihn fragend an.

„Du hast deine Frau geliebt, oder?"

„Ja, und meine Familie war mein ein und alles." Alexander holte tief Luft. „Und jetzt ist alles kaputt." Seine Stimme klang verbittert.

Dann begann er, bitterlich zu weinen.

Hauke legte tröstend seinen Arm um ihn.

Es dauerte etwa eine Minute, bis Alexander sich wieder einigermaßen gefangen hatte.

„Geht es wieder?", erkundigte sich Hauke und nahm seinen Arm wieder weg.

Alexander atmete noch einmal tief durch.

„Ja, ist schon wieder gut. Entschuldige bitte."

„Was soll ich entschuldigen, dass du Gefühle gezeigt hast?"

„Ich wollte mich nicht so gehen lassen, aber das ist alles noch so frisch. Meine Frau bekam das Sorgerecht für meine Tochter und ist zu ihren Eltern nach Freiburg gezogen. Ich hab meiner Tochter gegenüber zwar Besuchsrecht, aber da ich beruflich oft unterwegs bin, kann ich nur wenig Zeit für sie aufbringen. Ich war schon immer mal für ein paar Wochen weg, aber dann blieb ich auch manchmal zwei ganze Wochen am Stück zu Hause bei meiner Familie. Jetzt aber darf ich sie einmal im Monat besuchen und aus beruflichen Gründen haut das nicht immer hin."

„Ich kann mich zwar nicht in deine Situation versetzen, aber hättest du deiner Frau diesen Seitensprung nicht verzeihen können?"

Sein Gegenüber schüttelte den Kopf.

„Wenn du wüsstest, Hauke. Als ich am Tag danach in unser Haus kam, schrie sie mich sofort an. `Warum musstest du auch ohne Vorankündigung nach Hause kommen? Wir hatten doch so eine gute Ehe.´ Ich wollte nicht glauben, was ich da hörte, wollte von ihr wissen, ob das mit diesem Kerl schon lange so ging. Da gab sie mir zu verstehen, dass er nicht der erste war, den sie sich ins Bett geholt hatte. `Das bist du doch alles selbst schuld´, warf sie mir vor. `Ein Mann lässt seine Frau eben nicht so lange allein.´ Ich verstand die Welt nicht mehr. Hatte das meine Frau, die Frau, die ich über alles auf der Welt geliebt hatte, wirklich gesagt? Ich konnte das alles einfach nicht fassen, Hauke."

„Das ist wirklich unglaublich."

„Auch wenn es jetzt etwas komisch klingen mag, aber diese Worte meiner Frau machten die Trennung etwas leichter. Ich fühle mich zwar belogen und betrogen, aber ich weiß jetzt wenigstens ganz genau, wo ich bei ihr dran war."

„Ich hab noch keine Familie gegründet und kann eigentlich nicht mitreden, aber ich kann mir gut vorstellen, dass es schlimm sein muss, wenn so ein sicher geglaubtes Familienglück zerplatzt, wie eine Seifenblase."

„Die Geschichte geht aber noch weiter. Etwa drei Wochen nach diesem Vorfall bekam ich Post von der Polizei. Ich wurde zu einer Aussage vorgeladen. Gegen mich lag eine Anzeige wegen schwerer Körperverletzung vor."

„Was?", kam es lang gezogen aus Haukes Mund. „Hat deine Frau dich etwa auch noch angezeigt, weil du sie geschlagen hast?"

„Nein, es war dieser Kerl, dem ich ein Tritt in die Eier verpasst hatte."

„Das ist ja wohl eine Frechheit. Zuerst vögelt er deine Frau in deinem eigenen Bett und dann zeigt er dich auch noch an, weil du dir so was nicht gefallen lässt."

„Er behauptete, nichts von mir gewusst zu haben. Angeblich hatte meine Frau ihm erzählt, sie wäre nicht verheiratet. Der Kerl hatte sich nach meinem Tritt für drei Wochen krankschreiben lassen und forderte Schmerzensgeld von mir. Ich war bereits deswegen beim Anwalt. Er meinte zwar, dass diese Sache wohl vor Gericht kommen wird, aber ich nichts zu befürchten brauche, da ich bisher ein unauffälliges Leben geführt habe. Jeder Richter würde in so einem Fall Milde walten lassen. Nur das mit dem Schmerzensgeld, das müsste man noch abklären. Ich hab allerdings bis heute nichts mehr von dieser Sache gehört. Wer weiß, vielleicht zog der Kerl es ja vor, seine Anzeige wieder zurück zu ziehen."

„Man Alex, dir hat man wirklich übel mitgespielt."

Erneut atmete Alexander tief durch. Dann lächelte er Hauke an.

„Es tat gut, endlich mal jemandem die ganze Geschichte zu erzählen."

Er dachte daran, dass Hauke ein sehr verständnisvoller Zuhörer war. Hauke hatte sich seine Geschichte angehört, ohne dämliche Kommentare abzugeben, wie es manch andere schon getan hatten, als sie nur von seiner Trennung hörten, ohne den wahren Hintergrund zu kennen.

„Ich hab das Gefühl", meinte Alexander schließlich, „dass ich mit dir einen neuen, guten Freund gefunden habe."

„Mir geht es nicht anders, Alex."

Alexander grinste.

„Kann ich dir etwas zu trinken anbieten?"

„Ein Bier?"

„Genau daran hab ich gedacht."

Schließlich saßen die beiden da und prosteten sich zu.

„Auf unsere Freundschaft", sagte Alexander.

„Auf unsere Freundschaft", wiederholte Hauke.

Alexander blickte Hauke für einen Moment forschend an.

„Du erwähntest gerade, dass du noch keine eigene Familie gegründet hast. Soll das heißen, dass eine Familiengründung bei dir in Planung ist?"

Hauke schüttelte den Kopf.

„Leider nicht."

Die Traurigkeit in seiner Stimme war nicht zu überhören.

„Ist dir etwa auch die Freundin davongerannt, Hauke?"

„Nein, wenn das wenigstens so wäre. Bei mir ist `s viel schlimmer. Ich hatte noch nie `ne Freundin, die mir weglaufen konnte."

„Du hattest noch nie eine Freundin?"

„Na ja, ich war schon mal mit `nem netten Mädchen zusammen, doch leider ist aus dieser Beziehung nichts geworden. Sie hieß Anja, war `ne Kollegin von mir. Anja und ich verstanden uns beruflich gut und kamen uns auch privat näher. Wir gingen oft zusammen aus und unterhielten uns über Gott und die Welt. Anja sagte immer, dass ich der beste Freund sei, den sie jemals hatte. Ich fühlte mich sehr zu ihr hingezogen, hab mich in sie verliebt, doch leider wagte ich es nicht, ihr meine wahren Gefühle zu gestehen. Außer ein Küsschen zur

Begrüßung und zum Abschied ist nichts zwischen uns gelaufen. Dann kam der Tag, an dem Anja mir ihren neuen Freund vorstellte, und als sie diesen nach wenigen Monaten auch noch heiratete, war die Sache für mich gelaufen. Sie wurde bald schwanger, kündigte ihren Job und seitdem hab ich nichts mehr von ihr gehört." Hauke atmete einmal tief durch. „Du kannst mich jetzt meinetwegen auslachen, Alex, aber ansonsten war ich noch nie mit einer Frau zusammen. Ich bin quasi noch eine männliche Jungfrau."

„Warum sollte ich darüber lachen? Vielleicht wäre es für mich auch besser gewesen, wenn ich eine männliche Jungfrau geblieben wäre, denn dann hätte ich keine schmerzhafte Scheidung hinter mir."

„War deine Frau etwa die erste in deinem Leben?"

„Natürlich nicht. Ich habe mir schon vor der Ehe kräftig die Hörner abgestoßen." In dem Moment, in dem Alexander das sagte, bekam er ein schlechtes Gewissen. „Entschuldige Hauke. Es ist nicht fair von mir, vor einer männlichen Jungfrau damit herum zu prahlen, dass ich mir schon die Hörner abgestoßen habe."

„Du brauchst dich nicht zu entschuldigen, Alex. Es wäre unfair gewesen, wenn du einem Freund nicht die Wahrheit gesagt hättest." Hauke trank einen Schluck Bier. „Auch wenn deine Frau dich betrogen hat und du jetzt ohne deine geliebte Familie da stehst, so weißt du wenigstens, wie es ist, mit einer Frau zu schlafen. Ich bin jetzt fast dreißig Jahre alt und wenn das so weiter geht, dann werd ich als männliche Jungfrau sterben."

„Vielleicht solltest du mal öfter ausgehen. Für einen Diskobesuch bist du schließlich noch nicht zu alt. Da lernt man schnell eine Frau kennen."

Haukes Mundwinkel zuckten kurz nach unten.

„Wenn das mal so einfach wäre. Für jemanden wie dich ist es kein Problem, eine Frau kennen zu lernen. Aber sieh mich doch mal an. Ich bin für einen Mann viel zu klein geraten, bin schmächtig und wenn ich mein Gesicht im Spiegel betrachte, dann weiß ich, dass man mich nicht berücksichtigt hatte, als es darum ging, die Schönheit zu verteilen. Welche Frau will schon so einen wie mich als Mann haben?"

Alexander blickte Hauke an. Ihm war bewusst, dass sein neuer Freund sich selbst richtig eingeschätzt hatte. Hauke war genau der Typ Mann, dem Frauen einfach nichts abgewinnen konnten, der Typ, der tatsächlich irgendwann einmal als männliche Jungfrau sein Leben beendet, wenn er nicht vorher den Puff geht, um sich von einer Hure zum Mann machen zu lassen.

Diese Erkenntnis konnte er Hauke allerdings nicht mitteilen.

„Du bist noch jung, Hauke. Bei dem einen klappt `s früher und bei dem anderen später. Du kennst doch bestimmt das Sprichwort, dass auf jedes Töpfchen auch ein Deckelchen passt. Auch du wirst schon noch die passende Frau finden."

„Dein Wort in Gottes Ohr, aber ich weiß, wo ich steh. Man sagt zwar, dass jedes Töpfchen ein Deckelchen findet, doch glaub mir, Alex, die Realität sieht anders aus."

„Du gibst einfach zu schnell auf."

Ein kurzes Lächeln huschte über Haukes Gesicht.

„Vielleicht hast du ja sogar Recht, Alex, doch wir sollten meine Probleme jetzt erst mal beiseitelegen und uns wichtigeren Dingen zuwenden."

Alexander griff nach dem handgeschriebenen Papier, welches in der Brieftasche gesteckt hatte und Hauke nahm das Handy zur Hand, um per Internet die Dinge zu klären, die sie nicht verstanden.

„So", meinte Alexander, „dann wollen wir mal sehen. Da wäre zunächst diese Karacke aus dem besten Gehölz von Sönderjylland."

„Da brauche ich gar nicht nachsehen", meinte Hauke. „Karacken waren Segelschiffe, meist Dreimaster und Sönderjylland ist die alte Bezeichnung für Südjütland, das heutige dänische Nordschleswig und das deutsche Südschleswig."

„Mit anderen Worten hatte man das Holz für den Schiffsbau in Südjütland geschlagen. Es muss wohl ein ganz besonders gutes Holz gewesen sein."

Alexander blickte auf das Papier mit dem handgeschriebenen Text.

„Mal sehen, was es da noch zu klären gibt. Der Schatz der Waräger."

Hauke gab bereits das Wort Waräger ins Handy ein.

„Es handelt sich um einen Stamm der Wikinger."

„So, und jetzt gib das Wort Cöersyn mal ein, bin gespannt, was das ist."

„Kein Eintrag."

„Das wäre auch zu einfach gewesen. Da ist da noch dieser Seeräuber Gunbjörn."

„Kein Eintrag."

„Und was ist mit diesem Warägerhäuptling Trondur i Götu?"

„Treffer! Trondur i Götu, letzter Wikingerhäuptling auf den Färöern, starb im Jahre 1035 nach Christi."

„Den hat es also tatsächlich gegeben", staunte Alexander.

Hauke nickte.

„An dieser Geschichte scheint wirklich was dran zu sein."

Alexander verspürte Aufregung.

„Hier steht, dass der Schatz in Sandur ausgegraben wurde. Wo liegt Sandur?"

„Sandur", wiederholte Hauke und tippte das Wort ein. Scheinbar gab es etwas mehr darüber zu lesen, denn es dauerte eine ganze Weile, bis ein lautes: „Unglaublich!", aus seinem Mund kam.

„Was ist unglaublich?"

„Sandur ist tatsächlich auf den Färöern. Das, was hier noch über Sandur steht, ist unglaublich. Hier steht etwas von einem Münzfund in Sandur. Man fand dort im Jahr 1863 genau achtundneunzig Silbermünzen und es wird vermutet, dass diese Münzen zwischen 1070 und 1080 vergraben wurden. Hier steht wortwörtlich: Der Fund war ein reiner Zufall. Totengräber hoben ein Grab auf dem Friedhof von Sandur aus, und da die beiden Toten an der Pest gestorben waren, sollte das Grab besonders tief werden."

Alexanders Kinn klappte für einen Moment herunter.

„Ich werd´ verrückt."

„Der Fundort der Münzen war genau dort, wo sich früher einmal der Altar der ersten Kirche von Sandur befand. Man glaubt, dass diese Kirche Privatbesitz eines sehr reichen Großbauern war, denn in ihrer unmittelbaren Nachbarschaft wurde ein Wikingerhof ausgegraben. Deshalb vermutet man, dass dieser Münzschatz dem Großbauern und nicht der Kirche gehörte. Man vermutet weiter, dass dieser Großbauer mit färöischer Wolle handelte und diese über Zwischenhändler in alle Länder verkaufte. Das würde auch die Vielfalt der Münzen, die aus den verschiedensten Ländern stammen, erklären. Die Münzen wurden alle in das elfte Jahrhundert datiert. Die Münzen sind heute im Historischen Museum in Torshavn ausgestellt."

„Das gibt`s doch nicht."

„Ich weiß, es klingt unglaublich, aber ich hab langsam das Gefühl, dass wir einer wirklich großen Sache auf der Spur sind."

„So unglaublich klingt das überhaupt nicht."

Alexander blickte noch einmal auf das Papier.

„Hier steht, dass man den Totengräbern von Sandur acht Duzend Silbermünzen als Schweigegeld überlassen hat. Acht Duzend, dass sind acht mal zwölf, das ergibt sechsundneunzig. Man hat aber achtundneunzig Münzen gefunden, also zwei Münzen mehr."

„Zwei Münzen mehr", wiederholte Hauke. „Das bedeutet, dass sich jeder Totengräber eine Münze mehr genommen hat. Bleibt nur die Frage, warum die Totengräber den Münzfund gemeldet haben, anstatt ihn zu behalten, und überhaupt, warum haben sie nicht gesagt, dass es eigentlich ein viel größerer Schatz war, der dort geborgen wurde?"

„Vielleicht hat die Schiffsbesatzung gedroht, sie umzubringen, wenn sie etwas von dem Schatz verraten. Doch das wird wohl für immer ein Geheimnis bleiben. Fest steht, dass sich die Historiker mit ihrer These vom reichen Großbauern, der durch Geschäfte mit Wolle reich geworden ist, irren. Die Münzen stammen von den Raubzügen eines Seeräubers. Das erklärt auch, warum die Münzen aus den verschiedensten Ländern sind."

Hauke trank einen kräftigen Schluck Bier.

„Jetzt wissen wir, was Reinhard entdeckt hatte. Er war wirklich auf der Spur eines gewaltigen Schatzes. Reinhard muss aber noch mehr Hinweise auf diesen Schatz besessen haben, als diese Abschrift aus einem Tagebuch. Hier kann man nur nachlesen, dass ein Schiff mit einem immensen Schatz irgendwo versunken ist. Reinhard erwähnte mir gegenüber, dass er kurz vor der Lösung eines bedeutenden Geheimnisses stand und dass es nur noch eine Frage der Zeit sei."

„Vielleicht", mutmaßte Alexander, „war dein Freund ja schon im Besitz dieser Schatzkarte."

„Das wäre natürlich möglich."

„Das würde wiederum bedeuten, dass er diese Karte entweder gut versteckt hat oder dass seine Mörder ihm die Karte abgejagt haben."

Alexander warf noch einmal einen Blick auf das Blatt Papier.

„Das Datum der ursprünglichen Niederschrift des Tagebuchs ist auf 1871 datiert und laut dem Internetlexikon wurde der Schatz 1863 in Sandur ausgegraben. Diese Seite des Tagebuchs wurde also acht Jahre nach dem Schatzfund verfasst. Das passt alles haargenau zusammen."

Hauke nickte bestätigend.

„Etwas", meinte Alexander, „macht mich aber dennoch stutzig. Warum hat dein Freund Reinhard die Anmerkung ˋ1.Übersetzungˊ darüber geschrieben? Könnte das bedeuten, dass dieses Tagebuch im Original vielleicht in englischer, französischer oder irgendeiner anderen Sprache verfasst war?"

„Das wäre zwar möglich", antwortete Hauke, „aber ich halte es eher für unwahrscheinlich. Der Verfasser des

Tagebuchs hieß Sven Jören. Das hört sich eher nordisch an. Solche Namen gab es überwiegend in skandinavischen Ländern, aber zur damaligen Zeit auch im Gebiet des heutigen Norddeutschlands. Der Name Gunar passt ebenfalls dorthin."

„Woher weißt du das so genau?"

„Mir gehen im Museum viele alte Unterlagen durch die Finger. Deshalb sind mir auch in etwa die Namen geläufig, die damals häufig vor kamen."

„Du glaubst also, dass dieses Tagebuch ursprünglich in einer skandinavischen Sprache verfasst war?"

Hauke zuckte mit den Schultern.

„Kann sein, muss aber nicht. In den Gebieten des heutigen Nord- und Ostfriesland wurde früher eine Art plattdeutsche Sprache gesprochen, die heute kaum noch jemand lesen kann. Um einen Text in dieser Sprache zu verstehen, bedürfte es ebenfalls einer Übersetzung."

Alexander schob für einen Moment die Schultern nach oben. „Im Grunde kann es uns egal sein, in welcher Sprache der Text ursprünglich verfasst war. Wir haben ja eine Übersetzung vorliegen. Ich freue mich schon darauf, wenn wir diese Kiste im Museum durchsuchen. Wer weiß, was wir darin finden werden."

Die beiden saßen noch lange zusammen und redeten über die Entdeckung des ermordeten Reinhards. Für sie war die Suche nach einem Schatz eine aufregende Sache. Beide waren sich aber einig, dass es noch aufregender war, das Geheimnis um diesen Cöersyn zu lüften, egal, was sich hinter diesem Mysterium verbarg.

*   *   *

Hauke Hein und Alexander Lorenz waren schon eine ganze Weile unterwegs, als Hauke seinen betagten Mazda 323 zwischen den alten Lagerhäusern in der Hafengegend von Hamburg hindurch steuerte.

Die beiden Freunde hatten das erste Flugzeug genommen, welches heute Morgen von Juister Flugplatz gestartet war. Auf dem Festland waren sie schließlich in Haukes Auto gestiegen und damit nach Hamburg gefahren. Unterwegs hatte sich das Wetter schlagartig geändert. Der wolkenverhangene Himmel über ihnen tauchte die Hafenszenerie in eine düstere Atmosphäre. Vor einer Stunde hatte es zu nieseln begonnen. Seitdem arbeiteten die Scheibenwischer des alten Mazdas mit monotoner Beharrlichkeit. Sie machten „wt - ta - klick, wt – ta - klick", ein Geräusch, welches die beiden Insassen mittlerweile schon nicht mehr wahrnahmen.

Die betagten Lagerhäuser und Schuppen, an denen sie nun vorbeifuhren, wirkten verfallen. Verrostete Blechtonnen, die vor den Gebäuden standen, unterstrichen das Bild von Verkommenheit und Hässlichkeit. Der Straßenbelag änderte sich immer wieder. Mal rumpelte das Auto über graues Kopfsteinpflaster und mal über aufgerissenen Asphalt, in dem große Löcher klafften.

Alexander wischte mit der Hand über die beschlagene Seitenscheibe. „Merkwürdige Gegend", wunderte er sich. „Liegt das Museum, in dem du arbeitest, etwa am Hafen?"

Sein Nebenmann schmunzelte.

„Nein, das Museum liegt nahe der Innenstadt. Wir fahren nicht zum Museum."

Alexander zog die Augenbrauen hoch.

„Wir fahren nicht zum Museum? Was hast du vor, Hauke? Wir wollten doch die Kiste durchsuchen."

„Wir werden diese Kiste auch durchsuchen, Alex, aber vorher müssen wir sie erst einmal holen. Sie befindet sich in einer dieser Hallen hier. Dort lagern übrigens auch die meisten anderen Artefakte aus vergangenen Zeiten. Viele Dinge sind noch nicht einmal begutachtet und katalogisiert worden. Da sich in der Lagerhalle unschätzbare Altertümer befinden, wird der Ort geheim gehalten. Betrachte es also als eine große Ehre, wenn ich dich in dieses Geheimnis einweihe."

Der Zustand der Straße wurde immer miserabler und als das Auto über eine, in Kopfsteinpflaster verlegte Gleisanlage rumpelte, wurden die beiden Insassen regelrecht durchgeschüttelt.

Dann fuhren sie an einer Reihe fensterloser Hallen vorbei. Die Farbe der schäbig grauen Fassaden blätterte bereits überall ab. Das Fahrzeug wurde langsamer. Schließlich blieb Hauke vor einem großen Tor aus verrostet wirkendem Metall stehen. Er kramte im total überfüllten Handschuhfach seines Mazdas herum und zog einen kleinen Funksender heraus. Ein Knopfdruck, und das Tor fuhr langsam, begleiten von einem schrillen Quietschen, beiseite.

„Hier könnte man glatt einen Gangsterfilm drehen", stellte Alexander fest und blickte sich um.

Hauke fuhr nun in einen kleinen, von schmutzig wirkenden Lagerhallen umgebenen Innenhof. Dort parkten bereits zwei Autos.

Als sie das Fahrzeug verlassen hatten, drückte Hauke noch einmal auf den kleinen Sender. Das Tor schloss sich wieder. Erneut ertönte das schrille Quietschen. Es hörte sich an, als schrie das Tor verzweifelt nach einem Tropfen Öl. Ein weiterer Druck auf die Fernbedienung ließ die große Tür einer der Lagerhallen aufgleiten. Hauke betrat die Halle und Alexander folgte ihm staunend. Nun standen sie in einem Vorraum. Erneut verschloss Hauke das Tor hinter sich, dieses Mal mittels eines Schalters an der Wand. Im gleichen Moment begannen einige Leuchtstoffröhren an der Decke über ihnen zu flackern, um schließlich den kleinen Raum mit hellem Licht zu durchfluten. Alexander traute seinen Augen nicht, als er die gewaltige Stahltür erblickte, vor der sie nun standen, eine Metalltür, die so dick war, dass man sie auch für einen Tresor hätte nehmen können.

Hauke zog eine Karte aus seiner Tasche und ließ sie durch einen Schlitz neben der Tür gleiten. Im gleichen Moment leuchtete über der Tür ein grünes Licht auf, begleitet von einem sanften Piepton. Dann schwang die schwere Tür, wie durch Geisterhand, langsam nach innen auf.

„Das ist ja wie in Ford Knox", meinte Alexander sichtlich beeindruckt.

„Ich sagte dir doch, dass hier wertvolle Altertümer lagern. Solche Wertgegenstände kann man schließlich nicht so einfach herumliegen lassen."

Zielstrebig führte Hauke seinen neuen Freund durch die Flure des Gebäudes. Zweimal begegneten ihnen Leute, die in dieser Halle irgendwelchen Tätigkeiten nachgingen. Hauke wurde von ihnen freundlich begrüßt.

Schließlich standen die zwei in einer riesigen, fensterlosen Halle. Zahlreiche, viereckige Säulen stützten das riesige Hallendach. An den Wänden reichten große Regale bis unter die Decke. Überall standen Gegenstände aus vergangenen Zeiten herum. Das meiste jedoch war ganz offensichtlich in den vielen Kisten verborgen, deren Anzahl nicht abzuschätzen war. Es mussten Hunderte oder gar Tausende sein. Zwischen den, ebenfalls fast bis zur Decke gestapelten Kisten verliefen enge Gänge.

Zielstrebig setzte Hauke seinen Weg fort. Sein Freund folgte ihm mit gemischten Gefühlen. Alexander hatte den Eindruck als durchquerte er im Zickzackkurs ein gewaltiges Labyrinth, dessen Wege von riesigen Kistenstapeln begrenzt wurden.

Dann blieb Hauke abrupt stehen.

„Hmm", murmelte er. „Irgendetwas ist hier nicht richtig."

Er begutachtete einen der Zettel, die seitlich an den Kisten angebracht waren.

„Aha. Muss wohl daran liegen, dass ich etwas durcheinander bin. Wir sind doch tatsächlich einen Gang zu früh abgebogen."

„Das du hier überhaupt durchsteigst, wirklich beeindruckend", kommentierte Alexander Haukes Worte. „Ich glaub, ich würde ohne dich nicht mehr hier heraus finden."

Sein Begleiter lachte.

„Wenn du fast tagtäglich in diesem Lager zu tun hast, dann weißt du sehr schnell, wo was zu finden ist."

Bald erreichte Hauke sein Ziel. In dem Gang, in dem sie sich jetzt befanden, reichten die Kistenstapel noch nicht bis zur Decke. Teilweise standen sogar einzelne Kisten nebeneinander.

Hauke blieb stehen.

Auf zwei quadratischen Holzkisten mit einer Länge von etwa einem Meter, stand eine etwas kleinere.

„Das ist sie." Hauke deutete auf die kleinere Kiste, die in etwas mehr als zwei Meter Höhe auf dem Stapel stand.

Diese Kiste war ebenfalls quadratisch, hatte aber nur eine Größe von ungefähr sechzig Zentimeter.

„Wie bekommen wir die Kiste denn da runter?", wollte Alexander wissen. „Die ist doch bestimmt verdammt schwer."

„Es geht so. Ich denke mal, dass sie ungefähr dreißig Kilo wiegt."

Alexander blickte seinen Begleiter verwundert an.

"Ich würde es mir nicht einmal mit einer Leiter zutrauen, die Kiste da runterzuholen, ohne dass sie kaputt geht und du bist auch nicht gerade wie Rambo gebaut."

Hauke lachte.

„Das hast du aber nett gesagt."

„Was meinst du?"

„Dass ich nicht gerade wie Rambo gebaut bin. Andere hätten gesagt, ein Schmachtlappen, wie du."

Jetzt lachte Alexander auch.

„Spaß bei Seite", sagte er schließlich. „Wie willst du die Kiste dort runterholen?"

„Bereits Aristoteles zeigte, dass man auch ohne Kraft schwere Dinge bewegen kann. Warte hier. Ich bin gleich wieder da."

Er verschwand zwischen einigen Kisten, die sich etwas abseits neben einer der großen Säulen befanden. Dann vernahm Alexander ein surrendes Geräusch. Erst jetzt entdeckte er die Laufschienen, die genau über den Kistenstapeln an der Decke entlang führten.

Nun kam Hauke zurück. In der Hand hielt er eine Fernbedienung, an der ein langes Kabel befestigt war. Dieser Kabel führte zu einem kleinen Kran hinauf, der nun über die Laufschienen, hoch über ihnen, in Alexanders Richtung fuhr.

Genau über der kleinen Kiste stoppte Hauke den Kran und eine merkwürdige Konstruktion fuhr von der Decke herab.

Diese Konstruktion sah aus, wie die Gabel eines Gabelstaplers, nur war sie rechtwinklig abgeknickt.

Hauke lenkte den Kran so geschickt, dass die Gabel unter den schmalen Hohlraum der Kiste glitt. Dann hob er die Holzkiste an, fuhr sie ein Stück zur Seite und ließ sie herunter. In etwa einem halben Meter Höhe stoppte er ab.

Mit den Worten: "Bin gleich wieder zurück", verschwand er erneut hinter den Kistenstapeln.

Als Hauke wieder auftauchte, schob er eine große Sackkarre vor sich her. Darauf lud er die Kiste mit viel Geschick ab.

Erst jetzt erkannte Alexander, dass die Holzkiste verschraubt war.

„Und wo werden wir den Inhalt der Kiste jetzt begutachten?", wollte er wissen.

„Wir bringen sie in mein Arbeitszimmer ins Museum."

Bereits wenige Minuten später hatten sie die Kiste in Haukes Auto verladen.

Nachdem sie den Lagerhallenkomplex wieder verlassen hatten, wunderte sich Alexander darüber, mit welch schlafwandlerischer Sicherheit Hauke das Auto über die holprigen Straßen lenkte. Das betagte Fahrzeug knarrte und knirschte dabei an allen Ecken und Kanten. Erneut führte der Weg durch ein schier unübersichtliches Areal aus Lagerhäusern und alten, teilweise verfallen wirkenden Schuppen.

Alexander staunte, als Hauke den alten Mazda durch eine enge, höchstens zwei Meter breite Gasse, die zwischen zwei langgestreckten Gebäuden hindurchführte, lenkte.

„Du kennst ja hier wirklich jeden Schleichweg."

„Das ist auch angebracht", meinte Hauke und schob mit der Hand seine Brille zurecht, die beim überfahren einer holprigen Gleisanlage etwas verrutscht war. „Hätte ich die Umgehungsstraße gewählt, dann wären es bis zum Museum ungefähr zehn Kilometer gewesen. Durch diese Schleichwege erspart man sich fast die Hälfte davon und man meidet die häufigen Staus vor den roten Ampeln."

Es regnete nicht mehr. In den dunklen Wolken rissen die ersten Löcher auf, durch die zaghaftes Sonnenlicht eine Wetterbesserung ankündigte.

Bereits eine halbe Stunde später standen die beiden in Haukes Arbeitszimmer. Vor ihnen, auf einem Tisch, lag die Kiste.

Obwohl in einer Ecke des Raumes ein moderner Schreibtisch mit PC und allem, was dazu gehörte stand, glich das Arbeitszimmer eher einer Werkstatt, an deren Wände diverse Werkzeuge hingen.

Hauke begab sich zu einem Schrank und öffnete ihn. Auf den Regalen darin erkannte Alexander ein unübersichtliches Gewirr von weiteren Werkzeugen, alten Blechdosen und Pappschachteln. Mit einem gezielten Griff nahm Hauke einen Akkuschrauber von einem der Regale. „Dann wollen wir doch einmal sehen", murmelte er, löste die Schrauben von der Kiste und legte den Akkuschrauber wieder zurück auf das Regal.

Nun hoben die beiden vorsichtig den Deckel von der Kiste und legten ihn beiseite. Jetzt konnten sie einen ersten Blick auf den Inhalt der Holzkiste werfen. Sofort erkannten sie alte, handgeschriebene Unterlagen. Es handelte sich dabei ganz offensichtlich um die Logbücher, von denen Hauke bereits erzählt hatte. Obenauf lagen irgendwelche Siegel, allesamt aus rotem Siegellack.

Hauke ging noch einmal zum Schrank hinüber und entnahm zwei Paar weiße Stoffhandschuhe. Ein Paar übergab er seinem Freund und das andere zog er selbst über.

Nun griff er in die Kiste und nahm die Siegel vorsichtig heraus. Er legte sie in eine kleine Pappschachtel. Dann entnahm er behutsam die alten Logbücher.

Nachdem er das erste Buch auf den Tisch gelegt hatte, öffnete er es mit aller Vorsicht.

„Es ist erstaunlich gut erhalten."

Hauke blätterte ein paar Seiten durch. Alexander stand neben ihm und blickte ebenfalls neugierig auf das historische Schriftstück.

„Die einzelnen Blätter wirken noch sehr fest", meinte Hauke. „Es ist schon oft vorgekommen, dass sich solche alten Unterlagen beim Öffnen regelrecht in Staub aufgelöst haben. Das Logbuch hier hat trotz seines Alters eine exzellente Beschaffenheit. Auch die Schrift ist noch sehr gut lesbar. Hier steht auch geschrieben, zu welchem Schiff dieses Logbuch gehört."

Er deutete auf eine Seite.

Alexander erkannte große Buchstaben, die mit unglaublich vielen Schnörkeln versehen waren.

„Die haben sich damals noch richtig viel Mühe gegeben", stellte er fest und las den Namen des Schiffes laut vor: „Annamarie."

Indes nahm Hauke das nächste Schriftstück aus der Kiste.

„Die Einzelheiten in den Logbüchern können wir später durchgehen", sagte er. „Da Reinhard sehr geheimnisvoll getan hat, muss in dieser Kiste noch irgendetwas anderes liegen, als nur Logbücher. Es muss etwas sein, was mit dem Schatz zusammen hängt."

„Mich würde aber trotzdem interessieren, was so alles in einem Logbuch steht."

„Das kann ich dir sagen, Alex. Hab schließlich schon genug alte Logbücher durchforstet. Der Inhalt ist eigentlich immer gleich. Zunächst wird die komplette Besatzung aufgeführt. Beginnend mit dem Kapitän wird jedes Besatzungsmitglied namentlich erwähnt, natürlich auch die Tätigkeit, die es ausübt, Maat, Steuermann, Matrose, Schiffsjunge, und so weiter. Auch Passagiere werden namentlich aufgeführt. Die jeweilige Ladung wird ebenfalls aufgelistet. Weiterhin kann man anhand des Logbuchs jede einzelne Fahrt nachvollziehen, vom Starthafen bis zum Zielhafen. Interessant wird so ein Logbuch erst, wenn es bei einer Fahrt besondere Vorkommnisse gab. So kam es vor, dass Seeleute sich gegenseitig bestohlen haben und der Kapitän eine Strafe verhängen musste. Manchmal wurden vom Kapitän auch Ehen geschlossen und einmal habe ich gelesen, dass die Cholera fast die ganze Schiffsbesatzung dahin gerafft hat."

„Das hört sich wirklich interessant an. Hat es in den Logbüchern auch schon Berichte über eine Meuterei gegeben?"

„Ganz bestimmt, aber so etwas ist mir noch nicht untergekommen."

Hauke nahm nun vorsichtig ein Logbuch nach dem anderen heraus.

„Nanu." Haukes Stimme klang überrascht. „Was haben wir denn da?"

Alexander erkannte sofort, was sein Freund meinte.

Unter dem letzten Logbuch, welches Hauke aus der Holzkiste genommen hatte, kam ein kleines Kästchen zum Vorschein. Hauke hob es vorsichtig aus der Kiste und stellte es behutsam auf den Tisch.

Das Kästchen war etwa dreißig Zentimeter lang, zwanzig Zentimeter hoch und etwa genau so tief. Es bestand aus edlem Wurzelholz und war mit einer glänzenden Lackschicht überzogen. Zum Öffnen des Deckels dienten zwei kunstvoll gearbeitete Scharniere, deren undefinierbares Metall von einer grünen Patina überzogen war. Auf der Vorderseite des Kästchens prangte eine ebenfalls prächtig verzierte Schnalle, die mit einem zierlichen Vorhängeschloss gesichert war.

„Was kann da drin sein?" In Alexanders Stimme klang Ehrfurcht und Neugier.

„Das wüsste ich auch gerne."

Hauke nahm das kleine Vorhängeschloss in die Hand und begutachtete es. Dann zog er vorsichtig daran.

„Scheint sehr stabil zu sein."

„Vielleicht liegt der Schlüssel dazu noch in der Kiste", meinte Alexander und warf einen kontrollierenden Blick in die große Holzkiste. „Leer", stellte er schließlich fest.

Dann stutzte er.

„Da liegt ja doch noch etwas drin."

Er griff in die Kiste und holte einen zusammengefalteten Zettel heraus.

„Dieses Papier ist ganz offensichtlich noch nicht sehr alt", stellt er fest, nachdem er den Zettel auseinandergefaltet hatte. „Das hat jemand etwas mit einem Kugelschreiber drauf gekrickelt."

„Was steht denn da?"

Alexander schien sich auf das Geschriebene zu konzentrieren.

„Da sind ein paar Buchstaben drauf gekrickelt. Drunter steht, dass der Schlüssel nicht in falsche Hände geraten darf."

Er reichte Hauke den seitlich eingerissenen Zettel.
„Der Schlüssel darf nicht in falsche Hände fallen", las er
den Satz auf dem Zettel. „Das ist Reinhards Handschrift."
Konzentriert versuchte er, dem Salat aus Großbuchstaben
einen Sinn abzugewinnen. Doch auch er konnte mit den
scheinbar wahllos geschriebenen Buchstaben nichts anfangen.
Alexander stand neben ihm und versuchte, ebenfalls
einen Sinn des Geschriebenen zu erkennen.
„Wenn das ein verschlüsselter Hinweis auf das Schatz-
versteck ist, nützt es uns überhaupt nichts, denn mit
diesem Gekrakelten können wir nichts anfangen."

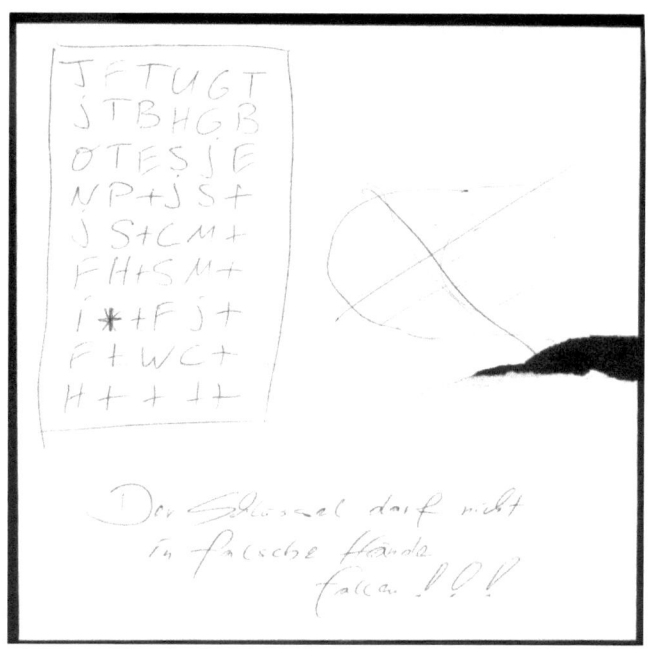

Haukes Blick ging wieder auf das kleine Vorhängeschloss. „Dann werden wir dieses Schlösschen wohl oder übel mit Gewalt öffnen müssen."

Hauke nahm eine spitze Zange aus dem Schrank.

Zögernd setzte er das Werkzeug an das kleine Vorhängeschloss an. Man merkte, dass es ihm sichtlich schwer fiel, dieses zierliche Schloss, welches ja auch ein Artefakt aus vergangenen Zeiten war, zu beschädigen. Ihm war aber auch bewusst, dass er keine andere Wahl hatte, wenn er an den Inhalt dieses Kästchens kommen wollte. Nun drückte er die Zange zusammen. Es ertönte ein leises Klick und der Bügel des kleinen Vorhänge-schlosses war durchtrennt.

Die beiden tauschten zwei kurze Blicke aus. Dann hob Hauke behutsam den Deckel aus edlem Wurzelholz an.

In Alexanders Augen, die jeden Handgriff akribisch ver-folgten, flackerte Aufregung.

„Donnerwetter." Hauke klang überwältigt.

Er griff in das Kästchen und nahm vorsichtig den Inhalt heraus.

In seiner Hand hielt er einen wunderschön gearbeiteten Schlüssel, dessen Griff von einem goldenen Drachenkopf verziert war. Als Augen dienten dem prachtvollen Drachen zwei feuerrote Rubine. Der Schlüssel war gut zwanzig Zentimeter lang.

„Ist das nicht herrlich?" Ehrfurcht lag in Haukes Stimme.

Er strich mit den Fingern über den Drachenkopf. „Das ist echtes Gold."

„Ja, und die beiden Steine sind echte Rubine. Dieser Schlüssel hat einen immensen Wert."

„Was für ein herrliches Stück."

Nun nahm Alexander den Schlüssel in die Hand.

„Wer immer sich diesen Schlüssel hat anfertigen lassen, es muss ein sehr reicher Mensch gewesen sein." Auch er strich ehrfurchtsvoll über den glänzenden Drachenkopf.

„Ein Schlüsselgriff aus purem Gold. Ich würde nur zu gerne wissen, wem dieser Schlüssel einst gehörte."

„Und ich würde gerne wissen, was man mit diesem Schlüssel öffnen kann. Wenn der Schlüssel schon so wertvoll ist, was mag sich dann erst in dem Behältnis oder hinter der Tür befinden, die man mit diesem Schlüssel öffnen kann?"

„Das würde ich auch gerne wissen."

Nun betrachtete Alexander den Bart des Schlüssels. Dieser war merkwürdig gebogen und hatte zahlreiche Zacken und Auskerbungen.

„Der Schlüssel muss in der Tat etwas Außergewöhnliches verschlossen haben", meinte er. „Selbst moderne Schlüssel der heutigen Zeit haben nicht so viele Auskerbungen. Das dazugehörige Schloss muss einen aufwändigen Schließmechanismus haben."

Hauke nickte.

„Du hast Recht, Alex. Vielleicht hatte Reinhard bereits das dazugehörige Schloss entdeckt, und wer weiß, vielleicht hatte er es sogar schon geöffnet. Auf dem Zettel steht, dass der Schlüssel nicht in falsche Hände geraten darf."

„Meinst du wirklich, dass dein Freund den Schatz bereits gefunden hatte?"

„Kann sein. Ich durfte die Kiste nicht öffnen, weil der Schlüssel ein Geheimnis bleiben sollte." Haukes Blick ging für einen Moment ins Leere. „Vielleicht führt dieser Schlüssel überhaupt nicht zum Schatz." Die Stimme klang leise.

„Wozu, wenn nicht zur Sicherung eines wertvollen Schatzes, sollte man sonst einen solch aufwendigen Schlüssel anfertigen?"

„Reinhard sagte mir, dass er etwas entdeckt hat, was ihm große Macht verleihen wird. Ich denke dabei an diesen geheimnisvollen Cöersyn."

Alexander winkte ab.

„Wir wissen nicht mal, was sich hinter dieser Bezeichnung verbirgt. Der Cöersyn könnte nahezu alles sein. Vielleicht gab es jemanden, der bereits damals ein Gerät entwickelt hatte, welches die Navigation in der Seefahrt revolutionierte? So ein Gerät hätte in der damaligen Zeit große Macht bedeutet. Genauso gut könnte sich hinter dem Wort Cöersyn ein Buch verbergen, welches alles Wissen der Welt beinhaltete. Der Besitz eines solchen Buches bedeutete ebenfalls große Macht."

„Das kann auch möglich sein, Alex. Man könnte stundenlang darüber philosophieren, was dieser Cöersyn sein könnte. Es wäre sogar möglich, dass irgendein Alchemist einen Duftstoff entwickelt hatte, ein Elixier, welches Männer für Frauen unwiderstehlich machte. So ein Duftstoff wäre auch heute unbezahlbar."

Hauke schmunzelte.

„Du hast wirklich eine rege Fantasie. Natürlich wären in der damaligen Zeit viele Dinge, über die man heute verfügen kann, absolute Machtinstrumente gewesen. Könnte man jemanden, bewaffnet mit einem modernen Maschinengewehr nebst ausreichender Munition, in die Vergangenheit schicken, dann würde er mit dieser Bewaffnung die Welt beherrschen."

Alexander nickte zustimmend.

„Da wir aber niemanden in die Vergangenheit schicken können, muss sich hinter diesem Cöersyn etwas anderes verbergen."

„Ich muss gerade wieder an das denken, was Reinhard über dieses Geheimnis erzählt hatte. Er sagte, dass er niemals gedacht hätte, dass es so etwas überhaupt geben kann."

„Wenn sich hinter dem Geheimnis deines Freundes wirklich dieser Cöersyn verbirgt, dann muss er etwas sein, was auch in der heutigen Zeit noch unbekannt ist."

Hauke atmete tief durch.

„Was um alles in der Welt könnte das sein?"

„Das wüsste ich auch gerne."

In diesem Moment klopfte jemand an der Tür.

Alexander blickte seinen Freund fragend an.

„Erwartest du jemanden?"

„Nein. Eigentlich habe ich Urlaub. Niemand weiß, dass ich hier bin." Er schaute zur Tür. „Herein."

Die Tür öffnete sich und eine junge Frau trat ein.

Sie war etwa dreißig Jahre alt, 1,70 Meter groß und sehr schlank. Ein weißes T-Shirt, welches mindestens zwei Nummern zu groß wirkte, hing locker über ihre hellblaue Jeans. Die langen, rotblonden Haare trug sie zu einem Pferdeschwanz zusammen gebunden. Ihr schmales, von Sommersprossen übersätes Gesicht war außergewöhnlich blass. Sie hatte wohl geweint, denn ihre Lider waren geschwollen und ihre Augäpfel gerötet. Ihr Gesichtsausdruck ließ erkennen, dass sie den Tränen wieder nah war.

Ihr Blick ging sofort zu Hauke. „Ich hatte gehofft, dass du hier bist." Erst jetzt bemerkte sie Alexander. „Oh, du hast

Besuch." Ihre Stimme klang zurückhaltend, irgendwie ängstlich.

„Guten Tag erst mal, junge Frau", meinte Hauke. „Seit wann grüßt du nicht mehr? Und überhaupt, wie siehst du denn aus?"

„Entschuldige, es ist die Aufregung."

„Und warum bist du so aufgeregt?"

Die rotblonde Frau schaute Alexander abschätzend und misstrauisch an. Ihr Blick wirkte schüchtern und verstohlen.

„Ich weiß nicht, ob ich es dir hier erzählen kann."

Ganz offensichtlich wollte sie mit Hauke allein reden.

„Das ist Alex", stellte Hauke seinen Besucher vor. „Alex ist ein guter Freund. Ich hab keine Geheimnisse vor ihm."

Dann wandte er sich an Alexander.

„Alex, darf ich dir vorstellen, Trixi Karlsfeld, Reinhards Schwester."

Alexander reichte ihr die Hand. Sie schenkte ihm ein kurzes, scheues Lächeln. Er spürte das leichte Zittern in ihrer Hand und hatte das Gefühl, dass es ihr offensichtlich schwer fiel, ihre Schüchternheit ihm gegenüber zu überwinden.

„Es tut mir wirklich leid um Ihren Bruder."

Die junge Frau atmete tief durch. Ihre Augen wurden feucht. Die Lider zuckten ein paar Mal schnell nach unten, ein Versuch, die Tränen zurück zu halten. Sie trat an Hauke heran, fiel ihm um den Hals und weinte bitterlich.

„Reinhard war der einzige, den ich noch hatte." Ihre schluchzenden Worte waren nur schwer zu verstehen.

„Jetzt bin ich allein, ganz allein."

Hauke streichelte über ihr Haar.

„Ach Trixi", sagte er leise.

Alexander empfand Mitleid mit der verzweifelt wirkenden Frau. Ihr schmerzlich verzerrtes Gesicht schien plötzlich um Jahre gealtert zu sein.

Es dauerte eine ganze Weile, bis sie sich wieder etwas beruhigt hatte. Sie ließ von Hauke ab und setzte sich auf einen Stuhl.

„Ich will das einfach nicht glauben." Die Stimme klang leise und unsicherer. „Mein Bruder kann nicht tot sein."

Hauke trat neben sie und legte die Hand auf ihre Schulter.

„Ich kann es auch noch nicht glauben. Reinhard war einer meiner allerbesten Freunde."

Trixi Karlsfeld wischte sich die Tränen aus den Augen und blickte Hauke an.

„Du musst mir helfen, Hauke. Ich glaube, man will mich auch umbringen."

Haukes Mund öffnete sich ganz langsam. Ungläubiger hätte er nicht dreinschauen können.

„Wieso glaubst du das?"

„Ich werde verfolgt."

„Warum sollte dich jemand verfolgen?"

Sie schüttelte langsam den Kopf.

„Ich weiß es nicht genau, aber ich hab da so eine Ahnung."

„Und was für eine Ahnung?"

Ihr leidvoller Blick ging für einen kurzen Augenblick zu Alexander. In ihren Augen lag Unsicherheit und Skepsis. Dann schaute sie nach unten.

„Reinhard sandte mir vor vier Tagen zwei Emails zu." Ihre Stimme klang labil und reserviert. „In der ersten teilte er mir mit, dass er das Gefühl hatte, verfolgt zu werden. Er schrieb weiterhin, dass er einer großen Sache auf der Spur sei, eine Sache, über die er allerdings aus Sicherheitsgründen noch keine näheren Angaben machen wollte. Die zweite Mail kam spät abends. Darin war zu lesen, dass er nun die genaue Stelle kennt, an der seine Entdeckung, die wohl allergrößte Entdeckung seit Menschengedenken, verborgen liegt. Reinhard schrieb, dass er sie sehr bald ans Tageslicht befördern wird. Dann brauchte er nur noch den Schlüssel zu holen, um es in Gang zu setzten."

„Was wollte er in Gang setzten?" In Haukes Augen flackerte Neugier.

Als Antwort bekam er ein hilfloses Schulterzucken.

„Keine Ahnung, Hauke. Eigentlich war ich fest davon überzeugt, dass es wieder einer seiner üblichen Scherze war."

„Dieses Mal war es kein Scherz."

Hauke nahm den Schlüssel mit dem goldenen Griff und reichte ihn der jungen Frau.

„Das ist der Schlüssel, den dein Bruder holen wollte."

Sie blickte ungläubig auf das metallene Relikt in ihrer Hand.

„Dieser Schlüssel? Was wollte er damit in Gang setzen?"

Hauke zuckte kurz mit den Schultern.

„Das würden wir auch gerne wissen. Aber sag´ mal Trixi, wer verfolgt dich eigentlich?"

„Ich weiß es nicht, aber seit gestern werde ich beschattet." Sie sprach sehr leise. „Zunächst hatte ich dem Auto, welches ständig hinter mir herfuhr, keine Aufmerksamkeit geschenkt. Auch als ich zu Hause aus meinem Wagen stieg, und das andere Auto in etwa fünfzig Meter Entfernung stehen geblieben war, dachte ich mir nichts dabei. Zwar war ich darüber verwundert, dass die Insassen immer noch im Fahrzeug saßen, als ich später aus dem Fenster blickte, aber ich nahm es eigentlich nur unbewusst wahr. Es war mir auch scheißegal. Ich dachte nur an Reinhard. Abends lag ich im Bett und hab geweint, hab mich regelrecht in den Schlaf geheult. Heute Morgen fasste ich den Entschluss, zu dir ins Museum zu fahren. Ich achtete nicht darauf, ob dieses Auto noch da war. Erst als ich unterwegs in meinen Rückspiegel schaute, sah ich es wieder. Es machte mich stutzig. Ich bog einige Mal ab, das Fahrzeug folgte mir. Selbst als ich regelrecht im Kreis gefahren war, blieb der Wagen hinter mir. Er hielt zwar einigen Abstand, aber er verfolgte mich weiterhin."

„Konntest du sehen, wer in diesem Auto saß?", wollte Hauke wissen.

„Es waren zwei Personen, aber ihre Gesichter waren nicht zu erkennen. Sie hielten immer genug Abstand."

„Was war das denn für ein Auto?"

„Keine Ahnung. Es könnte ein Golf oder ein Polo gewesen sein. So genau kann ich die nicht auseinander halten. Auf jeden Fall habe ich ein VW Emblem im Kühlergrill erkannt."

„Ist Ihnen das Auto bis zum Museum gefolgt?", fragte Alexander.

Bevor Trixi antworten konnte, meinte Hauke:

„Es ist zwar nicht der richtige Augenblick dafür, aber ich kann es nicht leiden, wenn sich zwei Freunde von mir mit Sie anreden. Also, wenn ihr nichts dagegen habt, dann benutzt bitte das Du."

„Also, ist dir das Auto bis hierher gefolgt?", wiederholte Alexander seine Frage.

Sie wirkte unsicher, schenkte ihm einen kurzen, schüchternen Blick.

„Nein, ich konnte es abhängen."

„Wie hast du das denn geschafft?"
„Ich bin auf einen Garagenhof gefahren. Eine Freundin von mir hatte dort mal eine Garage. Deshalb kenne ich mich da gut aus. Zwischen dem Gewirr aus Garagen und Hinterhöfen fuhr ich zu einer zweiten Ausfahrt, die in eine Parallelstraße mündet."
„Haben sie dich denn nicht weiterverfolgt?"
„Sie hatten keine Chance. Wer sich in diesem Labyrinth der Hinterhöfe nicht auskennt, der findet die zweite Ausfahrt niemals. Da meine Verfolger einigen Abstand zu mir hielten, hatte ich sie bereits nach zweimal Abbiegen abgehängt. Wer weiß, vielleicht irren sie jetzt noch dort herum. Ich hab unterwegs immer wieder in den Rückspiegel geschaut, aber es war nichts von ihnen zu sehen."
Ihre Stimme klang nun fest, so, als hätte sie ihre anfängliche Skepsis gegenüber Alexander abgelegt.
Hauke blickte sehr nachdenklich drein.
„Wenn deine Verfolger hinter Reinhards Geheimnis her waren, dann müssen sie auch Informationen darüber haben. Weißt du, mit wem dein Bruder in der letzten Zeit verkehrt hat, Trixi?"
„Nein, Reinhard war im letzten Monat viel unterwegs, hab ihn kaum gesehen."
„Reinhard hinterließ einen Zettel. Darauf steht, dass der Schlüssel nicht in falsche Hände geraten darf."
Hauke überreichte Trixi das Papier, welches sie in der Kiste gefunden hatten.
Als sie das Papier begutachtete, wurden ihre Augen immer größer.
„Unsere Geheimschrift", kam es leise aus ihrem Mund.
„Reinhard hat mir eine Nachricht hinterlassen."
Hauke blickte sie fragend an.

„Meinst du etwa diesen Buchstabensalat?"

„Das ist kein Buchstabensalat. Hast du mal was zu schreiben für mich?"

Ihr Gegenüber reichte ihr einen Kugelschreiber und ein Blatt Papier. Trixi nahm den Kuli zur Hand, fuhr mit dem Finger über die einzelnen Buchstaben und schrieb etwas auf. Merkwürdigerweise begann sie mit dem Buchstaben, der rechts unten im Kästchen stand. Dann fuhr sie mit dem Finger senkrecht nach oben und begann die nächste Buchstabenreihe wieder unten. Als sie mit ihrer merkwürdig anmutenden Übersetzung fertig war, las sie diese vor:

„Das Billriff verbirgt das große Geheimnis."

Die beiden jungen Männer staunten.

„Unglaublich", sagte Hauke schließlich. „Wo soll sich denn auf dem Billriff ein Geheimnis verbergen? Es gibt dort nicht die geringste Versteckmöglichkeit."

„Vielleicht hat man dieses Geheimnis ja dort vergraben?", mutmaßte Alexander.

Trixi sah die beiden verwundert an.

„Könnt ihr zwei mir vielleicht mal sagen, wovon ihr redet? Was um alles in der Welt ist das Billriff?"

„Das Billriff ist eine riesige Sandbank", erklärte Hauke. „Es bildet das westliche Ende der Insel Juist."

Alexander atmete tief durch.

„Dort hab ich den Leichnam deines Bruders gefunden."

Trixi blickte ihn mit großen Augen an.

„Was? Du hast ihn gefunden?"

Der Angesprochene nickte.

Erneut liefen dicke Tränen über Trixis Wangen.

„Sah er sehr schlimm aus?" In ihre Stimme klang Unsicherheit. Sie wirkte wieder schwach und kraftlos. „Du kannst es mir ruhig sagen. Ich vertrag die Wahrheit"
„Tut mir leid, Trixi, aber ich weiß nicht, wie dein Bruder ausgesehen hat. Er war im Sand vergraben."
„Aber wie konntest du ihn entdecken, wenn er vergraben war?"
„Seine Hand schaute aus dem Sand heraus."
„Seine Hand?"
„Ja, nur seine Hand."
„Wie sah die Hand aus?"
„Ich versteh deine Frage nicht, Trixi."
Sie atmete tief durch.
„Ich meine damit, ob die Hand meines Bruders bereits vom Wasser aufgequollen war. Das hört sich vielleicht merkwürdig an, aber ich möchte alles über seinen Tod wissen."
„Die Hand sah eigentlich ganz normal aus", log Alexander. Er hätte es niemals übers Herz gebracht, der jungen Frau die Wahrheit zu sagen. Es wäre gefühllos, wenn er erzählen würde, dass nur noch die Fingerknochen übrig waren, weil die Krähen und Möwen das Fleisch abgefressen hatten. „An einem Finger war ein breiter, silberner Ring zu sehen, ein Ring mit einem dunklen Stein."
Trixi nickte. Ihre Augen wurden wieder glasig.
„Ja, Reinhard trug so einen Ring."
„So", meinte Hauke zu ihr. „Jetzt kannst du uns mal diese Geheimschrift erklären. Ich erkenne wirklich nur Buchstabensalat. Dann kommst du und sagst, dort steht `Das Billriff verbirgt das große Geheimnis´. Wie übersetzt man diese Schrift?"

Trixi merkte sofort, dass er sie von ihrer Trauer ablenken wollte. „Nun ja." Sie dachte einen Augenblick nach. „Eigentlich verrät man eine Geheimschrift nicht, doch was nutzt so eine Schrift, wenn sie niemand außer mir lesen kann?" Sicherheit kehrte in ihre Stimme zurück. „Also, diese Geheimschrift ist so simpel, dass Reinhard und ich sie bereits als Kinder entwickelt hatten. Wir waren die einzigen, die sie schreiben und lesen konnten. Ich werd `s euch erklären. Man schreibt einfach immer den nächst folgenden Buchstaben des Alphabets auf, statt ein A ein B, statt ein B ein C, und so weiter. Das Wort `das´ bedeutet dann `ebt´, D gleich E, a gleich B und S gleich T, also immer den nächsten Buchstaben des Alphabets. Habt ihr das soweit verstanden?"

Die beiden jungen Männer nickten.

„Wenn man alles in die Geheimschrift übersetzt hat", fuhr Trixi fort, „dann schreibt man das letzte Wort der Botschaft als erstes auf, und zwar von unten nach oben. In die nächste senkrechte Reihe kommt dann das vorletzte Wort, ebenfalls von unten nach oben. Wenn man alle Wörter aufgeschrieben hat, werden die leer gebliebenen Stellen mit Kreuzen ausgefüllt und dann wird der nun entstandene Buchstabenblock umrahmt. So einfach ist das."

Nun nahm Hauke den Zettel mit der Geheimschrift zur Hand und versuchte, Reinhards Botschaft selbst zu entschlüsseln.

„Genial", sagte er schließlich. „Das ist ja ganz einfach."

„Das sag ich doch. Es ist allerdings nur einfach, wenn man weiß wie es geht."

In diesem Moment erklang eine Melodie.

„Oh", meinte Trixi, „mein Handy."

Sie griff in ihre Tasche und nahm das Mobiltelefon heraus.

„Ja, bitte?"

Sie lauschte in den Hörer.

„Nein, darüber habe ich mir noch keine Gedanken gemacht", sagte sie nach einer Weile. „Es ist mir ganz egal, welches Beerdigungsinstitut sie beauftragen."

Die junge Frau hörte ihrem Gesprächspartner am anderen Ende der Leitung aufmerksam zu. Dabei nickte sie leicht.

„Das ist aber ein Zufall", meine sie schließlich. „Genau diesen Friedhof hätte ich Ihnen auch genannt. Dort liegen nämlich meine Eltern begraben... Einen Beerdigungstermin können Sie mir auch schon nennen?... Ja, damit bin ich einverstanden... Ich brauche mich also um nichts mehr kümmern, gut, ich danke Ihnen."

Trixi beendete das Gespräch und steckte ihr Handy wieder weg.

„Das war jemand von der Polizei", gab sie zu verstehen. „Die Gerichtsmedizin hat meinen Bruder freigegeben. Die Polizei beauftragt ein Beerdigungsinstitut mit allen Formalitäten. Sie schlugen mir sogar einen Friedhof vor. Es ist zufällig der Friedhof, auf dem sich unsere Familiengruft befindet. Reinhard wird übermorgen um neun Uhr beigesetzt." Ihr Blick ging nach unten. Sie atmete tief durch.

„Ich kann immer noch nicht glauben, dass er tot ist. Es ist alles, wie ein Traum, wie ein ganz böser Traum."

Hauke legte seine Hand auf ihre Schulter.

„Du musst jetzt stark sein, Trixi."

Sie blickte ihn an.

„Ich hab eine große Bitte an dich, Hauke. Begleitest du mich zur Beerdigung? Alleine schaffe ich es nicht."

Hauke nickte.

„Selbstverständlich."

Trixis Blick ging plötzlich ins Leere. „Eigentlich wollte ich jetzt wieder nach Hause fahren." Sie schluckte. Dann starrte sie schweigend vor sich hin.

Hauke sah sie verständnislos an.

„Aber?"

Ich habe Angst, dass die Männer, die mich verfolgt haben, dort auf mich lauern."

„Das wäre gut möglich", meint Alexander. „Vielleicht wäre es besser, wenn du für einige Zeit in einem Hotel wohnst."

„Das ist Quatsch", widersprach Hauke. „Ein Hotel ist doch viel zu teuer. Trixi kann bei mir wohnen. Mein Sofa lässt sich aufklappen und in ein breites Doppelbett umwandeln." Er wandte sich an Trixi. „Ein riesiges Apartment kann ich dir zwar nicht bieten, aber wenn du möchtest, kannst du bei mir einziehen. Du kannst bleiben, so lang du willst."

„Das Angebot nehme ich gerne an." Die Erleichterung in ihrer Stimme war nicht zu überhören. „Danke, Hauke. Ich muss allerdings vorher noch mal zu mir nach Hause, um einige Sachen zu holen." Sie wirkte für einen Augenblick wieder unsicher. „Würdest du mich begleiten? Allein habe ich Angst."

„Als wenn ich dich jetzt im Stich lassen würde." Hauke wandte sich an Alexander. „Kommst du auch mit?"

„Warum nicht? Hab sowieso nichts Besseres vor."

„Dann lasst uns mal gleich losfahren", meinte Hauke.

Bevor sie das Arbeitszimmer im Museum verließen, nahm Hauke den geheimnisvollen Schlüssel an sich. Er schob ihn in die Innentasche seiner Jacke.

Der kleine Nebeneingang, durch die sie das Museum verließen, lag in einer engen, wenig befahrenen Seitenstraße. Dort parkte auch Haukes alter Mazda.

98

Kaum standen sie auf der Straße, da fasste Trixi Hauke an den Arm.

„Da." Sie und deutete nach rechts auf einen dunklen VW Golf, der auf der anderen Straßenseite parkte. „Da sind sie wieder. Sie müssen mein Auto vor dem Museum entdeckt haben."

Der Golf stand etwa fünfzig Meter von ihnen entfernt. Deutlich konnten sie in dem Auto zwei Insassen erkennen. Ohne zu zögern ging Alexander auf das Auto zu.

„Was hast du vor?", rief Hauke ihm hinterher.

„Ich werde diese Kerle fragen, was sie von Trixi wollen."

In diesem Moment startete der Fahrer des dunklen Golfs sein Fahrzeug. Er fuhr aber noch nicht los.

Alexander war nur noch zwanzig Meter vom Auto entfernt. Er ging mitten auf der Straße. Plötzlich setze sich der Golf in Bewegung und raste mit voller Beschleunigung in seine Richtung. Alexander befeuchtete die Lippen und schluckte. Er erkannte die Gesichter der beiden Fahrzeuginsassen. Sie starrten ihn mit maskenhaften Gesichtszügen an. Grell hupend hielt das Fahrzeug auf ihn zu. Der schrillende Ton dröhnte in seinen Ohren. Mit einem beherzten Sprung, angetrieben von einem kräftigen Adrenalinstoß, hechtete Alexander zur Seite. Er schrie laut auf. Sein Schrei glich einem schrecklichen, angsterfüllten Aufbrüllen, das beim Sprung zur Seite in ein krächzendes Stöhnen erstarb. Als der dunkle Golf um Haaresbreite an ihm vorbeischoss und mit hoher Geschwindigkeit davon raste, schlug Alexander unsanft auf den Gehweg auf. Ein stechender Schmerz durchzuckte seine Hand.

Trixi und Hauke hatten die Szenerie mit Schrecken verfolgt und eilten zu dem am Boden liegenden Alexander. Hauke erreichte ihn als erster.

„Bist du verletzt?"

„Meine Hand tut weh." Die leise Stimme klang monoton. Während Hauke ihm wieder auf die Beine half, blickten sie dem flüchtenden Golf, der gerade in eine Seitenstraße verschwand, hinterher.

Nun erreichte auch Trixi die beiden.

„Ist mit dir alles in Ordnung? Sollen wir dich zum Krankenhaus fahren?"

Alexander schüttelte langsam den Kopf. „Nein, es geht schon." Er stand da, sein Blick, leer und teilnahmslos. „Habt ihr das gesehen? Sie wollten mich über den Haufen fahren, wollten mich umbringen." Kalter Schweiß stand auf seiner Stirn.

„Wir müssen die Polizei anrufen." Trixi konnte die Aufregung in ihrer Stimme nicht verbergen.

Hauke wollte die Rufnummer der Polizei in sein Handy eingeben, hielt aber plötzlich inne.

„Die Polizeiwache in gleich um die Ecke, ein paar hundert Meter von hier. Wir fahren mit dem Auto hin." Hauke blickte sich kurz um. „Wir sollten uns aber beeilen. Die Typen können jeden Moment zurück kommen."

Alexander starrte immer noch auf die Straßeneinmündung, in der das Auto verschwunden war.

„Sie wollten mich umbringen." Es klang, als hätte er immer noch nicht begriffen, was gerade passiert war. „Sie wollten mich einfach umbringen."

Die Aufregung ließ seinen Körper zittern. Ihm wurde übel.

Trixi schaute ihn an, fixierte seine Augen.

„Ist wirklich alles in Ordnung?"

Er blickte verständnislos und wirkte verwirrt.

„Es geht schon wieder."

Hauke kramte indes in seiner Hosentasche herum und zog einen Zettel heraus, ganz offensichtlich eine alte Einkaufsquittung. Nun nahm er einen Kuli aus seiner Brusttasche und notierte etwas auf den Zettel.

„Was schreibst du denn da?", wollte Trixi wissen.

„Ich schreib´ das Autokennzeichen auf, damit ich es nicht vergesse."

„Du konntest dir in dieser Aufregung das Nummernschild merken?" In Trixis Frage lag eine Riesenportion Erstaunen.

„Hab `s mir gemerkt, bevor sie losfuhren."

Alexander stand da und blickte an sich herab, so, als wolle er kontrollieren, ob noch alles heil ist.

„Seht euch meine Hände an." Seine Stimme bebte.

Hauke und Trixi wussten sofort, was er meinte.

Seine Hände zitterten. Sie zitterten dermaßen, dass man es eigentlich schon als Schütteln bezeichnen konnte.

„Ich kann es einfach nicht fassen." Alexanders Stimme klang heiser. „Die haben meinen Tod in Kauf genommen. Warum? Ich kenn diese Kerle überhaupt nicht."

„Vielleicht sollte es eine Warnung sein", sagte Trixi leise.

Haukes Augenbrauen zuckten kurz nach oben.

„Eine Warnung?"

„Die Männer haben gesehen", meinte Trixi, „dass ihr zwei mich begleitet. Sie sind bestimmt hinter der Entdeckung meines Bruders her. Vielleicht wollen sie euch mitteilen, dass ihr die Finger davon lassen sollt."

Haukes Blick ging für einen Moment in die Ferne.

„Diese Sache wird mir immer unheimlicher. Was um alles in der Welt hat Reinhard entdeckt?" Hauke griff in die Innentasche seiner Jacke und nahm den geheimnisvollen Schlüssel heraus. Er starrte auf den goldenen Drachenkopf, dessen rote Rubinaugen im Tageslicht böse zu funkeln schienen. „Und was um alles in der Welt kann man mit diesem Schlüssel nur öffnen?"

„Egal, was es ist", sagte Trixi, „es ist so bedeutend, dass man deswegen Menschen umbringt."

Hauke warf noch einen kurzen, nachdenklichen Blick auf den Schlüssel. Dann schob er ihn zurück in seine Jackentasche.

Inzwischen schaute sich Trixi den Zettel mit dem Autokennzeichen an.

„Ein Hamburger Kennzeichen. Es dürfte für die Polizei nicht schwer sein, die Kerle zu finden."

Hauke nickte.

„Wir fahren jetzt mit meinem Auto. Falls diese Typen zurück kommen und uns suchen, halten sie nach Trixis Wagen Ausschau." Er blickte zu Alexander, der sich die rechte Hand rieb. „Was ist mit deiner Hand?"

„Nichts Schlimmes. Es ist schon wieder besser."

Bald saßen die drei in Haukes altem Mazda. Die Polizeiwache war schnell erreicht.

Sie waren sich einig darüber, dass die Polizei nichts von dem geheimnisvollen Schlüssel erfahren durfte. Schließlich sollte dieser nicht als Beweismittel einbehalten werden. Auch von Reinhards Andeutungen wollten sie nichts erzählen. Die drei waren sich ebenfalls einig, dass sie nun auf eigene Faust dem Geheimnis von Trixis ermordeten Bruder auf die Spur kommen wollten. Das sei man Reinhard gegenüber schuldig.

Nachdem sie bei der Polizei ihre Aussagen zu Protokoll gegeben hatten, fuhren sie in die Richtung von Trixis Wohnung. Von der Polizei hatten sie erfahren, dass der dunkle VW Golf mit besagtem Nummernschild vor drei

Tagen als gestohlen gemeldet worden war. Mit anderen Worten, sie wussten immer noch nicht, mit wem sie es zu tun hatten.

Als die drei in die Straße einbogen, in der Trixi zu Hause war, hielten sie sofort nach dem dunklen VW Golf Ausschau. Zur Erleichterung aller, war das Fahrzeug nirgendwo zu sehen.

Trixis Wohnung lag in der dritten Etage eines alten Mehrfamilienhauses. Alexander und Hauke begleiteten sie nach oben. Während sie die betagte Treppe hinaufstiegen, knarrten die hölzernen Stufen bei jedem ihrer Schritte. Das rot gestrichene Geländer wirkte abgegriffen und an einigen Stellen schimmerte ein grauer Voranstrich durch. Die Wände waren schmutzig grau, hier und da war der Putz herausgeschlagen.

Alexander blickte sich aufmerksam um.

„Hier müsste mal dringend renoviert werden."

Trixi seufzte.

„Das erzählen wir dem Vermieter schon lange. Er stört sich aber nicht dran." Sie sprach ruhig und leise. Die Stimme klang irgendwie dünn. Sie wirkte wieder sehr reserviert.

Alexander dachte über sie nach. Ihre anfängliche Zurückhaltung ihm gegenüber hatte sich zwar gelegt, dennoch war sich Alexander sicher, dass die rotblonde Frau, die da vor ihm die Treppen emporstieg, von Natur aus ein schüchterner Mensch war, dem eine gehörige Portion Selbstbewusstsein fehlte.

Als sie schließlich vor Trixis Wohnungstür standen, blieben sie erschrocken stehen. Die Tür stand einen Spalt offen. Sie war ganz offensichtlich aufgebrochen worden, denn der Türrahmen wies sehr starke Beschädigungen auf.

Trixi wurde mit einem Schlag leichenblass. Sie schluckte laut hörbar.

Die drei starrten unentschlossen auf die offene Tür.

„Vielleicht sind die Einbrecher noch in der Wohnung", flüsterte Trixi.

Man hörte sie noch einmal laut schlucken.

„Wir sollten reingehen und nachschauen", sagte Alexander leise.

„Und wenn die Einbrecher bewaffnet sind?", warf Hauke, ebenfalls flüsternd, ein. „Vielleicht haben sie Pistolen."

Trixi wies ihre beiden Begleiter durch Handzeichen an, sich zur Treppe zu begeben. Vorsichtig schlichen sie eine Etage tiefer.

„Kannst du für mich die Polizei anrufen?" Trixi reichte Hauke ihr Handy. „Ich kann nicht, bin zu nervös."

Hauke nahm das Handy und verständigte die Polizei. Nachdem das Telefongespräch beendet war, meinte er: „Die Polizei kommt gleich. Lasst uns draußen warten."

Sie stiegen die Treppe hinab und versuchten, leise zu sein, doch die hölzernen Stufen knarrten so laut, dass sie bei jedem ihrer Schritte ängstlich die Gesichter verzogen.

Draußen angekommen, zogen sich die Minuten des Wartens dahin, wie Kaugummi. Immer wieder ging ihr Blick auf die Haustür. Sollten die Einbrecher tatsächlich noch in der Wohnung sein, dann mussten sie, um das Haus wieder zu verlassen, durch diese Tür kommen.

Dann fuhr endlich das ersehnte Polizeiauto vor. Der Streifenwagen blieb genau vor der Haustür stehen. Zwei Polizisten stiegen aus und gingen direkt auf die drei Wartenden zu.

„Haben Sie uns angerufen?", fragte einer der Beamten.

„Ja", bestätigte Hauke und deutete auf Trixi. „Ihre Wohnung wurde aufgebrochen."

Der Polizist blickte Trixi fragend an.

„Haben Sie schon festgestellt, was Ihnen gestohlen wurde?"

„Nein, wir waren noch nicht in der Wohnung. Wir haben Angst, dass die Einbrechen noch drin sind."

Der Polizeibeamte wies auf Alexander und Hauke.

„Sie haben doch zwei starke Männer dabei und da trauen Sie sich nicht in die Wohnung?"

Trixi sah den Beamten zurückhaltend an. Als sie nicht sofort antwortete, ergriff Hauke das Wort.

„Nachdem, was uns heute schon passiert ist, hatten wir Angst. Wir befürchten, dass die Einbrecher bewaffnet sind."

Der Polizist machte große Augen.

„Was ist Ihnen denn heute schon passiert."

Nun erzählte Hauke die Geschichte von den Männern im dunklen VW Golf, die Alexander absichtlich überfahren wollten. Er gab den Beamten auch zu verstehen, dass sie wegen diesem Vorfall bereits bei der Polizei waren.

„Die Fahndung nach diesem gestohlenen Golf kam vorhin durch", sagte der Polizist. „Sie glauben also, dass der Wohnungseinbruch etwas mit den Personen in diesem Fahrzeug zu tun hat."

„Wir vermuten es."

„Kannten Sie die Personen in dem Golf?"

„Nein, das hatten wir aber bereits Ihren Kollegen auf der Wache gesagt."

Der Polizist wandte sich wieder an Trixi, die sichtlich geknickt neben Hauke stand. „So ein Einbruch ist schwer zu verdauen. Ich kann gut verstehen, dass Sie geschockt sind, aber wie kommen Sie dann darauf, dass es einen Zusammenhang zwischen dem gestohlenen Golf und dem Einbruch gibt?"

Trixi zuckte mit den Schultern.

„Ich weiß es nicht. Ist nur so ein Gefühl."

„Nur so ein Gefühl", wiederholte der Beamte. „Dann wollen wir mal in ihre Wohnung gehen und uns den angerichteten Schaden ansehen."

Wenig später standen sie vor der aufgebrochenen Wohnungstür. Als sie eintraten, gingen die beiden Polizisten voran.

Trixi war sichtlich erleichtert, als sie feststellten, dass sich niemand mehr in der Wohnung aufhielt. Als sie aber das Chaos sah, welches die Einbrecher hinterlassen hatten, wurde ihr übel.

Keine Schranktür war mehr geschlossen und keine Schublade mehr in ihrem Fach. Alle Regale waren leer geräumt. Sämtliche Dinge, die sich vorher in den Schränken und Regalen befunden haben, lagen überall auf dem Boden verstreut herum. Der Fußboden war bedeckt mit Kleidungsstücken, Büchern und irgendwelchen schriftlichen Unterlagen. Dazwischen lagen aus den Töpfen gerissene Zimmerpflanzen und Blumenerde. Es sah aus, als hätte hier eine Horde wild gewordener Affen getobt.

Trixi ließ sich langsam in einen Sessel sinken.

„Oh, mein Gott." Sie klang niedergeschlagen, tief deprimiert.

Dann weinte sie hemmungslos. Der Anblick ihres zerwühlten Zuhauses war zu viel für sie.

Alexander setzte sich auf die Sessellehne und legte tröstend den Arm auf ihre Schulter. Seinen Blick glitt über das chaotische Durcheinander.

„Das kriegen wir schon wieder hin, Trixi. Hauke und ich werden dir beim Aufräumen helfen."

Einer der beiden Polizisten telefonierte.

Dann meinte er:

„Für uns gibt es hier nichts mehr zu tun. Die Kollegen von der Kripo werden gleich bei Ihnen vorbeischauen. Bleiben Sie also zu Hause. Es wäre hilfreich, wenn Sie in der Zwischenzeit schon einmal eine Liste der gestohlenen Gegenstände erstellen."

Trixi blickte den Beamten ungläubig an.

„Wie soll ich denn bei diesem Chaos so schnell feststellen, was mir fehlt?"

Der Polizist zuckte mit den Schultern.

„Sie könnten wenigstens mal nachschauen, ob irgendwelche Wertgegenstände fehlen."

Dann verabschiedeten sich die Polizisten.

Zurück blieben drei schweigende, junge Leute, deren Gefühlswelt sich in ein wüstes Chaos verwandelt hatte.

Alexanders Blick hatte sich auf eine nicht definierbare Zimmerpflanze fixiert, die zerrupft auf dem Boden lag. *Was mache ich hier eigentlich?*, ging es ihm durch den Kopf. Er dachte daran, dass er ursprünglich nur ein paar ruhige Tage auf Juist verbringen wollte, um mit sich selbst ins Reine zu kommen und um sich geistig von seiner beschissenen Situation zu befreien. Und jetzt? Jetzt saß er in einer verwüsteten Hamburger Wohnung, neben ihm zwei Menschen, die er vor zwei Tagen nicht einmal gekannt hatte. *Und totfahren wollten sie mich auch.*

Haukes Gedankengänge verliefen in ganz anderen Bahnen. Er dachte an den großen Schlüssel in seiner Tasche und rätselte, was man damit wohl öffnen konnte. *Cöersyn, wonach hört sich das an? Was kann das sein?* Dann manifestierte sich Reinhard vor seinem geistigen Auge und sein Blick ging zur Schwester seines toten Freundes. *Armes Mädchen.*

Trixi starrte apathisch vor sich hin, wirkte teilnahmslos und abgestumpft. Ihre Gedanken kreisten, schienen ungezügelt zu tanzen und sie schaffte es nicht, Ordnung in dieses geistige Chaos zu bringen. Trotz der immensen Fülle von wirren Gedanken verspürte sie eine unendliche Leere. Aus einem ihrer getrübten Augen löste sich eine dicke Träne, um sich gemächlich einen Weg über die gerötete Wange zu suchen.

„Lässt du deinen Rechner immer an, wenn du die Wohnung verlässt?", unterbrach Alexander die Stille. „Das ist doch Energieverschwendung."

Die Blicke gingen sofort zum Schreibtisch, auf den eingeschalteten Monitor.

Trixi schüttelte den Kopf.

„Als ich die Wohnung verließ, war der PC aus. Ich habe ihn heute überhaupt noch nicht benutzt."

Sie begab sich zum Schreibtisch und blickte auf den Monitor.

„Die Einbrecher haben meine Emails gelesen, die letzten Mails, die mein Bruder mir geschickt hatte."

Sie setzte sich vor die Tatstatur und ließ die Seiten, für die sich die Eindringlinge offensichtlich interessiert hatten, Revue passieren.

„Sie haben meine Post durchforstet. Scheinbar hatten sie nur Interesse an den Emails meines Bruders." Trixi wollte sich gerade wieder erheben, als ihr Blick nach unten fiel. Sie bückte sich und hob ein dünnes Kabel vom Boden auf.

„Ein Kabel haben sie auch aus dem Rechner gezogen."

„Was ist das denn für ein Kabel?", wollte Hauke wissen.

„Ich glaube, es ist der vom Drucker."

„Ein USB-Kabel?"

„Ja."

Hauke kratze sich am Kopf. „Es kann nur einen Grund dafür geben, warum sie das Kabel rausgezogen haben. Sie brauchten einen freien Anschluss um Deine Daten auf einen Stick abzuspeichern."

„Scheiße!", fluchte Trixi. Sie wirkte mit einem Mal sehr konzentriert. „Wir werden der Polizei nicht erzählen dass die Einbrecher an meinem Rechner waren."

„Das könnte für die Polizei aber wichtig sein", meinte Hauke.

Trixi schüttelte den Kopf.

„Niemand darf etwas von Reinhards Entdeckung erfahren, auch nicht die Polizei." Ihre Stimme zeigte plötzlich Stärke und wirkte kraftvoll. Ihre Unsicherheit war mit einem Schlag verflogen. „Ich werde alles dran setzten, um Reinhards Geheimnis zu lüften. Ganz egal, wie lange ich dafür brauche, ich werd herausfinden, weshalb er sterben musste und ich werde dafür sorgen, dass seine Mörder ihre Strafe bekommen. Das bin ich meinem Bruder schuldig."

In ihrer Stimme klang Entschlossenheit.

Alexander hob etwas vom Boden auf.

„Ist das deine Kette, Trixi?"

Er hielt eine goldene Kette mit einem großen Kreuz hoch. Die Angesprochene nickte.

„Ja."

Nachdem Alexander sich ein zweites Mal gebückt hatte, hielt er erneut eine goldene Kette in der Hand, dieses Mal eine, mit dicken, gedrehten Gliedern.

„Und die gehört auch dir?"

Trixi bestätigte es.

„Die Ketten sind aus echtem Gold", stellte Alexander fest.

„Die waren doch bestimmt teuer, oder?"

„Ja, sogar sehr teuer."

„Kannst du mir sagen, warum die Einbrecher sie dann nicht mitgenommen haben?"

Die Antwort auf diese Frage gab Hauke:

„Die Kerle interessierten sich nicht für Wertgegenstände. Sie waren hinter etwas anderem her."

Trixi nickte. „Ja. Hinter der Entdeckung meines Bruders."

Kurze Zeit später erschienen zwei Beamte der Kripo. Sie nahmen den Einbruch auf und stellten ein paar Fingerabdrücke an der aufgebrochenen Tür sicher. Nachdem Trixi ihnen erklärt hatte, dass sie noch nichts vermisst, verabschiedeten sich die Polizisten wieder.

Trixi blickte sich um. Sie wirkte hilflos, aber schon wesentlich gefasster. Eigentlich lag fast alles, was sie besaß, vor ihr auf dem Boden. Die Einbrecher hatten wirklich ganze Arbeit geleistet.

„Und was machen wir jetzt?"

„Ich würde vorschlagen", sagte Hauke, „dass wir jetzt aufräumen. Wir sollten wenigstens dafür sorgen, dass der Fußboden wieder frei wird. Wir teilen uns die Arbeit auf. Einer von uns stellt die Bücher wieder in die Regale, einer legt, beziehungsweise hängt die Kleidung wieder in die Schränke und einer kümmert sich um den Rest, der da noch rumliegt."

Trixi zog die Augenbrauen hoch.

„Ihr würdet mir wirklich beim Aufräumen helfen?"

„Natürlich", kam es fast gleichzeitig aus den Mündern von Hauke und Alexander.

„Das wird aber nicht einfach", gab Trixi zu verstehen.

„Sag´ uns, was wir wohin legen sollen", meinte Hauke. „Wir werden es so machen, wie du es möchtest."

„Es ist das Beste", sagte Trixi, „wenn wir erst mal grob aufräumen. Die Feinheiten kann ich nach und nach selbst erledigen. Dein Vorschlag war gut, Hauke. Wenn einer von euch die Bücher wieder in die Regale stellt und der andere die Wäsche in die Schränke befördert, ist mir schon viel geholfen. Den restlichen Kram räume ich dann weg."

Die drei machten sich sofort an die Arbeit. Nach nicht einmal einer Stunde sah die Wohnung wieder einigermaßen passabel aus.

„Wisst ihr, was ich jetzt habe?", meinte Alexander.

Hauke blickte ihn fragend an.

„Nein. Was hast du denn?"

„Ich hab `nen Riesenhunger."

Seinem Freund huschte ein flüchtiges Lächeln über die Lippen.

„Was für ein Zufall, ich auch."

„Dagegen kann man etwas tun", meinte Trixi. „Gleich um die Ecke ist ein kleines Restaurant, ein Grieche. Wäre das nichts gegen euren Hunger?"

„Da fragst du noch?", kam es aus Haukes Mund.

Der Gang zum griechischen Restaurant war sehr schnell eine beschlossene Sache.

Sie verließen das Haus. Den, mit einer dunklen Lederjacke bekleideten Mann, der in einiger Entfernung vor einem Hauseingang stand, bemerkten sie nicht, auch nicht, dass er sich plötzlich von ihnen abwandte, als sie seine Richtung einschlugen. Der Mann stieg die zwei Stufen empor, die zur Haustür führten und drückte scheinbar einen der Klingelknöpfe. Als die drei an dem Mann vorbeischritten, nahmen sie nicht die geringste Notiz von ihm.

Trixi führte ihre Begleiter in eine kleine Seitenstraße. Dort lag die griechische Gaststätte.

Den Mann mit der dunklen Lederjacke, der jetzt hinter ihnen an der Straßenecke aufgetaucht war und beobachtete, wie sie das Restaurant betraten, bemerkten sie nicht.

Die Gaststätte war nicht sehr groß. Auf der linken Seite, der Fensterseite des schmalen Gastraumes, reihten sich Sitzgruppen aneinander. Die rechte Seite blieb der Theke vorbehalten. Trotz der Fenster wirkte der Raum recht dunkel. Es herrschte ein eher schummeriges Licht, welches allerdings eine gemütliche Atmosphäre vermittelte.

Das Restaurant war gut besucht. An der Theke standen einige Leute und viele der Tische waren besetzt.

Ein Kellner trat an die drei neuen Gäste heran und begrüßte sie freundlich. Er wies ihnen einen der noch freien Tische zu. Sie nahmen dankend Platz, bestellten sich Getränke und ließen sich die Speisekarte bringen. Keine halbe Stunde später saßen Alexander und Hauke vor zwei großen Grilltellern. Mit viel Appetit ließen sie sich die verschiedenen Fleischspezialitäten schmecken. Trixi verspürte keinen großen Hunger. Ihr lag das Geschehe schwer im Magen. Der Tod ihres Bruders, der Wohnungseinbruch, das alles machte ihr zu schaffen. Sie hatte sich nur einen kleinen Salatteller bestellt. Ihr Gemütszustand glich einem wirren Auf und Ab. Während sich ihre beiden

Begleiter das Essen schmecken ließen, stocherte sie appetitlos auf ihrem Teller herum. Dabei starrte sie vor sich hin und dachte daran, dass diese Situation zu ihrem Leben passte, wie die Faust aufs Auge. Bisher war noch nie etwas so gelaufen, wie sie es sich gewünscht hätte, wobei sie eigentlich selbst nicht so recht wusste, was sie sich eigentlich wünschte. Ihr Leben plätscherte ereignislos vor sich hin, und wenn mal etwas passierte, dann war es so negativ, dass es sie noch weiter nach unten zog. *Alles Scheiße.* Sie hatte das Gefühl, dass sich selbst das Salatblatt auf ihrem Teller, welches sie gedankenlos anstarrte, besser fühlte, als sie.

Dass direkt nach ihnen ein weiterer Gast eingetreten war, hatten sie nicht bemerkt. Dieser Gast, ein Mann mit einer dunklen Lederjacke, stand an der Theke, nur etwa zwei Meter von ihnen entfernt. Der Mann hatte ihnen den Rücken zugewandt. Er stand vor einem Glas Bier, an dem er nur einmal kurz genippt hatte und lauschte. Aufmerksam konzentrierte er sich auf die Worte, die hinter ihm am Tisch gesprochen wurden.

„Wir sollten uns langsam mal überlegen", meinte Alexander, „was wir als nächstes tun."

Hauke nickte.

„Die Spur von Reinhards Entdeckung führt auf jeden Fall nach Juist. Unser nächstes Ziel muss also die Insel sein. Wir haben bereits den Schlüssel. Jetzt müssen wir nur noch das finden, was sich damit öffnen lässt." Er wandte sich an Trixi. „Wirst du uns begleiten?"

Sie reagierte nicht, sondern starrte immer noch auf ihren Teller.

„Trixi, kuckuck."

Jetzt blickte sie auf.

„Was?"

„Ich fragte, ob du mit nach Juist kommst."

„Was für eine dumme Frage. Natürlich komme ich mit."

„Kannst du dir denn so einfach Urlaub nehmen?"

„Und ob ich das kann. Ich habe noch drei Wochen alten Urlaub vom letzten Jahr offen und den werde ich jetzt nehmen, ob mein Chef es will oder nicht."

„Was machst du denn beruflich?", wollte Alexander wissen.

„Ich arbeite in einer großen Anwaltskanzlei."

„Und was machst du da?"

„Alles Mögliche. Ich bin so `ne Art Vorzimmertippse."

„Also eine Frau für alle Fälle."

„Genau."

Alexander versuchte sich vorzustellen, wie Trixi hinter ihrem Schreibtisch saß, mit ihrer zarten, zurückhaltenden Stimme Telefongespräche entgegen nahm und devot die Aufträge für ihren Chef erledigte. *Der Job passt zu ihr.*

„Da immer noch keiner gesagt hat, wie wir jetzt vorgehen", warf Hauke ein, „würde ich vorschlagen, dass wir gleich zurück in die Wohnung gehen, damit Trixi ihren Koffer für die Juistreise packt. Danach sollten wir sofort losfahren, um heute noch in Norden einen Flieger zur Insel erwischen."

Seine Begleiter waren mit diesem Vorschlag sofort einverstanden. Alexander gab angesichts der jetzt leeren Teller einem Kellner zu verstehen, dass sie bezahlen wollten. Dabei erblickte er auch den Mann, der mit dem Rücken zu ihnen an der Theke stand.

Der Mann bezahlte sein Getränk und begab sich zum Ausgang. Ohne sich dabei etwas zu denken, schaute Alexander ihm hinterher. Bevor der Mann aus der Tür trat, blickte er sich noch einmal kurz um. Er blickte Alexander genau in die Augen. Dann verschwand er.

Alexanders Gesicht erstarrte. Er saß da und schien angestrengt nachzudenken.

„Was ist los?", wollte Hauke wissen.

„Der Mann." Alexanders Stimme klang unsicher. „Es war..."

Mehr sagte er nicht. Er sprang ohne Vorankündigung auf und hastete zum Ausgang. Ehe sich seine Begleiter versahen, war er durch die Tür verschwunden.

Hauke und Trixi blickten sich ungläubig an.

„Was hat den denn geritten?", wunderte sich Trixi. „Hat dein Freund öfter solche Anfälle?"

„Ich weiß auch nicht, was das jetzt sollte."

„Vielleicht will er sich ja vor dem bezahlen drücken."

Bereits nach kurzer Zeit kam Alexander zurück.

„Er ist weg", sagte er, „spurlos verschwunden."

Jetzt verstand Hauke überhaupt nichts mehr.

„Wer ist spurlos verschwunden?"

„Der Mann."

„Welcher Mann?"

„Der Mann, der die ganze Zeit über hier an der Theke gestanden hat. Als er gerade rausging, habe ihn erkannt. Es war einer der beiden, die im Golf saßen."

„Das gibt `s doch nicht", kam es ungläubig aus Trixi Mund.

„Er hat nur wenige Meter von uns entfernt gestanden. Warum hast du ihn nicht eher erkannt, Alex?"

„Weil er uns den Rücken zugewandt hatte."

Hauke schüttelte ungläubig den Kopf.

„Woher wusste er, dass wir hier beim Griechen sind?"

„Vielleicht haben sie in Trixis Wohnung Wanzen eingebaut und unser Gespräch belauscht", mutmaßte Alexander.

Trixis Augen weiteten sich.

„Bei diesem Gedanken wird mir ganz anders."

Hauke kratze sich nachdenklich am Kinn.

„Es wird wohl eher so sein, dass sie deine Wohnung beobachten. Der Mann hat gesehen, dass wir aus dem Haus kamen und ist uns unauffällig gefolgt."

„Und was sollen wir jetzt tun?", fragte Trixi. „Der Mann hat unser Gespräch belauscht. Er weiß, dass wir nach Juist wollen. Sie könnten uns am Flugplatz in Norden abfangen."

Hauke zuckte mit den Schultern.

„Was können uns diese Männer schon anhaben?"

„Das fragst du noch?", wunderte sich Alexander. „Hast du etwa schon vergessen, dass sie mich über den Haufen fahren wollten? Diese Typen sind eiskalt. Es sind Killer."

„Alexander hat Recht", stimmte Trixi zu. „Es wäre gut möglich, dass sie bereits unterwegs nach Norden sind, und wenn wir am Flugplatz ankommen, dann warten sie bereits auf uns."

*   *   *

Der Mann mit der dunklen Lederjacke saß in seinem Auto. Das Handy am Ohr, wartete er ungeduldig darauf, dass jemand sein Gespräch annahm. Dann endlich, die ersehnte Stimme am anderen Ende der Leitung.

„Hallo, Werner hier. Ich weiß jetzt, was die drei vor haben. Sie wollen nach Norden fahren und von dort aus nach Juist fliegen."

„Das hört sich ja sehr interessant an", sagte die Stimme am anderen Ende der Leitung. „Dort hatte uns auch dieser

Karlsfeld hingeführt. Leider konnte er uns seinen sensationellen Fund nicht mehr zeigen."

„Was ist eigentlich aus diesem Karlsfeld geworden?"

„Er ist tot."

„Wie ist das denn passiert?"

„Karlsfeld wollte uns täuschen. Er hatte uns auf das Billriff geführt, um uns seine Entdeckung zu zeigen. Wir glaubten ihm, denn aus den Unterlagen, die er dabei hatte, ging hervor, dass dort etwas versteckt ist."

„Er wollte euch freiwillig seine Entdeckung zeigen?"

„Natürlich nicht. Als wir ihn schnappten, weigerte er sich, mit uns zusammen zu arbeiten. Wir zeigten ihm mal kurz unsere Waffen und schon lenkte er ein. Wir waren davon überzeugt, dass er aus Angst mitspielen würde. Er führte uns bereitwillig zum Billriff. Als wir weit draußen waren, blieb er plötzlich stehen. Karlsfeld deutete auf ein altes Netz, welches ein paar Meter vor uns halb im Sand verbuddelt war. Er meinte, dass wir das Netz nur anheben brauchten, und schon würden wir die größte Entdeckung seit Menschengedenken sehen. Die Neugier machte uns unvorsichtig. Wir liefen sofort zu diesem Netzt und wollten es hochheben. Auf Karlsfeld achtete in diesem Moment niemand von uns. Er rannte hinter unserem Rücken davon. Als wir seine Flucht bemerkten, war sein Vorsprung schon ziemlich groß. Einer von uns spurtete sofort hinter ihm her, und als er merkte, dass er Karlsfeld nicht einholen konnte, warf er sein Messer."

„War das denn unbedingt nötig?"

„Sein Tod war ein Unfall. Niemand konnte ahnen, dass das Messer ihn so unglücklich trifft. Die lange Klinge traf genau von hinten ins Herz. Leider war er der einzige, der uns zu diesem Schatz führen konnte."

„Karl und ich kommen auch nach Juist. Wenn wir die drei auf Juist abfangen, werden wir schon dafür sorgen, dass sie uns zu diesem Schatz bringen. Ich habe gehört, wie sie von einem Schlüssel geredet haben, mit dem man etwas Geheimnisvolles öffnen kann. Frag´ mich nicht, was, aber es hat etwas mit dem Schatz zu tun. Dieser Schlüssel ist übrigens in ihrem Besitz."

„Karlsfeld hatte uns mal einen goldverzierten Schlüssel gezeigt. Das muss dieser Schlüssel sein. Mit anderen Worten, wir müssen den dreien nur den Schlüssel abnehmen und schon kommen wir an den Schatz."

„So einfach ist das nicht. Was nutzt uns der Schlüssel, wenn wir nicht wissen, was man damit öffnen kann."

„Ein paar unserer Männer sind momentan in Norddeich. Sie werden sich in den nächsten Flieger nach Juist setzten. Dann sind sie vor ihnen da und können sie bei ihrer Ankunft auf dem Juister Flugplatz abfangen."

„Gute Idee. Auf dieser kleinen Insel können sie uns kaum entkommen."

*   *   *

Mit eiligen Handgriffen packte Trixi die Dinge zusammen, die sie für die Fahrt nach Juist benötigte. Es fiel ihr nicht leicht, in dem Durcheinander ihrer Wohnung die richtigen Sachen sofort zu finden.

„Wir sollten uns beeilen", meinte Alexander. „Vielleicht schaffen wir es ja, vor diesen Verbrechern auf Juist zu sein."

„Das werden wir nicht schaffen", sagte Hauke.

Alexander blickt ihn fragend an.

„Warum nicht?"

„Weil diese miesen Kerle bestimmt schon unterwegs sind. Ich geh davon aus, dass sie uns bereits auf dem Flugplatz von Norden abfangen werden und wenn nicht dort, dann erwarten sie uns auf Juist."

„So." Trixi deutete auf die kleine Reisetasche in ihrer Hand. „Ich hab das Nötigste zusammen gepackt. Meint ihr nicht, dass wir doch besser die Polizei verständigen sollten?"

„Nein", sagte Hauke sehr bestimmt. „Die Polizei wird uns nicht glauben und wenn doch, dann werden sie Reinhards Hinterlassenschaften als Beweismittel beschlagnahmen."

„Und wie sollen wir nach Juist fliegen, ohne dass die Verbrecher uns schnappen?"

Hauke lächelte Trixi an.

„Ganz einfach, wir fliegen nicht nach Juist, sondern wir benutzen die gute alte Fähre."

Trixi machte große Augen.

„Natürlich, die Fähre. Die Kerle sind fest davon überzeugt, dass wir fliegen. Am Hafen werden sie uns nicht erwarten."

Sie blickte Hauke fragend an. „Wenn du so gute Ideen hast, dann kannst du mir doch bestimmt auch sagen, wo und wonach wir auf der Insel suchen sollen."

Schulterzucken.

„Keine Ahnung. Lasst uns erst mal zur Insel fahren. Dann sehen wir weiter."

Sie verließen die Wohnung. Der Abstieg durch das schmuddelige Treppenhaus glich einem Schweigemarsch, begleitet vom Knarren und Knirschen der alten Holzstufen. Unten im Hausflur blieb Trixi plötzlich stehen. Ihr Blick richtete sich auf die schmutzig graue Wand, an der eine Reihe Briefkästen befestigt war.

„Die Post war da", murmelte sie, ging zielstrebig auf einen der Briefkästen zu und öffnete ihn. Mit den Worten: „Das werden sowieso nur Rechnungen sein", nahm sie eine Hand voll Briefe heraus und schob diese in ihre Handtasche.

Draußen auf der Straße blickten sie sich unsicher um. Zu ihrer Beruhigung konnten sie niemanden ausmachen, der sie beobachtete. Dann stiegen sie in das Auto.

Hauke schob den Zündschlüssel ins Schloss und startete das Fahrzeug. Anstatt aber einen Gang einzulegen und loszufahren, starrte er wortlos vor sich hin. Sein Gesichtsausdruck wurde ernst.

„Die Typen können auf der Insel warten, bis sie blau werden."

Trixi blickte ihn mit großen Augen an.

„Wie meinst du das?"

„Denk mal an übermorgen."

Ihre Augen wurden traurig.

„Reinhards Beerdigung."

Hauke nickte.

„Ich gehe davon aus, dass wir heute sowieso keine Fähre nach Juist mehr erwischt hätten. Selbst wenn wir morgen mit der Fähre zur Insel fahren würden, es lohnt sich nicht. Der Fährenfahrplan richtet sich nach Ebbe und Flut, und es könnte passieren, dass wir erst übermorgen zurück kommen. Um neun Uhr wird Reinhard beerdigt. Das ist nicht zu schaffen. Mit anderen Worten, wir können erst nach der Beerdigung nach Juist fahren." Er blickte seine beiden Begleiter kurz an. „Ich schlage vor, ihr kommt solange einfach mit zu mir. Ihr könnt bei mir übernachten. Meine Bude ist zwar klein, aber irgendwie bekommen wir das schon hin."

Alexander und Trixi wirkten für einen Augenblick verblüfft.

„Du denkst wirklich an alles", meinte Alexander. „Diese Verbrecher werden sich wundern. Sie werden zwei Tage vergebens auf uns warten."

Hauke nickte.

„Genau so ist es. Selbst wenn sie hier in Hamburg nach uns suchen, wüssten sie nicht, wo sie mit ihrer Suche anfangen sollen. Sie kennen weder mich noch meine Wohnung. Bei mir zu Hause sind wir also ganz sicher vor ihnen."

Dann fuhr Hauke los. Unterwegs warf er immer wieder kontrollierende Blicke in den Rückspiegel. Auch Trixi und Alexander schauten sich nach hinten um. Bereits nach kurzer Zeit konnten sie sich sicher sein, nicht verfolgt zu werden.

Bald saßen die drei in Haukes Wohnung. Seine Bleibe war sehr bescheiden und bestand aus einem kleinen Wohnzimmer, einem ebenfalls kleinen Schlafzimmer und einer winzigen Küche, die man eigentlich eher als Kochnische bezeichnen konnte. Das knapp vier Quadratmeter große Bad bot so wenig Platz, dass soeben eine Toilette, ein Waschbecken und eine Dusche hinein passten.

Hauke hatte Trixi angeboten, in seinem Bett zu schlafen. Die beiden jungen Männer würden dann auf dem breiten Schlafsofa nächtigen. Mit dieser Lösung waren alle einverstanden.

Während Alexander und Hauke auf dem Sofa saßen und mittels Laptop den Fahrplan der Juistfähren studierten, stand Trixi am Fenster. Sie blickte nachdenklich hinunter auf die Straße.

„Ich hoffe, wir haben diese Verbrecher für immer abgehängt." Sie sprach sehr leise und wirkte niedergeschlagen.

„Mach dir keine Sorgen, Trixi", meinte Hauke. „Hier werden sie uns nicht finden."

Plötzlich erklang eine leise Melodie.

„Mein Handy." Trixis Blick fiel auf die Handtasche, die auf ihrer Reisetasche lag. Während sie das Handy herausnahm, ließ sie sich in einen Sessel fallen.

„Ja?", meldete sie sich kurz.

Dann schwieg sie für einen Augenblick.

„Hallo? Wer ist denn da?"

Alexander und Hauke schauten sie neugierig an.

„Hallo?", wiederholte Trixi.

Dann nahm sie das Handy vom Ohr und blickte auf das Display.

„Unbekannter Anrufer", murmelte sie und nahm erneut das Handy ans Ohr.

Sie lauschte konzentriert und machte dabei ihre Augen zu schmalen Schlitzen.

„Hallo?" Sie wartete einen Moment. „Dann eben nicht."

Ein Druck auf die Taste und das Gespräch war beendet.

„Wer war das?", wollte Hauke wissen.

„Keine Ahnung. Ich hab ganz deutlich gehört, dass jemand dran war, aber er sagte nicht ein Wort."

„Bekommst du öfter solche Anrufe?"

„Nein."

„Vielleicht waren es ja diese Verbrecher. Sie könnten deine Handynummer beim Wohnungseinbruch gefunden haben."

„Und was hätten sie davon, wenn sie mich anrufen und nichts sagen?"

„Sie wollen dir Angst machen."

Trixi starrte für einen Moment unsicher auf das Handy.

„Mit solchen Anrufen können sie mich nicht beeindrucken."

Sie schob das Handy zurück in die Handtasche.

Ihr Blick fiel auf ihre Post, die sie achtlos aus ihrem Briefkasten genommen und in die Tasche gesteckt hatte.

Sie nahm die Briefe heraus und blätterte sie durch.

„Ist etwas Wichtiges dabei?", fragte Hauke.

Trixi zuckte mit den Schultern.

„Rechnungen und Werbung", murmelte sie. „Da ist auch Post für Reinhard dabei."

„Für Reinhard?", wunderte sich Hauke.

„Ja", ich hab bei der Post einen Nachsendungsantrag gestellt. Die Post, die an Reinhards Adresse gerichtet ist, kommt jetzt automatisch zu mir. So kann ich mich, was meinen Bruder betrifft, um alles kümmern."

Beim letzten Brief wurde ihr Gesichtsausdruck starr.

„Das ist Reinhards Handschrift und der Brief ist an mich gerichtet." Sie schluckte.

Mit zittrigen Fingern öffnete sie den Umschlag.

Hauke und Alexander blickten sie neugierig an.

Trixi zog zwei zusammengelegte Papiere aus dem Umschlag. Sie faltete sie auseinander und las das Geschriebene auf dem ersten Blatt laut vor:

„Liebe Trixi, ich muss Dir gestehen, dass ich einen großen Fehler gemacht habe. Du weißt, dass ich eigentlich niemals spiele, dennoch beteiligte ich mich an einer Pokerrunde. Ich wollte nur zusehen, doch da ein Spieler ausfiel, überredeten die anderen mich, mitzumachen. Dass ich an richtigen Ganoven geraten war, bemerkte ich zu spät. Mein Geld war fast verspielt, da bekam ich vier Könige auf die Hand. Bei so einem Blatt musste ich einfach weiterspielen, doch das Geld, was ich noch hatte, reichte nicht, um in der Partie zu bleiben. Also nahm ich das Angebot einer der Männer, mir fünftausend Euro zu leihen, an, denn was konnte ich bei so einem Blatt schon verlieren? Was soll ich sagen, mein Gegenspieler hatte ganz zufällig vier Asse. Ich bin momentan ziemlich blank und wusste zunächst nicht, wie ich meine Schulden begleichen sollte. Da machte ich einen zweiten Fehler. Ich erzählte von dem Schatz und von dem geheimnisvollen Cöersyn. Zunächst lachten die Männer mich aus, doch als ich ihnen den goldenen Schlüssel zeigte, glaubten sie mir. Als sie mir den Schlüssel abnehmen wollten, log ich ihnen vor, dass ich in meinem Auto noch wertvollere Stücke habe. Sie begleiteten mich zu meinem Wagen. Ich stieg ein und tat so, als wollte ich in mein Handschuhfach greifen. Mit einer blitzschnellen Bewegung gelang es mir, die Autotür zu schließen und zu verriegeln. Ehe die Männer etwas unternehmen konnten, bin ich davon gefahren. Den Schlüssel habe ich in Sicherheit gebracht, denn ich weiß, dass diese Männer mich suchen werden. Anbei übersende ich Dir die Kopie einer alten Karte. Hebe diese Kopie bitte gut auf und verstecke sie. Niemand darf davon erfahren."

Dann nahm Trixi die Kopie der beigefügten Karte zur Hand.

„Was soll das denn sein?", murmelte sie.

„Kann ich die Karte mal sehen?", fragte Hauke neugierig.

Trixi übergab ihm wortlos das Blatt Papier.

Hauke wirkte sehr konzentriert, als er die Karte begutachtete. Dann schluckte er.

„Das ist eine Schatzkarte. Sie deutet auf einen Schatz irgendwo auf dem Billriff hin."

Alexander blickte ihn mit großen Augen an.
„Darf ich die Karte auch mal sehen?"
Hauke reichte sie weiter.
Alexander studierte das Blatt Papier eine Weile.
„Hier steht zwar etwas von einem Bill, aber es muss auf einer anderen Insel liegen. Die abgebildete Insel hat eine ganz andere Form, als Juist und außerdem wird die Insel hier als Westland bezeichnet."

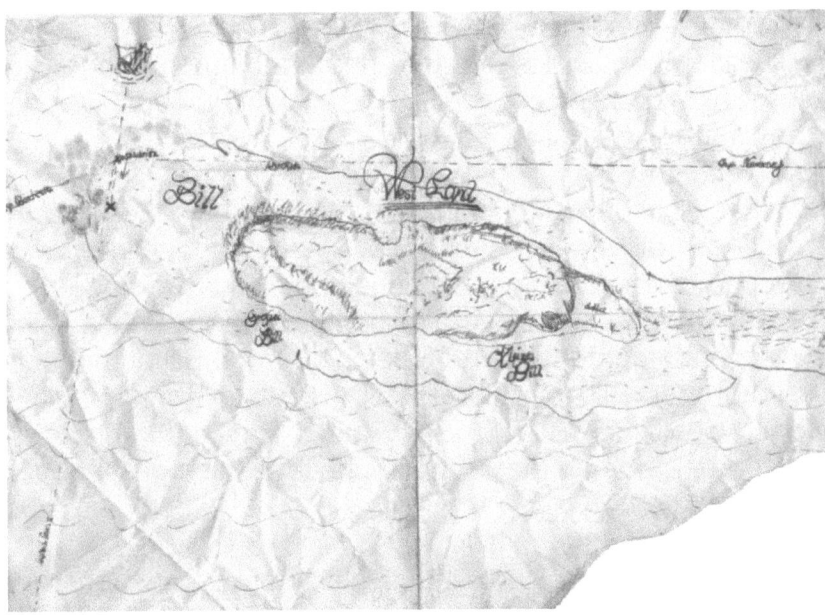

„Für dich als Außenstehender sieht das vielleicht so aus, Alex, aber ich bin auf Juist groß geworden und kenn deshalb die Geschichte der Insel. Im Jahre 1651 wurde Juist von einer schweren Sturmflut regelrecht in der Mitte durchgerissen und bestand danach aus zwei Inseln, dem Westland und dem Ostland. Erst seit Mitte des 19. Jahrhunderts ist Juist wieder eine ganze Insel. Juist war genau dort geteilt, wo heute der Hammersee liegt."

„Unglaublich", kam es aus Alexanders Mund. „Ich kenne den Hammersee, aber ich kann mir nicht vorstellen, dass dort die Insel einmal zweigeteilt war."

Dann sah er sich erneut die Karte in seiner Hand an.

„Genau auf dem Bill ist ein Kreuz eingezeichnet. Vielleicht ist das die Stelle, an der dieser Schatz vergraben wurde."

Hauke war ganz dicht an ihn herangerückt und versuchte ebenfalls, Einzelheiten auf der Karte zu erkennen.

„Das da oben", meinte er und deutete mit dem Finger auf die linke obere Ecke der Karte, „sieht so aus wie ein gekentertes Segelschiff."

Alexander nickte.

Tatsächlich erkannte man auf der Karte ein Segelschiff, welches als halbgesunkenes Wrack abgebildet war. Weiterhin waren einige gestrichelte Linien zu erkennen.

„Das Inselteil", stellte Alexander fest, „welches sich Westland nannte, war wohl gleich von drei Bills umgeben. Bill, großes Bill und kleines Bill. Heute gibt es nur noch das westliche Billriff. Sag mal, Hauke, kannst du erkennen, was an diesen gestrichelten Linien geschrieben steht?"

Hauke schüttelte den Kopf.

„Nein, das ist total unleserlich. Ich denke aber, dass es Navigationshinweise sind, die auf die genaue Lage des Schatzes hinweisen. Wahrscheinlich sind es Positions-angaben von irgendwelchen Landmarken."

Alexander blickte ihn verwundert an.

„Was sind denn Landmarken?"

„Man merkt doch gleich, dass du eine Landratte bist. Selbst heute, im modernen Zeitalter der Satellitennavigation, richten sich viele Seefahrer noch nach Landmarken. Das sind im allgemeinen Leuchtfeuer. Es können aber auch Berge oder Kirchtürme sein. Mit Hilfe solcher Landmarken kann man eine Kreuzpeilung machen und so seine genaue Position bestimmen."

„Kreuzpeilung? Was ist eine Kreuzpeilung?"

„Ich glaube, es wäre jetzt zu kompliziert, dir eine Lehrstunde in Navigation zu erteilen. Schlicht und einfach gesagt, gab es damals noch kein GPS und damit die Seefahrer wussten, wo sie waren, richteten sie sich nach ihnen bekannten Punkten am Land." Hauke deutete auf die Karte. „Siehst du diese gestrichelte Linie, die zum rechten Kartenrand führt?"

Alexander nickte.

„Diese Linie", sprach Hauke weiter, „führt in die Richtung von Norderney. Das Geschriebene in dieser Linie könnte auch durchaus Norderney bedeuten."

„Ja, es sieht wirklich so aus."

„Ich hab das Gefühl", sagte Hauke, „dass Reinhard nicht die ganze Karte kopiert hat. Es scheint nur ein Ausschnitt davon zu sein. Man kann nicht erkennen, wohin genau die Linien führen und auf welche Landmarken sie ausgerichtet sind."

Jetzt nahm Trixi die Karte wieder an sich.

„Wenn das nur ein Ausschnitt einer größeren Karte ist", meinte sie, „dann ist diese Kopie ja völlig nutzlos."

Hauke schüttelte den Kopf.

„Wenn diese Kopie nutzlos wär', dann hätte Reinhard sie dir nicht geschickt. Du sollst die Karte gut aufheben und verstecken und sollst sie niemandem zeigen. Nutzlos kann sie also nicht sein."

„Besitzt du keine Lupe, Hauke?", wollte Trixi wissen. „Vielleicht könnte man damit diese kleinen Schriftzüge entziffern."

„Natürlich habe ich `ne Lupe."

Hauke erhob sich, ging zu einem Schrank und griff in ein offenes Regal. Mit einer Lupe in der Hand kehrte er zurück, nahm die Karte und betrachtete sie durch das Vergrößerungsglas.

„Aha. Die westliche Linie scheint auf einen bestimmten Punkt auf Borkum ausgerichtet zu sein. Wohin die südliche Linie führt, keine Ahnung, kann man nicht erkennen. Dieser Hinweis ist absolut unlesbar. Dort, wo die gestrichelten Linien sich kreuzen, ist ein kleiner Pfeil. Wenn ich das Geschriebene darüber richtig deute, dann könnte es 50 Schritte heißen."

Nun begutachtete auch Alexander die Karte mit der Lupe.

„Genau das gleiche lese ich auch", bestätigte er Haukes Aussage.

„Scheiße." Hauke verzog das Gesicht. „Jetzt haben wir eine Schatzkarte und können nichts damit anfangen. Wenn wir wüssten, wo diese verdammten Linien enden, dann wüssten wir auch die Position."

Alexander blickte ihn fragend an.

„Kannst du etwa anhand von Linien eine Position bestimmen?"

Hauke nickte.

„Klar. Als ich meinen Bootsführerschein gemacht habe, musste ich das Navigieren lernen. Mittels Seekarte, Geodreieck und Kompass kann ich jede Position bestimmen."

Alexander nickte anerkennend.

„Dann steckt ja ein richtiger Seemann in dir."

Hauke lachte kurz auf.

„Mein Onkel hatte eine Segeljacht. Ich war oft mit ihm zusammen auf See. Wir sind regelmäßig hinüber zu den nordfriesischen Inseln gesegelt. Einmal verschlug es uns sogar bis nach Helgoland. Es war `ne wirklich tolle Zeit. Leider konnte mein Onkel dann aus gesundheitlichen Gründen nichts mehr mit der Jacht anfangen und hat sie verkauft. Das war `s dann mit dem Segeln."

„Warum hat dein Onkel dir die Jacht nicht überlassen?"

Ein kurzes Lächeln huschte über Haukes Lippen.

„Wenn das mal so einfach wäre. Mein Onkel hat sich in der Nähe von Norddeich ein Haus gekauft und dafür brauchte er Geld. Der Verkauf der Segeljacht brachte ihm fast vierzigtausend Euro ein. Soviel Geld hätte ich nicht aufbringen können."

Alexander zog die Augenbrauen hoch.

„Ich wusste nicht, dass Segelschiffe so teuer sind."

Nun ergriff Trixi das Wort.

„Themenwechsel. Wenn diese Karte hier nicht vollständig ist, wie sollen wir dann Reinhards Schatz finden?"

Hauke zuckte mit den Schultern.

„Wir fahren nach der Beerdigung nach Juist. Reinhard wurde auf dem Billriff gefunden. Er muss die genaue Position des Schatzes gekannt haben. Vielleicht hinterließ er auf der Insel irgendwelche Hinweise auf den Schatz, Hinweise, die wir nur finden, wenn wir uns selbst mit der Karte in der Hand auf das Billriff begeben."

Trixi schüttelte leicht den Kopf.

„Ich kann immer noch nicht glauben, dass Reinhard nicht mehr lebt." Ihr Blick ging traurig nach unten. „Und wer weiß, ob es diesen Schatz überhaupt gibt. Vielleicht ist mein Bruder ja für irgendein Hirngespinst gestorben."

Dicke Tränen kullerten über ihre Wangen. „Kein noch so

großer Schatz ist es wert, dass Reinhard nicht mehr da ist."

Hauke stand auf und setzte sich neben sie auf die Sessellehne. Dann legte er seinen Arm um ihre Schulter.

„Möchtest du lieber hier bleiben, wenn wir nach Juist fahren?"

Sie blickte ihn mit glasigen Augen an.

„Nein, ich bleibe auf keinen Fall hier. Erstens möchte ich jetzt nicht allein sein und zweitens bin ich es meinem Bruder schuldig, das zu finden, wofür er sterben musste."

Hauke nickte.

„Wir werden gemeinsam das finden, wofür Reinhard gestorben ist. Vielleicht finden wir auch seinen Mörder."

„Reinhard musste nicht nur wegen diesem Schatz sterben", sagte Trixi, „Es ging auch um diesen geheimnisvollen Cöersyn."

Hauke runzelte die Stirn.

„Ich hab mir schon den Kopf darüber zerbrochen, was sich hinter diesem Cöersyn verbergen könnte. In Fantasyfilmen gibt es Dinge, die unendliche Macht versprechen, aber nicht in der Realität. Reinhard sagte, er hätte nie gedacht, dass es so etwas überhaupt geben kann. Doch anscheinend hatte er diesen Cöersyn schon gefunden, was immer es auch ist. Bevor ich es vergesse, ich muss gleich erst mal meine Mutter anrufen, denn wenn wir nach Juist fahren, braucht Trixi schließlich eine Unterkunft."

Trixi blickte ihn fragend an.

„Warum willst du extra deine Mutter anrufen, Hauke? Ich kann auch von hier aus ein Hotelzimmer reservieren."

„In der Pension meiner Mutter sind noch genug Zimmer frei. Mutti ist erst ab Mitte Juni ganz ausgebucht. Du wirst selbstverständlich bei uns unterkommen."

„Wenn ich es richtig verstehe", meinte Trixi, „dann könnte ich also ruhig ein paar Tage länger dort wohnen?"

„Willst du etwa länger auf der Insel bleiben?"

Ein kurzes Lächeln huschte über Trixis Gesicht.

„Ein paar Tage? Eigentlich dachte ich eher an ein paar Wochen. Ich möchte einfach weg von hier, möchte auf andere Gedanken kommen. Ein ruhiger Inselurlaub ist genau das, was ich jetzt brauche." Trixi wirkte mit einem Mal nachdenklich. „Du müsstest mir morgen noch einen Gefallen tun, Hauke."

„Was für einen?"

„Würdest du morgen mit mir zur Post fahren?"

„Zur Post?"

„Ja, wenn ich länger auf Juist bin, dann möchte ich mir meine Post dorthin nachsenden lassen, meine Post und die von Reinhard. Die Typen, die meine Wohnung durchwühlt haben, könnten auf die Idee kommen, die Post aus meinem Briefkasten zu klauen. Heute war diese Schatzkarte in meiner Post. Wer weiß, was da noch alles kommt."

Mit einem Kopfnicken signalisierte Hauke ihr seine Zustimmung. Dann widmeten die drei sich wieder der geheimnisvollen Schatzkarte. Jeder von ihnen versuchte, etwas auf der Karte zu entdecken, was ihnen bis jetzt entgangen war. Doch so sehr sie sich auch bemühten, die Karte gab kein Geheimnis preis.

*　　*　　*

Trixi stand zitternd vor der tiefen Grube. Vier schwarzgekleidete Männer mit ernsten, fast versteinert wirkenden Gesichtern, ließen langsam den Sarg mit ihrem geliebten

Bruder hinuntergleiten. Trixis Tränen gefüllten Augen ließen keinen klaren Blick zu. In ihren Gedanken sah sie Reinhard noch einmal vor sich stehen, sah sein lächelndes Gesicht und hörte seine Stimme. Und plötzlich erkannte sie vor ihrem geistigen Auge auch ihre vor Jahren verstorbenen Eltern. Auch sie lächelten ihr zu.

Jetzt hab` ich niemanden mehr, bin allein. Reinhard, warum hast du mich verlassen? Warum?

Ihre Gedanken waren wirr. Fand das hier alles wirklich statt, oder war das alles nur ein Traum, ein ganz böser Traum? Sie fühlte sich umgeben von einer erdrückenden, unbeschreiblichen Leere.

Neben ihr stand Hauke. Sein Arm lag um ihre Hüfte, bereit, sie aufzufangen, falls der Schmerz ihr die Kraft nahm, sich auf den Beinen zu halten.

Bereits auf dem Weg zum Grab waren ihre Knie weich geworden. Ihre Beine hatten versagt, und wenn Hauke sie nicht noch im letzten Moment abgefangen hätte, dann wäre sie auf den Boden gestürzt.

Alexander stand wenige Meter hinter den beiden. Auch seine Gedanken waren bei dem Toten. Bevor der Deckel des Sarges in der Leichenhalle geschlossen wurde, hatte Trixi sich noch von ihrem Bruder verabschiedet. Dabei erblickte Alexander zum ersten Mal das Gesicht des Verstorbenen. Es wirkte entspannt und irgendwie überhaupt nicht so, wie er sich das Gesicht eines Ermordeten vorgestellt hatte. Alexander dachte für einen Moment an die Hand, von der die Seevögel das Fleisch bis auf die Knochen abgefressen hatten. Diese Hand des Toten war mit einem Verband umwickelt worden, so, dass der schreckliche Anblick dem Betrachter verborgen blieb.

Obwohl Alexander den Toten nicht persönlich kannte, ging ihm diese Beerdigung sehr nah. Die schmerzende Trauer, die Trixi und Hauke gerade durchlebten, ging ihm tief unter die Haut.

Alexanders Blick ging kurz nach oben. Es sah nach Regen aus. Die dunklen Wolken, die langsam über den Himmel zogen, fügten sich nahtlos in die schwermütige Szenerie ein.

Um ihn herum standen etwa dreißig schweigende Trauergäste, um Reinhard Karlsfeld die allerletzte Ehre zu erweisen.

Die vier schwarz gekleideten Männer, die den Sarg nun ganz herabgelassen hatten, legten die Seile beiseite, nahmen die Hüte ab und senkten für einen Moment andächtig ihre Häupter. Dann traten sie ehrfurchtsvoll beiseite.

Hauke führte Trixi an den Rand der Grube heran. Das rechteckige Loch, welches sich vor ihnen auftat, strahlte eine erschütternde Endgültigkeit aus. Die Blicke der beiden richteten sich nach unten auf den Sarg.

Hauke, dessen Arm immer noch um Trixis Hüfte lag, spürte, wie ihr Körper zitterte, fast bebte. Dicke Tränen rannen ihre geröteten Wangen hinab. Sie schluckte, atmete tief durch und ließ den kleinen Strauß mit bunten Orchideen, den Lieblingsblumen ihres Bruders, auf den Sarg fallen. „Tschüss Reinhard." Ihr Kiefer bebte. Hauke nahm das bereitgestellte Schüppchen zur Hand und warf damit etwas Sand in die Grube. Nun schossen auch ihm die Tränen in die Augen. „Warum nur, warum?", kam es heißer über seine Lippen.

Trixi wandte sich zu ihm, hielt sich an ihm fest und legte hilfesuchend den Kopf gegen seine Schulter. Hauke erwiderte die Umarmung. Er umschlang sie beschützend mit seinen Armen. Er wirkte ebenso hilflos und verzweifelt, wie sie. Beide weinten bitterlich, eine Szene, die Alexander zu tiefst bewegte und erschütterte. Mitleid und unendlich erscheinende Hilflosigkeit trieben auch ihm die Tränen in die Augen. Nachdem Hauke und Trixi zur Seite getreten waren, begab auch er sich zum Grab, um sich mit einem tränengetrübten Blick in die Grube vom Toten zu verabschieden. Ihm folgten die anderen Trauergäste. Ein Blick auf den Sarg, ein Schüppchen Erde, ein paar Blumen, ein kurzes Gebet, dann schritten sie zu Trixi, reichten ihr die Hand und drückten ihr Beileid aus. Nach und nach lichtete sich die Trauergemeinde. Drei Menschen blieben zurück, Trixi, Hauke und Alexander.

„Komm, Trixi", forderte Hauke sie leise auf. „Lass uns gehen."

Trixi ließ sich bereitwillig von der letzten Ruhestätte ihres Bruders wegführen.

„Ich hätte nicht gedacht", meinte Trixi, mit einem Mal wieder sichtlich gefasst, „dass so viel Leute zu Reinhards Beerdigung kommen."

„Wer waren denn die Leute?", wollte Alexander wissen.

„Das waren Reinhards Nachbarn und seine Arbeitskollegen. Ein paar von ihnen kannte ich allerdings nicht."

Als die drei den Friedhof verlassen wollten, stand neben dem Eingang ein etwa vierzig Jahre alter Mann. Es war einer der Trauergäste.

„Entschuldigung", sprach der Mann sie an. „Ich möchte etwas Dringendes mit Ihnen besprechen."

Die drei jungen Leute blickten den fremden Mann fragend an.

„Wer sind Sie?", fragte Hauke.

„Mein Name ist Günter Wagner. Ich war Reinhards Arbeitskollege."

„Und was wollen Sie mit uns besprechen?"

„So direkt nach der Beerdigung ist es vielleicht nicht so gut, über wichtige Dinge zu reden. Deshalb schlage ich vor, dass wir uns zusammensetzten, wenn sich Ihre Trauer etwas gelegt hat. Ich werde mich dann bei Ihnen melden. Wo kann ich Sie erreichen?"

Bei den drei Angesprochenen klingelten sofort die Alarmglocken. Ob dieser Mann auch zu den Verbrechern gehörte? Es war keiner der Männer, die in dem dunklen Golf gesessen hatten, das stand fest. Jetzt erst betrachteten die drei ihn genauer. Er war etwa 1,80 Meter groß. Das lichte, kurz geschorene Haar bildete große Geheimratsecken. Die kleinen Augen standen viel zu dicht beieinander und die dünne Nase wirkte viel zu lang.

Der Mann merkte, dass die drei vor ihm zögerten.

„Nachdem, was mit Reinhard passiert ist, kann ich verstehen, dass Sie misstrauisch sind", sagte er. „Bitte nennen Sie mir wenigstens eine Telefonnummer, damit ich Sie erreichen kann."

Trixi blickte den Mann durchdringend an. „Ich kannte einige von Reinhards Arbeitskollegen. Ich kann mich weder daran erinnern, dass ich Sie schon mal gesehen habe, noch dass mein Bruder Ihren Namen erwähnt hatte." Sie wunderte sich selbst über die Entschlossenheit, die in ihrer Stimme lag und war davon überrascht, dass ihre bisherige Reserviertheit anderen gegenüber plötzlich gewichen war.

„Vertrauen Sie mir." Der Mann blieb unbeeindruckt. „Ich glaube, dass ich Ihnen bei etwas Wichtigem helfen kann."

Doch auch Trixi ließ sich nicht beeindrucken.

„Es gibt nichts Wichtiges zu besprechen und eine Telefonnummer gibt es erst recht nicht."

Dann wandte sie sich an Alexander und Hauke.

„Kommt, wir gehen."

Mit einem kurzen Blick auf den Fremden drehten sie sich um und gingen in die Richtung des Parkplatzes, auf dem ihr Auto stand.

„Warten Sie", rief der Mann ihnen hinterher. „Reinhard hat mir etwas hinterlassen."

Sie blieben stehen, wandten sich um und blickten ihn neugierig an.

„Was hat er Ihnen hinterlassen?", wollte Hauke wissen.

Der Mann trat wortlos an sie heran. Dann griff er in die Innentasche seiner Jacke, zog ein zusammengefaltetes Blatt Papier heraus und reichte es Hauke.

„Das bekam ich von Reinhard."

Als Hauke das Papier auseinander faltete, wurden seine Augen immer größer.

„Das gibt `s doch nicht." Er zeigte das Papier seinen Begleitern. „Das ist die Schatzkarte, die gleiche Karte, die wir haben."

Alexander blickte den fremden Mann durchdringend an. „Woher haben Sie diese Karte?"

„Das sagte ich Ihnen doch schon, von Reinhard. Er übergab mir diese Karte in einem verschlossenen Umschlag, den ich nur öffnen sollte, wenn ihm etwas zustößt. Wenn ich ehrlich bin, dann glaubte ich an einen Scherz. Als ich von seinem Tod hörte, hab ich den Umschlag natürlich geöffnet. Ich war schließlich neugierig. Neben der Karte war noch ein Schreiben mit Anweisungen drin."

Trixi runzelte die Stirn.

„Was für Anweisungen?"

„Eine der Anweisungen war, dass ich mit seiner Schwester Kontakt aufnehmen sollte. Das hab ich jetzt getan."

„Zeigen Sie mir dieses Schreiben", forderte Trixi ihn auf.

„Es tut mir leid, ich hab es nicht dabei."

„Was für Anweisungen gab mein Bruder Ihnen denn noch?"

„Ganz merkwürdige. Er schrieb, dass ich mit seiner Schwester auf die Insel Juist fahren soll, um dort etwas sehr Wertvolles zu suchen, schrieb aber nicht, was das sein soll. Dann stand in diesem Schreiben noch, dass ich auf Juist auch einen gewissen Hauke treffen würde, der uns bei der Suche unterstützt. Ich weiß, es hört sich alles ziemlich blöd an, aber Reinhard war mehr als ein Kollege für mich, er war ein Freund. Deshalb kam ich seinem Wunsch nach und habe ich Sie angesprochen."

Trixi schluckte.

„Wo sollen Sie denn diesen Hauke treffen?"

Der Mann zuckte mit den Schultern.

„Ihr Bruder schrieb, dass ich zusammen mit seiner Schwester in der von ihm angegebenen Pension absteigen soll. Dann würde ich diesen Hauke automatisch treffen."

Hauke und Trixi blickten sich fragend an.

„Ich welche Pension auf Juist sollten Sie denn absteigen?", fragte Hauke neugierig.

Der Mann schien sich zu konzentrieren.

„Den Namen der Pension hab ich leider nicht mehr im Kopf, aber ich kann mich an den Namen der Besitzerin erinnern, eine gewisse Frau Hein."

Für einen Moment herrschte Schweigen. Der Fremde kannte die Pension von Haukes Mutter. Es traf die drei wie ein Schock.

137

Trixi starrte den Mann misstrauisch an.

„Was hat mein Bruder denn noch alles geschrieben?"

„Ihr Bruder schrieb, dass er auf Juist Hinweise versteckt hat, die zu irgendeinem geheimnisvollen Gegenstand führen, zu einem Gegenstand, der sehr wertvoll ist und den ich mit der Hilfe seiner Schwester und diesem Hauke finden würde. Außerdem lag dem Schreiben noch ein Foto bei. Dieses Foto soll ich Hauke zeigen, damit er die Stelle findet, an der Reinhard den ersten Hinweis versteckt hat."

Hauke konnte seine Neugier nicht mehr im Zaum halten.

„Was ist denn auf diesem Foto zu sehen?" Die Aufregung in seiner Stimme war nicht zu überhören.

Der Mann kratzte sich am Kopf.

„Auf dem Foto sind zwei junge Männer zu sehen. Beide tragen dicke Jacken und ihre Kapuzen sind so eng zugebunden, dass man ihre Gesichter nicht erkennen kann. Einer von ihnen könnte allerdings Reinhard sein."

„Wo ist dieses Foto?"

„Bei mir zu Hause. Dort liegt auch das Schreiben. Wenn Sie möchten, dann können wir sofort zu mir fahren. Von hier aus ist es nur eine viertel Stunde Fahrt."

Die Geschichte, die der Mann ihnen auftischte, machte Trixi immer misstrauischer. Ganz klar, er wollte sie irgendwo hin locken.

„Wann haben Sie meinen Bruder eigentlich zum letzten Mal gesehen, Herr Wagner?"

„Vor einer Woche, auf einer Beerdigung. Wir trugen unseren Arbeitskollegen Werner zu Grabe. Er starb bei einem Verkehrsunfall mit Fahrerflucht." Er blickte für einen Moment betroffen nach unten. „Letzte Woche Werner und heute Reinhard. Ich kann´s immer noch nicht glauben."

Trixi nickte.

„Reinhard hatte mir von diesem tragischen Unfall erzählt."
„Also was ist? Wollen Sie sich das Foto und das Schreiben Ihres Bruders ansehen oder nicht?"
Er blickte Trixi fragend, fast auffordernd an.
Als Antwort bekam er ein Kopfschütteln.
„Ich werde weder mit Ihnen nach Hause, noch nach Juist fahren. Und jetzt möchte ich mit mir und meiner Trauer alleine sein."
Sie wandte sich um und marschierte wortlos zum Auto.
Hauke blickte den Mann noch einmal skeptisch an. Dann zuckte er mit den Schultern. „Sie haben es gehört." Er und Alexander folgten Trixi.
Der Fremde schaute ihnen solange hinterher, bis die drei in einen Kleinwagen stiegen und davon fuhren.
Im Auto herrschte große Aufregung.
„Wer kann das gewesen sein?", fragte Axel.
„Keine Ahnung", meinte Hauke. „Er wusste sehr viel, besitzt eine Kopie der Schatzkarte und er kennt das Haus meiner Mutter. Dort soll er sich mit mir treffen. Das ist alles sehr merkwürdig." Immer wieder ging sein Blick kontrollierend in den Rückspiegel, um einen eventuellen Verfolger sofort ausmachen zu können.
„Ich kenne einige Kollegen von Reinhard", sagte Trixi, „aber der Name Günter Wagner ist noch nie gefallen."
„Wo genau hat dein Bruder denn gearbeitet?", wollte Alexander wissen.
„Bei einer großen Spedition. Er leitete die Personalabteilung."
„Ach ja, Hauke hatte es schon erwähnt. Dann kannte Reinhard garantiert alle Mitarbeiter des Unternehmens. Wer weiß, vielleicht gehört dieser Wagner ja doch dazu."

„Ich werd das Gefühl nicht los, dass dieser Kerl zu den Verbrechern gehört. Seine Informationen kann er beim Einbruch in Reinhards Wohnung bekommen haben."

Als sie einige Zeit später in Haukes Wohnung zusammen saßen, entbrannte erneut eine Diskussion darüber, wer dieser fremde Mann wohl gewesen sein könnte.

Trixi kramte in ihrer Handtasche herum und zog einen kleinen Taschenkalender heraus. Sie überflog mit den Fingern das Telefonregister des Kalenders.

„Darf ich mal telefonieren, Hauke?"

Hauke wies mit der Hand zum Telefon.

Trixi nahm den Hörer, wählte eine Nummer und bekam schnell eine Verbindung.

„Hallo. Hier ist Trixi Karlsfeld." Ihre Stimme klang leise und dünn. „Ist Ihr Mann schon wieder zu Hause?... Ja, ich weiß, dass er auf der Beerdigung meines Bruders war. Könnten Sie ihm bitte ausrichten, dass er mich unter folgender Nummer zurückrufen möchte?"

Dann gab sie Haukes Telefonnummer durch.

„Wem hast du angerufen?", fragte Hauke neugierig.

„Einen Kollegen von Reinhard, Bernd Keller. Er war auch auf der Beerdigung, ist aber noch nicht zu Hause."

„Was willst du denn von diesem Bernd Keller wissen?"

„Na was wohl? Ich möchte wissen, ob er Günter Wagner kennt. Bernd Keller arbeitet schon lange in der Firma, länger als Reinhard. Wenn jemand alle Mitarbeiter kennt, dann ist es Herr Keller."

Nur wenig später klingelte das Telefon.

Hauke nahm ab und meldete sich.

„Einen Moment bitte" Er reichte Trixi das Telefon. „Herr Keller."

140

„Hallo Herr Keller", begrüßte Trixi den Mann am anderen Ende der Leitung schüchtern. „Noch einmal vielen Dank, für die Beileidsbekundungen... Ja, ich weiß, dass sie befreundet waren... Ich würde Sie gerne etwas fragen. Arbeitet in Ihrer Firma ein Günter Wagner?... Den kennen Sie nicht? Der Mann behauptet aber, ein Kollege von Reinhard zu sein... Ach so... Das ist natürlich möglich... Könnten Sie für mich herausfinden, ob der Mann dort beschäftigt ist?... Meine Handynummer haben Sie noch?... Danke, Ihnen auch."

Trixi legte den Hörer wieder auf.

„Und?" Hauke blickte sie fragend an. „Was hat er gesagt?"

„Herr Keller kennt keinen Günter Wagner, aber in den letzten Jahren waren viele Mitarbeiter von Fremdfirmen bei ihnen beschäftigt. Reinhard hatte engen Kontakt zu diesen Leuten. Herr Keller meinte, dass dieser Wagner einer von denen sein muss. Er wird sich nach dem Mann erkundigen."

„Jetzt sind wir genauso schlau, wie vorher", stellte Alexander fest und wandte sich an Hauke. „Was kann das für ein Foto sein, das dieser Mann angeblich besitzt? Ein Foto mit zwei jungen Männern und einer davon könnte Reinhard sein. Reinhard war dein bester Freund. Denk` mal nach, Hauke. Hat man euch beide mal zusammen fotografiert?"

„Mal? Meine Mutter hat uns bereits als Kinder hundertmal zusammen fotografiert. Es gibt auch viele Fotos, auf denen wir mit Kapuzen zu sehen sind, denn wenn in den kalten Monaten der eisige Wind über die Insel fegt, dann kann man es ohne eine schützende Kapuze nicht aushalten."

„Es wäre also tatsächlich möglich, dass der Mann so ein Foto besitzt?"

Jetzt ergriff Trixi das Wort: „Es gibt zwei Möglichkeiten, wie der Mann an das Foto gekommen ist. Entweder er bekam es wirklich von Reinhard oder er hat es beim Einbruch in Reinhards Wohnung geklaut. Dort könnte er auch die Kopie der Schatzkarte gefunden haben."

Hauke blickte sie an.

„Und woher kennt dieser Kerl die Pension meiner Mutter?"

Trixi zuckte mit den Schultern.

„Keine Ahnung, aber vielleicht fand er die Adresse ja auch in Reinhards Unterlagen."

„Der Mann hat behauptet, dass das Foto zu Hinweisen führt, Hinweise, die zum Schatz führen."

Hauke runzelte die Stirn.

„Wie soll ich auf einem alten Foto erkennen, wo diese Hinweise stecken können?" Er blickte nachdenklich nach unten. „Wenn ihr nichts dagegen habt, dann fahren wir morgen gleich mit der ersten Fähre nach Juist."

Alexander und Trixi stimmten diesem Vorschlag zu.

Hauke griff zum Telefon und wählte eine Nummer.

„Hallo Mutti, kannst du mal eben nachsehen, wann morgen die Fähre in Norddeich abfährt?... Ja, danke... Ja, wir kommen bereits morgen zurück... Da ist noch etwas, Mutti, falls jemand nach mir fragen sollte, bitte sag niemandem, dass ich komme... Warum? Das werd ich dir erzählen, wenn ich da bin... Also, bis morgen."

Hauke beendete das Gespräch.

„Morgen fährt nur eine einzige Fähre nach Juist, um 9.50 Uhr ab Norddeich."

„Dann müssen wir aber zeitig losfahren", meinte Alexander.

142

Trixi wirkte sehr nachdenklich.

„Ich frage mich, wonach wir überhaupt suchen sollen, wenn wir auf Juist sind?"

Haukes Mundwinkel zuckten kurz nach unten.

„Das frag ich mich auch."

Alexander kratzte sich nachdenklich am Kopf.

„Vielleicht hätten wir doch mit diesem Mann vom Friedhof Kontakt aufnehmen sollen. Immerhin sagte er, dass Reinhard Hinweise auf der Insel hinterließ und dass wir sie mit seiner Hilfe finden können."

„Auf keinen Fall", wehrte Trixi diesen Vorschlag energisch ab. „Mit diesem Typen stimmt 'was nicht. Mein Gefühl sagt mir, dass er uns belogen hat und glaubt mir, bisher lag ich mit meinen Gefühlen immer richtig." Für einen Moment schien die Blässe aus ihrem Sommersprossengesicht gewichen zu sein. „Ehe ich mit diesem Kerl gemeinsame Sache mache, grabe ich lieber die ganze Insel mit bloßen Händen um."

Hauke schmunzelte einen Augenblick.

„Fest steht, dass Reinhards Geheimnis irgendwo auf Juist versteckt ist. Das Problem ist, dass wir nicht wissen, wo und vor allem wonach wir überhaupt suchen sollen."

„Ich würde vorschlagen", meinte Alexander, „dass wir dort suchen, wo Reinhard gefunden wurde, auf dem Billriff."

Hauke schüttelte den Kopf.

„Was könnten wir auf dem Billriff noch finden? Nichts."

„Immerhin fand ich dort die Brieftasche."

„Das war aber, bevor die Polizei da war. Die Polizei wird das ganze Billriff nach Spuren abgesucht haben. Das ist bei einem Mord so üblich. Die Leute von der Spurensicherung sind bestimmt sehr gut ausgebildet und ich glaub nicht, dass denen bei ihrer Suche etwas entgeht."

Alexander nickte.

„Du hast Recht. Daran hab ich gar nicht gedacht."

„Ich möchte trotzdem zum Billriff", meinte Trixi. Sie blickte Alexander an. „Würdest du mir dort die Stelle zeigen, an der du meinen Bruder gefunden hast, Alex?"

„Warum willst du die Stelle sehen? Ist `ne Stelle, wie jede andere."

Trixis atmete tief durch. Ihr Blick ging für einen Moment ins Leere.

„Ich möchte einfach nur wissen, wo Reinhard gestorben ist."

„Ich kann nicht garantieren, dass ich diese Stelle wiederfinde, Trixi, aber ich werd `s versuchen."

Trixi erhob sich.

„So, mein lieber Hauke, jetzt musst du mich noch einmal zu meiner Wohnung fahren"

„Was willst dort?"

„Hast du vergessen, dass ich ein paar Wochen auf Juist bleiben möchte? Mit anderen Worten, ich muss meine Koffer packen."

Hauke stand auf.

„Dann lasst uns sofort losfahren."

Als Haukes Auto wenig später in die Straße einbog, in der Trixis Wohnung lag, wurden die Insassen immer nervöser. Ihre Augen suchten die Straße nach einem dunklen VW Golf ab. Zu ihrer Erleichterung war ein solches Fahrzeug nirgendwo zu sehen war.

Sie beeilten sich und Trixi hatte schnell die nötigen Sachen für die Fahrt nach Juist in zwei Koffer gepackt.

„Wenn ich von der Insel zurück komme", meinte Trixi und blickte sich in ihrer Wohnung um, „dann werde ich hier erst mal klar Schiff machen."

„Und wir werden dir dabei helfen", sagte Hauke. „Versprochen ist versprochen."

Sie verließen die Wohnung, stellten die Koffer ins Fahrzeugheck und stiegen ins Auto. Trixi nahm auf dem Beifahrersitz und Alexander im Fond Platz. Dann fuhren sie los.

„Scheiße!" Haukes fluchende Stimme ließ alle zusammenzucken. Seine Augen waren starr auf den Rückspiegel gerichtet.

Alexander blickte sofort nach hinten.

„Was ist los?"

„Der silbernen Geländewagen hinter uns, seht ihr ihn?"

„Ja", antworteten Trixi und Alexander fast gleichzeitig.

„Der fuhr genau in dem Moment los, in dem ich losgefahren bin."

„Das muss nichts zu bedeuten haben", meinte Alexander.

„Das werden wir gleich sehen."

Hauke bog in die nächste kleine Straße nach rechts ein. Angespannt blickten die drei nach hinten und als der Geländewagen ebenfalls in die kleine Straße einbog, überkam sie ein mulmiges Gefühl. Nachdem Hauke ein paar Mal rechts abgebogen war und sie erneut an Trixis Wohnung vorbeifuhren, war ihnen klar, dass sie tatsächlich verfolgt wurden, denn das silberne Auto fuhr in einigem Abstand hinter ihnen her.

Trixi fasste Hauke am Arm.

„Kannst du sie abhängen?".

„Wohl kaum. So ein bulliger Geländewagen hat mehr PS als wir. Was ist das überhaupt für ein Auto? Kann jemand die Marke erkennen?"

Alexander blickte nach hinten.

„Der Wagen trägt kein Emblem auf dem Kühlergrill. Außerdem ist er zu weit weg, um Näheres zu erkennen."

Trixi schaute sich ebenfalls nach dem Geländewagen um.

„Egal, was für ein Auto das ist, es ist sehr groß, fast so breit, wie ein Panzer."

Plötzlich huschte ein Lächeln über Haukes Lippen.

„Dann werde ich diesen Panzer einmal abhängen."

„Und wie?", wollte Trixi wissen.

„Wart´ ´s ab."

„Willst du etwa ein Rennen fahren?"

„Keine Angst. Das hab ich nicht nötig."

„Soll ich die Polizei rufen?"

Hauke schüttelte den Kopf. „Nein." Mit einem breiten Grinsen im Gesicht blickte er seine Beifahrerin kurz an, fuhr ruhig weiter und lenkte den Wagen ohne Eile durch die Straßen. Bald durchfuhren sie ein Gewerbegebiet. Der silberne Geländewagen folgte ihnen in einigem Abstand.

„Hier sind wir doch schon mal gefahren", stellte Alexander fest. „Hier kommen wir doch zu den Lagerhallen."

„Genau", bestätigte Hauke.

Dann rumpelte Haukes Mazda über eine, in Kopfsteinpflaster verlegte Gleisanlage.

„So", sagte Hauke. „Jetzt möchte ich mal erleben, wie die uns weiter verfolgen wollen."

Er lenkte das Auto nach links zwischen zwei langgestreckten Lagerhallen hindurch. Diese, knapp zwei Meter breite Durchfahrt hatte er schon einmal gemeinsam mit Alexander durchfahren. Hauke gab Gas und während die Lagerhallen links und rechts nur wenige Zentimeter am Auto vorbeihuschten, lachte er.

„Nun möcht´ ich mal sehen, wie die mit ihrem Panzer hier durchkommen wollen."

Als die drei erkannten, dass der bullige Geländewagen vor der Durchfahrt stoppte und ein offensichtlich fluchender Mann aus dem Fahrzeug sprang, verspürten sie Erleichterung.

„Hauke", meinte Trixi. „Du bist ein Genie."

Sie sahen, wie der Mann wieder in das Auto stieg und der Wagen eilig weiterfuhr.

„Sie werden versuchen, die Lagerhallen schnell zu umfahren", befürchtete Alexander.

Hauke grinste.

„Du hast Recht. Sie werden es versuchen. Aber keine Angst, hier gibt es nur abgeschlossene und umbaute Gelände. Um die Lagerhallen zu umfahren, müssen sie mindestens sechs Kilometer zurück legen. Bis dahin sind wir über alle Berge." Schnell hatten sie die enge Durchfahrt hinter sich gebracht. Hauke stoppte den Wagen.

„Seht ihr, von hier aus führen drei Straßen weiter und alle in eine andere Richtung. Wenn diese Typen hier ankommen, wissen sie nicht einmal, in welche Richtung sie uns folgen sollen."

Trixi strahlte ihn an.

„Ich sag `s noch mal, Hauke. Du bist ein Genie." Sie beugte sich zu ihm hinüber und gab ihm einen Kuss auf die Wange.

Haukes Grinsen wurde noch breiter.

„Danke für die Lorbeeren."

Nach einer kurzen Autofahrt erreichten sie Haukes Zuhause. Etwas später saßen sie wieder zusammen in der Wohnung und machten sich über die ausgetricksten Verbrecher lustig.

„Wir hätten ja auch die Polizei rufen können", meinte Alexander.

„Dann hätten wir aber nicht so viel Spaß gehabt", sagte Trixi und fasste Hauke an den Arm. „Dann hätte ich auch nie erfahren, was in unserem Hauke steckt."

Sie lächelte ihn an. In ihrem Blick lag ein gewisses Verzücken. Trixi wirkte sehr entspannt, so, als hätte sie den schrecklichen Tod ihres Bruders mit einem Schlag abgelegt.

Alexander stand auf, ging zum Fenster und schaute nachdenklich hinaus auf die Straße.

„Was ist los, Alex", wollte Hauke wissen. „Glaubst du etwa, sie werden uns hier finden?"

„Nein. Jetzt, wo sie wissen, dass wir noch in Hamburg sind, geben sie vielleicht die Suche auf Juist auf und wir können uns morgen auf der Insel ungestört bewegen."

Trixi atmete tief durch.

„Das wäre zu schön, um wahr zu sein."

„Diesen Kerlen wird aber nicht entgangen sein, dass wir mit zwei großen Koffern aus Trixis Wohnung gekommen sind", bemerkte Alexander. „Daraus könnten sie folgern, dass wir doch nach Juist reisen."

„Das glaub ich nicht", meinte Hauke. „Angesichts der beiden großen Koffer werden sie eher vermuten, dass Trixi nach Mallorca oder sonst wohin fährt, um sich von den Strapazen hier zu erholen. Darauf, dass sie ein paar Wochen auf Juist bleiben will, werden sie niemals kommen."

*　　*　　*

Um nicht in den allmorgendlichen Berufsverkehr zu geraten, waren die drei früh losgefahren. Dennoch wurden sie durch einige Verkehrsstaus so lange aufgehalten, dass sie schon befürchteten, die Fähre nach Juist nicht mehr rechtzeitig zu erreichen.

Als sie die Stadt Norden durchfuhren, verriet ihnen ein Blick auf die Uhr, dass sie es doch noch pünktlich geschafft hatten.

Hauke lenkte seinen alten Mazda über die Bundesstraße 72 durch Norddeich. Dann fuhr er nach rechts in die Hafenstraße hinein. Nachdem er die Gleise, die zum Bahnhof Norddeich-Mole führten, überfahren hatte, bog er nach links ab. Kurze Zeit später stoppte er die Fahrt.

„So", sagte er. „Osthafen Norddeich, alle aussteigen."

Sie verließen das Fahrzeug und entluden das Gepäck.

„Seht ihr die Koffercontainer dort?" Hauke wies mit der Hand auf eine Reihe aneinandergekoppelter Rollcontainer. „Dort stellt ihr die Koffer hinein. Merkt euch aber die Containernummer, damit wir das Gepäck auf Juist schnell wieder finden." Nun deutete Hauke auf ein Gebäude am Ende der Mole. „Wenn die Koffer verstaut sind, dann löst ihr dort die Tickets für die Überfahrt."

Alexander blickte ihn verwundert an.

„Kommst du denn nicht mit?"

„Ich fahr' rüber zum Westhafen. Dort übergebe ich mein Auto dem Parkservice. Wartet bei den Containern auf mich. Bin schnell wieder da."

Er setzte sich in das Auto, fuhr los und war bald aus dem Blickfeld seiner Begleiter verschwunden. Dann nahmen sie die Koffer und luden sie in einen der Container. Schließlich lösten sie die Fährtickets.

Als sie wieder aus dem Gebäude traten, sahen sie, dass die Fähre gerade in den Hafen einlief.

Trixis Blick ging suchend über die Mole. „Wo bleibt Hauke denn?" Sie wirkte unsicher und nervös.

Alexander zuckte kurz mit den Schultern.

„Er wird schon gleich kommen."

Vor dem Fähranleger warteten bereits eine Menge Leute. Immer wieder fuhren Autos vor, aus denen das Gepäck entladen und in die Container verfrachtet wurde.

„Da kommt Hauke ja." Alexander deutete auf den Bahnsteig des kleinen Bahnhofs Norddeich-Mole, den sie von ihrem Standort aus einsehen konnten.

Hauke besaß gute Ortskenntnis und so kürzte er den Weg zur Mole über den Bahnsteig ab. Als er Trixi und Alexander erreicht hatte, wies er mit der Hand auf die einlaufende Fähre.

„Wenn die Fähre gleich festgemacht hat und die Passagiere alle ausgestiegen sind, gehen wir am besten sofort an Bord. Erstens bekommen wir dann einen vernünftigen Platz und zweitens habe ich Sehnsucht nach einer Tasse Kaffee."

„Eine Tasse Kaffee", wiederholte Trixi seine letzten Worte. „Das ist genau das, was ich jetzt vertragen könnte."

Eine halbe Stunde später suchten sie sich im Schiff einen angenehmen Platz führ die Überfahrt aus. Trixi setzte sich direkt ans Fenster und Hauke rechts neben sie. Alexander wählte den Fensterplatz auf der anderen Tischseite und saß Trixi genau gegenüber. Nach wenigen Minuten standen Tassen mit duftendem Kaffee vor ihnen auf dem Tisch.

Hauke wandte sich zu Trixi.

„Hast du eigentlich die Schatzkarte eingesteckt?"

Trixi tippte mit der Hand auf ihre Brust.

„Die Karte ist hier in meiner Tasche."

Nach und nach füllte sich das Schiff und bald waren auch die letzten Plätze in diesem Deck belegt. Die Passagiere, die jetzt noch dazu kamen, stiegen die Treppen hinab in das Unterdeck oder blieben direkt an der frischen Luft auf dem Oberdeck.

Im Schiff wurde es immer unruhiger.

Am Nebentisch saß eine junge Familie mit zwei kleinen Kindern. Der kleinste Spross dieser Familie, ein etwa ein Jahr alter Junge, weinte ohne Unterlass. Alle Versuche der Mutter, das Kind zu beruhigen, scheiterten.

Den hinteren Bereich des Raumes hatten etwa dreißig Jugendliche in Beschlag genommen. Auch ihre Geräusch-kulisse brachte Unruhe in das Schiff.

„Wollen die etwa auch nach Juist?" Trixi deutete auf die etwa vierzehnjährigen Jugendlichen. „Dann wird es auf der Insel aber unruhig.

Hauke lachte.

„Keine Angst, Trixi, von denen wirst du auf Juist nicht viel merken. Sie werden entweder im Seeferienheim oder in der Jugendherberge unterkommen."

Pünktlich um 9.50 Uhr legte die Fähre ab.

Gemächlich stampfte das Schiff durch die Hafenausfahrt. Trixi blickte aus dem Fenster. Ihre Augen glitten über das Meer, welches nahe am Hafen sehr ruhig wirkte. Nach einer Weile runzelte sie die Stirn.

„Es ist unglaublich. Ich hätte nie gedacht, dass hier im Wasser noch Bäume wachsen."

„Bäume?", wunderte sich Hauke und schaute hinaus. Dann lachte er.

Es sah in der Tat auf dem ersten Blick so aus, als würde das Schiff an einer langen Reihe von kleinen, kahlen Bäumen vorbeifahren.

„Man merkt doch gleich, dass du eine Landratte bist", sagte Hauke. „Das sind keine Bäume. Das sind Pricken. Pricken markieren die Fahrrinne."

„Fahrrinne?"

„Ja, Fahrrinne. Das ist eine Art Straße, auf der das Schiff bleiben muss, um eine Grundberührung zu vermeiden."

Trixi blickte ihn entgeistert an.

„Ich dachte, das Meer ist so tief, dass die Schiffe überall fahren können."

„Das offene Meer ist tief genug, aber hier, zwischen den Inseln und dem Festland, sind wir im Wattenmeer und da muss man sich an die Fahrrinnen halten."

Fasziniert betrachtete Trixi die Pricken, die an ihrem Fenster vorbeizogen.

„Seht doch", kam es mit einem Mal aufgeregt aus ihrem Mund. „Seehunde."

Jetzt erkannten auch Alexander und Hauke die Tiere, die in etwa einhundert Meter Entfernung aus dem Wasser schauten.

Hauke gab sofort eine Erklärung dazu ab.

„Die Seehunde sitzen auf einer Sandbank. Lange werden sie dort aber nicht mehr bleiben können, denn die aufkommende Flut wir diese Sandbank bald ganz unter Wasser gesetzt haben."

„Es ist das erste Mal, dass ich Seehunde in freier Natur sehe", bemerkte Trixi. Begeisterung lag in ihrer Stimme.

„Gleich wird sich die Fahrrinne teilen", meinte Hauke. „Geradeaus geht `s nach Norderney, deshalb wird die Fähre ihren Kurs nach Backbord ändern."

„Wo ist Backbord?", wollte Trixi sofort von ihm wissen.

„Backbord ist links."

„Dann ist rechts also Steuerbord", folgerte Trixi. „Das sind komische Bezeichnungen. Warum sagen die Seeleute nicht auch einfach links oder rechts. Dann wüsste jeder sofort, was gemeint ist?"

„Seeleute haben eben ihre eigene Sprache."

„Aber wie kommt man nur auf so merkwürdige Bezeichnungen?"

„Das ist ganz einfach, Trixi. Ganz früher einmal wurden die Schiffe durch ein einziges großes Ruder gelenkt. Dieses Ruder war seitlich am Schiff angebracht. Menschen sind im Allgemeinen Rechtshänder, also wurde das Schiff mit einem Ruder an der rechten Außenbordwand gesteuert, deshalb Steuerbord."

Trixi strahlte Hauke an.

„Toll, dass du so viel über die Seefahrt weißt, Hauke." Sie griff nach seiner Hand. „Ehrlich, das Thema fasziniert mich."

„Das interessiert dich wirklich?"

„Klar. Wenn wir mal Zeit haben, musst du mir unbedingt mehr davon erzählen "

Hauke schaute ihr in die Augen. In ihrem Blick lag etwas Warmes, etwas Aufforderndes, etwas, was Hauke magisch anzog.

„Die Zeit werde ich mir nehmen", sagte er leise.

„Ich freu mich schon drauf."

Trixi wirkte locker und befreit. Es war, als hätte sie ihre Schüchternheit mit einem Schlag abgelegt. Sie ließ seine Hand wieder los und lehnte sich zurück.

Wenn es nach Hauke gegangen wäre, dann hätte sie seine Hand ruhig länger festhalten können, denn ihm war diese Berührung sehr angenehm. Er kannte Trixi schon viele Jahre, doch eigentlich waren es immer nur mehr oder weniger flüchtige Begegnungen gewesen. Reinhard hatte schon als Kind seine Ferien grundsätzlich bei einer Tante auf Juist verbracht. Seine Schwester hingegen war ein richtiges Großstadtmädchen. Sie blieb in den Ferien immer auf dem Festland. Trixi kannte Juist nur von einigen Kurzbesuchen, die sie der Insel in ihrer frühen Kindheit mal abgestattet hatte. In den letzten Jahren hatten sich Haukes Begegnungen mit Trixi auf die Momente beschränkt, in denen er zu Besuch bei seinem Freund Reinhard war. Sicher, Trixi war ihm niemals fremd, doch das Gefühl, welches er ihr gegenüber mit einem Mal verspürte, war neu. Er fühlte sich auf wundersame Weise zu ihr hingezogen. Er empfand eine vorher nicht gekannte Zuneigung, die bei jedem Lächeln, das sie ihm schenkte, wuchs. *Ob sie mich auch mag?*

Trixi schaute aus dem Fenster. Ihr verklärt wirkender Blick schien sich irgendwo am Horizont zu verlieren. Sie fühlte sich unsicher, irgendwie verwirrt. Der grausame Mord an Reinhard hatte ihr mächtig zugesetzt und in den letzten Tagen begleitete sie das Gefühl, in ein tiefes, schwarzes Loch gefallen zu sein. Nichts war mehr so, wie früher. Sie lebte in einer irrealen, konfusen Welt, in der selbst einfache Gedankengänge schwer fielen. Doch plötzlich gab es etwas in dieser verworrenen Welt, das wie ein rettender Fels aus der Brandung herausragte, ein Fels, an dem man sich festhalten konnte, ein Fels, welcher neue Hoffnung versprach. Dieser Fels hieß Hauke. Eigentlich war er für sie immer nur der gute Freund ihres Bruders gewesen, doch seit Reinhards Tod ist er ihr irgendwie näher gekommen. Zunächst war er ein Helfer in der Not, jemand, an dem sie sich mit ihren Sorgen und ihrem Kummer wenden konnte, jemand, mit dem sie ihre Trauer teilte und der sie schützend im Arm gehalten hatte, als sie vor Reinhards Grab stand. Hauke war ihr in den letzten Tagen nicht ein einziges Mal von der Seite gewichen und seine Anwesenheit erschien ihr plötzlich so vertraut, als sei er schon immer bei ihr gewesen, als wäre er schon immer ihr bester Freund. Ihr war bewusst, dass diese Zuneigung, die sie für Hauke empfand, mehr war, als ein Gefühl, welches man nur guten Freunden gegenüber verspürte.

Aus dem Augenwinkel heraus erkannte sie, dass Hauke einen Schluck Kaffee trank. Sie wusste nicht, warum, aber als Hauke seine Tasse wieder auf den Tisch stellte, rutschte sie unbewusst näher an ihn heran, so nah, dass ihr Oberschenkel den seinen sanft berührte. Trixi verspürte einen seltsamen Strom, gleich einem angenehmen Prickeln, welches bei der Berührung von ihm zu ihr floss. Sie fragte sich, ob Hauke es auch fühlte, ob dieser warme Strom auch von ihr zu ihm floss. Sie verspürte eine merkwürdige Aufregung und hatte das Gefühl, plötzlich von einer betörenden Wärme umgeben zu sein, und als Hauke mit seinem Bein die Berührung mit leichtem Druck erwiderte, erschien es ihr, wie eine Erlösung, eine Erlösung von allem Kummer, der sich in den letzten Tagen wie ein dunkler Schatten auf ihre Seele gelegt hatte.

Hauke spürte, wie sein Herz vor Aufregung schneller schlug. Er bekam plötzlich Angst. Was wäre, wenn sie ihn nur aus Versehen berührt hatte, wenn sie die Zuneigung, die er ihr gegenüber verspürte, gar nicht erwiderte und sie es ihm jetzt übel nimmt, dass er seinen Schenkel auffordernd gegen den ihren presste?

„Wo sind denn hier die Toiletten?"

Alexanders Stimme riss Hauke aus seinen Gedanke.

Es dauerte einen Augenblick, bis der Angesprochene reagierte.

„Im Heck", kam es etwas stotternd aus Haukes Mund. Dabei deutete er nach hinten.

Alexander stand auf. „Dann gehe ich mal eben für Königstiger." Mit diesen Worten ließ er seine beiden Begleiter allein.

Er konnte nicht ahnen, was wenige Sekunden, nachdem er den Tisch verlassen hatte, dort passierte. Hätte Alexander sich noch einmal umgedreht, dann wäre ihm nicht entgangen, wie Trixi nach Haukes Hand griff, wie sich die beiden einander zuwandten, ihre Gesichter sich langsam näherten und ihre Lippen sich zu einem innigen Kuss berührten.

Als Alexander wenige Minuten später von der Toilette zurück kehrte, wollte er zunächst nicht glauben, was er sah. Trixi und Hauke lagen sich in den Armen und küssten sich. Sie knutschten hemmungslos herum.

Das gibt `s doch nicht, ging es ihm durch den Kopf. *Ich glaub, ich bin im falschen Film, ich halluziniere.*

Die beiden merkten nicht einmal, dass Alexander wieder Platz genommen hatte. Erst als er sich laut räusperte, ließen sie von einander ab.

Alexander blickte sie ungläubig an. Er hob fragend die Augenbrauen.

„Habe ich die ganze Zeit über irgendetwas verpasst? Wie lange läuft das denn schon zwischen euch?"

Hauke und Trixi blickten sich kurz an. Sie wirkten beide für einen Moment unsicher.

Trixi errötete. „Wenn man es genau nimmt", antwortete sie schließlich, „seit einer Minute." Ihre Stimme wirkte unsicher.

Dann aber strahlte sie Hauke an und küsste ihn.

Alexander schüttelte ungläubig den Kopf. Als er den Tisch gerade verlassen hatte, plauderten sie über ganz belanglose Dinge, und als er nach wenigen Minuten zurück kommt, sind sie ein frisch verliebtes Pärchen.

„Ich kapier ´s nicht. Das kann doch nicht so schnell gehen. Versteht mich nicht falsch, natürlich freu ich mich darüber, dass ihr zwei jetzt zusammen seid, aber das Tempo, was ihr dabei vorlegt, einfach unglaublich. Ihr habt wirklich vorher nichts miteinander gehabt?"

„Nein", sagte Hauke kurz.

„Und das gerade war euer erster Kuss?"

Hauke nickte.

„Ja." Er blickte Trixi verzückt an. „Ja, das war unser allererster Kuss."

„Einfach unglaublich", wiederholte Alexander.

Hauke legte seinen Arm um Trixi und sie schlang ihre Arme um seine Hüften. Dabei lehnte sie ihren Kopf an seine Schulter. Sie atmete tief durch und hatte das Gefühl, als würden ihre Gedanken Purzelbäume schlagen. *So fühlt sich echtes Glück an.* Plötzlich, für einen winzigen Moment fragte sie sich, ob es vielleicht nur ein Traum ist. Sie schüttelte diesen Gedanken genauso schnell wieder ab, wie er gekommen war. Wurde sie nach dem schrecklichen Leid, welches ihr widerfahren war, nun vom Schicksal belohnt? Ihr bisheriges Leben war mehr oder weniger monoton dahingeplätschert, unterbrochen von einigen Schicksalsschlägen, von denen der Mord an Reinhard der schlimmste war. Trixi versuchte sich daran zu erinnern, ob es in ihrem Leben überhaupt schon mal so richtig glückliche Momente gegeben hatte. Sie dachte an den innigen Kuss von gerade, an das unglaublich betörende Gefühl, welches ihr herrliche Glücksmomente bescherte. Nein, so etwas hatte sie noch nie erlebt. Sie fühlte sich großartig. *So ist es also, wenn man auf der berühmten Wolke sieben schwebt.*

Hätte sie in diesem Moment Haukes Gedanken lesen können, dann wäre ihr Glück noch perfekter gewesen, denn Hauke dachte fast das gleiche. Auch er war davon überzeugt, gerade die glücklichsten Momente seines Lebens zu erfahren.

Alexander blickte die beiden immer noch ungläubig an.

„Ich finde es toll, dass ausgerechnet ihr zwei zusammen-gefunden habt." Er zwinkerte ihnen zu. „Wenn ihr weiter-hin so ein Tempo vorlegt, dann gebt ihr vielleicht schon in der nächsten Woche euren Hochzeitstermin bekannt."

Hauke lachte.

„Ich glaube nicht, dass wir es so eilig haben." Er schaute Trixi in die Augen. „Oder?"

Als Antwort bekam er nur ein vielversprechendes Lächeln und ein Schulterzucken.

Ein Blick aus dem Fenster verriet Alexander, dass sie sich Juist bereits etwas genähert hatten. Die Fähre fuhr nun fast parallel zu der Insel, die jetzt zum Greifen nah wirkte. Doch Alexander wusste, dass die Überfahrt anderthalb Stunde dauerte und sie noch eine ganze Weile unterwegs sein würden.

Er sah, wie Trixi ihrem neuen Geliebten etwas ins Ohr flüsterte. Haukes glücklicher Gesichtsausdruck wurde mit einem Schlag ernst. Dann beugte er sich nach vorne zu Alexander und gab diesen durch eine kurze Kopf-bewegung zu verstehen, dass er näher heran kommen sollte. Alexander beugte sich zu ihm.

„Dreh dich jetzt nicht um, Alex. Auf der anderen Schiffseite, am zweiten Fenster von vorne, sitzt ein Mann mit einer schwarzen Jacke. Trixi meint, er würde bereits die ganze Zeit über zu uns herüber starren."

„Du meinst, er beobachtet uns?"

„Ich hab nicht drauf geachtet, aber Trixi ist sich ganz sicher, dass seine Blicke nur uns gelten."

Alexander lehnte sich wieder nach hinten und schaute zum Fenster hinaus. Dann sah er sich langsam und belanglos um. Für eine Weile blieb sein Blick an der Gruppe mit den Jugendlichen hängen. Schließlich wandte er sich zur Seite. Da saß er, der Mann mit der schwarzen Jacke. Als dieser bemerkte, dass Alexander zu ihm herüber schaute, wandte er sich ab und blickte zum Fenster hinaus.

„Hast du ihn gesehen, Alex?"

„Ja."

„Und, was meinst du?"

„Ich weiß nicht so recht, aber wenn Trixi meint, dass er uns bereits die ganze Zeit über beobachtet hat, dann sollten wir ihn im Auge behalten." Er blickte zu Trixi. „Bist du sicher, dass er uns beobachtet?"

„Er starrt dauernd zu und rüber. Das ist mir schon aufgefallen, kurz nachdem wir uns hier hingesetzt hatten. Ich dachte mir nichts dabei, aber gerade hatte ich das Gefühl, er würde mich mit seinem Blick auffressen."

„Vielleicht hat er sich in dich verliebt", meinte Hauke grinsend. „Das könnte ich sogar gut verstehen."

„War bestimmt nur Zufall, dass er in unsere Richtung schaute", sagte Alexander. „Niemand weiß etwas von unserer Juistreise. Außerdem haben wir uns auf der Fahrt hierher davon überzeugt, dass wir nicht verfolgt wurden."

„Trotzdem wäre es diesen Gaunern nicht schwer fallen, unsere Abfahrt nach Juist zu beobachten", stellte Hauke fest. „Sie hätten nur an der Mole stehen müssen. Ihnen wäre nicht entgangen, dass wir in die Fähre gestiegen sind."

Alexander verzog das Gesicht.

„Wir können nur hoffen, dass es nicht so ist."

Erneut blickte er zu dem Mann mit der schwarzen Jacke hinüber. Dieser schaute immer noch aus dem Fenster.

Trixi lächelte Hauke an und gab ihm einen Kuss.

„Lässt du mich mal bitte durch, Hauke?"

„Wohin willst du denn?"

„Ich muss mal."

Hauke stand auf und als Trixi in die Richtung der Toiletten schritt, blickte er ihr lächelnd hinterher.

„Du hast dich in sie verliebt", stellte Alexander fest.

„Ja, das hab ich." Er nahm wieder Platz. „Es ist ein tolles Gefühl, verliebt zu sein. Ich bin irgendwie total verwirrt, Alex. Als ich sie vorhin geküsst habe, wurde mir dabei ganz schwindelig. So etwas hab ich noch nie erlebt."

„Trixi ist deine allererste Frau. Ich kann mir sehr gut vorstellen, wie du dich fühlst."

Hauke atmete tief durch.

„Das war auch mein erster richtiger Kuss. Küssen ist herrlich."

Alexander schmunzelte.

„Ich weiß."

Fast zeitgleich atmete auch Trixi auf der Toilette tief durch. Auch ihr ging Hauke durch den Kopf. Niemals hätte sie geahnt, dass sich zwischen Hauke und ihr einmal so etwas entwickeln könnte, denn Hauke war eigentlich nicht der Typ Mann, den sie sich immer als Partner vorgestellt

160

hatte. So richtig klare Vorstellungen, wie der Mann ihres Lebens einmal aussehen sollte, hatte sie noch nie, doch an einen, wie Hauke, hätte sie niemals gedacht. Hauke passte, rein optisch gesehen, nicht in das Bild des Mannes, den sie sich eigentlich erwünscht hatte. Trixi war sich gegenüber aber ehrlich genug, um anzuerkennen, dass sie auch keinen Adonis erwarten konnte, denn sie selbst gehörte nicht gerade zu den Frauen, denen die Männer hinterher blickten. Im Gegenteil, sie fand eher in der Kategorie „graue Maus" ihren Platz und das war ihr auch bewusst. Und jetzt hatte sie sich in Hauke verliebt, von jetzt auf gleich. Sie war fest davon überzeugt, dass sie das, was Hauke ihr gab, von keinem anderen Mann bekommen hätte, echte Zuneigung. Im Grunde genommen war Hauke der perfekte Mann. Er war intelligent, sogar hochintelligent und gab ihr das Gefühl, auf jede Frage eine Antwort zu wissen. Das faszinierte sie mehr, als das Aussehen. Es war ein unglaublich schönes Gefühl, einfach nur seine Nähe zu spüren. Auch wenn ihre Beziehung bisher eigentlich nur wenige Minuten existierte, so war sie doch davon überzeugt, dass kein anderer Mann auf der Welt ihr dieses großartige Gefühl hätte bescheren können.

Sie war glücklich, sehr glücklich und als sie sich wenig später zu ihren Platzt zurück begab, glaubte sie, zu schweben.

Dann aber schaute sie zufällig zu dem Mann mit der schwarzen Jacke hinüber. Sie zuckte innerlich zusammen. Der Mann starrte sie an und sie hatte für einen Moment das Gefühl, die Blicke des Mannes körperlich zu spüren.

Als sie den Tisch mit ihren Begleitern fast erreicht hatte und der Mann sie noch immer fixierte, blieb sie abrupt stehen. Sie atmete einmal tief durch, fasste all ihren Mut zusammen und erwiderte den Blick.

Der Mann wirkte für einen Augenblick unsicher. Dann wandte er sich ab und schaute aus dem Fenster.

Weder Hauke noch Alexander hatten davon etwas bemerkt.

„Der Kerl hat mich schon wieder angestarrt", sagte sie, als sie den Tisch erreichte. In ihrer Stimme lag wachsende Nervosität.

„Jetzt blickt er aber wieder nach draußen", stellte Hauke fest.

„Aber erst, nachdem ich stehen geblieben bin und mutig zurück gestarrt hab. Irgendetwas stimmt mit diesem Kerl nicht."

„Und du bist dir ganz sicher", wollte Hauke wissen, „dass er dich absichtlich angestarrt hat?"

„Ja."

Hauke stand auf, um Trixi wieder auf ihren Platz zu lassen. Er wirkte unruhig.

„Ich bin gleich wieder zurück."

Bevor Trixi irgendetwas sagen konnte, durchquerte er den Raum und begab sich zielstrebig zu dem Tisch, an dem der Mann mit der schwarzen Jacke saß. Dieser blickte immer noch aus dem Fenster.

Trixi und Alexander beobachteten, wie Hauke den Mann ansprach und dieser sich sichtlich überrascht umdrehte. Sie konnten nicht hören, was Hauke sagte, aber er deutete zu ihrem Tisch. Der Mann blickte wortlos zu ihnen hinüber. Dann zuckte er mit den Schultern und redete mit Hauke.

Das Gespräch war nur kurz und Hauke kehrte zu seinem Tisch zurück.

„Was hast du ihm gesagt?", wollte Trixi sofort wissen.

„Ich hab ihn gefragt, warum er meine Verlobte in einer Tour anstarrt."

„Und?"

„Er meinte, dass er nur belanglos vor sich her geblickt und niemanden direkt angestarrt hat. Wenigsten war ihm das nicht bewusst."

„Glaubst du ihm das etwa?"

Hauke zuckte kurz mit den Schultern.

„Ich weiß nicht, ob ich ihm glauben soll, aber ich denke, dass du jetzt Ruhe vor seinen Blicken hast."

Hauke saß nun wieder neben Trixi. Sie schob sich an ihn heran und gab ihm einen Kuss.

„Du bist mutig."

„Mutig? Warum?"

„Ich hätte es nicht gewagt, diesen Kerl anzusprechen."

„Das hat nichts mit Mut zu tun. Wenn dich jemand mit seinen Blicken belästigt, dann stelle ich ihn zur Rede."

Trixi war sich sicher, dass Hauke ihr gegenüber einfach nur zeigen wollte, dass er für sie da ist und sie beschützt. Irgendwie war sie stolz auf ihn.

„Hast du mich gerade wirklich als deine Verlobte ausgegeben?"

„Durfte ich das nicht?"

Ihr Mund ging zu seinem Ohr.

„Ich liebe dich", hauchte sie ganz leise.

Hauke lächelte.

„Mir ist jetzt nach frischer Luft. Wer kommt mit mir auf das Oberdeck?"

„Ich", kam es spontan aus Trixis Mund.

„Und was ist mir dir, Alex?"

„Geht ihr zwei mal alleine. Mir ist es da oben zu windig."

Als die beiden den Raum verließen, blickte Alexander ihnen hinterher. Eigentlich wäre er gerne mit ihnen auf das Oberdeck gegangen, aber er wollte die zwei nicht stören, und er war fest davon überzeugt, dass sie froh waren, dort oben allein zu sein.

Dass der Mann mit der schwarzen Jacke immer noch aus dem Fenster blickte und ganz offensichtlich kein Interesse an das hinausgehende Paar zeigte, gab Alexander ein gutes Gefühl.

Er registrierte allerdings nicht, dass zwei andere Augenpaare die beiden mit ihren Blicken verfolgten. Diese Augenpaare gehörten zu zwei Männern, die einige Sitzreihen hinter ihnen saßen. Einer dieser Männer stand jetzt auf und begab sich auf das Oberdeck. Der andere behielt Alexander im Auge.

Nach einer halben Stunde wurde es auch Alexander zu langweilig. Er begab sich ebenfalls nach oben. Auch er bemerkte nicht, dass ihm jemand folgte.

*   *   *

Die Fähre näherte sich nun der Insel. Den Passagieren auf dem Oberdeck bot sich ein ganz besonderes Schauspiel. Die immer noch tief stehende Sonne spiegelte sich in den Fensterscheiben der Häuser, die eine lange Front zum Wattenmeer bildeten. Es war ein wundersames Funkeln, so, als wolle die Insel die Passagiere der Fähre auf ihre ganz eigene Art begrüßen.

Trixis Blicke schweiften über die langgestreckte Silhouette der Insel. Im Widerschein der funkelnden Fenster schienen ihre Augen zu leuchten.

Nach fast anderthalb Stunde Fahrt lief das Schiff im Juister Hafen ein. Auf der Plattform des Seezeichens, das segelförmige Monument, welches wie ein gewaltiger Pfeiler die rechte Seite der Hafeneinfahrt begrenzt, standen Leute und winkten der einfahrenden Fähre zu.

Nachdem das Schiff angelegt hatte und die drei von Bord gegangen waren, begaben sie sich zu den Rollcontainern und nahmen Trixis Koffer heraus.

Sicherheitshalber ließen sie den Mann mit der schwarzen Jacke nicht aus den Augen. Er war bereits vor ihnen aus dem Schiff gestiegen, nahm seinen Koffer und marschierte zielstrebig davon.

Trixi blickte sich um. Sie deutete auf das Becken mit den Segeljachten, welches geschützt durch eine Mauer hinter dem Seezeichen lag.

„Hier hat sich aber viel verändert. Als ich das letzte Mal hier war, da war ich zwar noch ein Kind, aber ich bin mir ganz sicher, dass es diesen Jachthafen und den Aussichtsturm damals noch nicht gegeben hat."

„Das ist kein Aussichtsturm", korrigierte Hauke sie. „Das ist das neue Seezeichen."

„Ein Seezeichen? Ach so, eine Art Leuchtturm."

Hauke lachte.

„Nein, dieses Seezeichen hat ausnahmsweise nichts mit der Seefahrt zu tun. Es ist einfach nur ein Wahrzeichen, welches den Namen Seezeichen trägt." Hauke blickte sich kurz um. „Wartet hier auf mich. Ich bin gleich wieder da."

Er marschierte auf eine Ansammlung von Handkarren zu.

Trixis Blick war immer noch auf das Seezeichen gerichtet.

„Weißt du, woran mich dieses Seezeichen erinnert, Alex?"

„An ein Segelboot?"

„Nein, es erinnert mich an dieses über dreihundert Meter hohe Hotel in Dubai, welches man auf einer künstlichen Insel im Meer gebaut hat. Das Seezeichen ähnelt, aus der Ferne gesehen, einer Miniaturausgabe dieses Hotels."

Alexander grinste. „Na ja, da gibt `s schon einen Unterschied."

Kurze Zeit später kehrte Hauke mit einer zweirädrigen Handkarre zurück und lud Trixis Koffer auf.

„Darfst sich hier jeder so eine Karre wegnehmen?", wollte Trixi wissen.

„Diese Karre gehört uns. Unsere Feriengäste können sie benutzen, damit sie ihre Koffer nicht bis zu der Pension schleppen müssen."

„Sehr praktisch."

„Meine Mutter hat übrigens ein Doppelzimmer für dich fertig gemacht. Da wirst du es besonders bequem haben."

Trixis Augenbrauen schoben sich nach oben.

„Ein Doppelzimmer? Mir hätte auch ein kleines Einzelzimmer gereicht."

Hauke lächelte.

„Es gibt nur zwei Einzelzimmer in der Pension. In dem einen wohne ich zurzeit und in dem anderen wohnt ab heute ein neuer Feriengast."

Dann marschierten sie los. Hauke zog die Handkarre hinter sich her.

Bereits nach wenigen Metern erreichten sie den Damm, der den Hafenbereich vom Städtchen trennte.

Alexander blieb stehen.

„So, jetzt lass´ ich euch jetzt allein. Ich gehe zu meiner Wohnung, weil ich dringend die Klamotten wechseln muss. Außerdem hab ich meiner Vermieterin versprochen, dass ich mich bei ihr melde, wenn ich zurück bin. Danach komme ich zu euch. Wenn ich nichts dagegen habt, dann können wir irgendwo etwas Leckeres essen gehen."

Hauke nickte und fasste sich mit der Hand auf den Bauch.

„Gute Idee. Ich hab jetzt schon Kohldampf."

Dann trennten sich ihre Wege. Während Alexander nach links in die Richtung der Billstraße abbog, marschierten Hauke und Trixi geradeaus weiter.

Keiner von ihnen achtete auf den Mann, der ihnen in einem Abstand von etwa zwanzig Metern unauffällig folgte und dabei einen Koffer hinter sich herzog.

Der Mann blieb stehen und zog ein Handy aus der Tasche. Er tippte kurz auf ein paar Tasten und nahm das Mobiltelefon ans Ohr. Offensichtlich bekam er sehr schnell eine Verbindung.

„Ihre Wege trennen sich. Die beiden mit der Handkarre müsstest du gleich sehen. Bleib´ dran und verliere sie nicht aus den Augen. Ich verfolge den anderen." Er schob das Handy wieder in seine Tasche und folgte Alexander.

Als Alexander hinter sich ein merkwürdiges Poltern vernahm, blickte er sich kurz um. Das polternde Geräusch kam von einem Trolley, dessen kleine Räder laut über die grauen Pflastersteine der Straße holperten. Der Mann, der den Koffer hinter sich herzog, schien ein Feriengast zu sein, der ebenfalls gerade mit der Fähre angekommen war.

Alexander blickte wieder nach vorne und setzte seinen Weg fort. Ihm wäre niemals in den Sinn gekommen, dass der Mann hinter ihm etwas anderes, als Ferien im Sinn hatte und dass der Koffer so laut über die Straße holperte, weil er leer war.

Hauke und Trixi marschierten am Kurpark vorbei. Dort herrschte reger Betrieb. Fast alle Bänke waren besetzt.

167

Zahlreiche Feriengäste nutzten die beliebte Grünanlage zum Verweilen. Eltern hatten sich um den runden Brunnen gesetzt und beobachteten ihre Kinder, die ihre kleinen Spielzeugboote darin schwimmen ließen.

Auf einer Bank, die direkt neben der Straße stand, saß ein Mann und blätterte in einer Zeitschrift herum. Haukes und Trixis Weg führte direkt an diesem Mann vorbei. Sie schenkten ihm keinerlei Beachtung. Kaum hatten sie ihn passiert, faltete der Mann die Zeitschrift zusammen, schob sie in die Innentasche seiner Jacke und stand auf. Gemächlichen Schrittes folgte er dem Pärchen mit der Handkarre.

Hauke und Trixi bogen in eine kleine Seitenstraße ein. Bereits nach wenigen Metern erreichten sie das Haus von Haukes Mutter.

„Hier bin ich aufgewachsen", erklärte Hauke und deutete auf das rötliche Ziegelsteingebäude.

In diesem Moment trat seine Mutter aus der Tür.

„Ihr seid ja schon da."

Hauke setzte die Deichsel der Karre ab.

„Die Fähre war heute überpünktlich." Er deutete auf seine Begleiterin. „Darf ich dir vorstellen, Mama, das ist Trixi, Reinhards Schwester."

Die beiden Frauen reichten sich die Hände.

„Das, was mit Ihrem Bruder passiert ist, tut mir aufrichtig leid, Frau Karlsfeld."

Trixi zuckte kurz mit den Schultern, ging aber nicht weiter auf den Tod ihres Bruders ein.

„Ich freue mich, Sie kennen zu lernen, Frau Hein."

„Ich freue mich ebenfalls, Frau Karlsfeld."

Frau Hein wandte sich wieder an ihren Sohn.

„Das Zimmer für Frau Karlsfeld ist fertig. Ich gehe noch schnell etwas einkaufen. Du trägst der jungen Frau die Koffer hinauf und zeigst ihr das Zimmer. Sollte doch noch etwas fehlen, dann sag mir Bescheid, wenn ich zurück komme."

„Ich werde mich um deinen neuen Feriengast gut kümmern, Mama. Und keine Angst, ich sorge schon dafür, dass es ihr an nichts fehlt."

Frau Hein blickte Trixi an.

„Sie werden sich doch bestimmt nach den ganzen Strapazen erst einmal ausruhen wollen, Frau Karlsfeld. Mein Sohn wird sich um alles kümmern. Wenn Sie noch irgendwelche Wünsche haben, dann wenden Sie sich an ihn." Sie wandte sich wieder an Hauke. „Frau Karlsfeld kann sich doch auf dich verlassen, oder?"

Hauke lächelte.

„Und wie. Ich bleib´ sowieso zu Hause. Alexander will noch vorbeikommen."

„Na dann, bis nachher."

Wenige Minuten später betraten Hauke und Trixi das vorbereitete Zimmer. Der Raum war nicht sehr groß, wirkte aber sehr behaglich. Das Mobiliar bestand, neben dem Doppelbett, aus einem großen Kleiderschrank, einem kleinen Tisch und zwei Stühlen. Das Fenster direkt neben dem Bett gab den Blick auf den Garten und die Dünen frei. Eine schmale Tür führte ins Bad.

„Ich hoffe", meinte Hauke, „dass du dich hier wohlfühlen wirst."

„Ganz bestimmt, Hauke."

Sie blickten sich an. Dann traten sie schweigend aufeinander zu, nahmen sich in die Arme und küssten sich.

Dieser zunächst zärtliche Kuss wurde immer inniger und schließlich umschlangen sie sich gierig und hemmungslos. Nach einer Weile ließen sie voneinander ab. Tief atmend standen sie sich gegenüber und tauschten verzückte Blicke aus. Trixi griff nach seiner Hand.

„Ich liebe dich, Hauke."

„Ich liebe dich auch."

Sie griff nach seinen Hemdsknöpfen und öffnete einen nach den anderen. Dann schob sie das offene Hemd beiseite und umschlang seinen nackten Oberkörper. Hauke wirkte unsicher und als sie seine Zurückhaltung spürte, ließ sie von ihm ab. Sie blickte ihm in die Augen, lächelte ihn herausfordernd an und knöpfte dabei ihre Bluse auf.

Hauke wurde sichtlich nervös. Trixi, das schüchterne Mädchen, ergriff die Initiative. Ihre Zurückhaltung und Reserviertheit schien mit einem Schlag gewichen zu sein. Nun war es Hauke, der sich in der unsicheren Rolle versetzt sah. Er schluckte.

„Trixi, ich möchte dir vorher etwas sagen."

Sie blickte ihn fragend an.

„Geht dir das zu schnell?"

„Nein." In seinen Augen spiegelte sich Unsicherheit. „Eigentlich ist das, was ich dir sagen will, auch nicht so wichtig, aber..., ist ja auch egal."

„Was ist egal? Raus mit der Sprache."

Ihr Blick war auffordernd.

Er atmete tief durch und presste für einen Augenblick die Lippen zusammen.

„Ich hab `s noch nie gemacht, Trixi."

„Was hast du noch nie gemacht?"

„Du bist die erste Frau in meinem Leben."

„Du hattest noch nie Sex mit einer Frau?"

„Ja, ich meine nein."

Trixi lächelte.

„Dann wird `s ja langsam Zeit." Sie ergriff weiterhin die Initiative, nahm Haukes Hand und legte sie auf ihre Brust. Sie spürte, dass seine Hand zitterte. „Was ist los, Hauke?"

„Ich bin aufgeregt."

„Ich auch, kein Grund, nervös zu sein. Gib dich einfach deinen Gefühlen hin. Es wird bestimmt wunderschön."

„Du klingst so, als hättest du schon Erfahrung. Hast du schon einmal mit einem Mann geschlafen?"

Trixis Gesichtsausdruck wurde mit einem Mal sehr ernst.

„Ja." Knapper hätte die Antwort nicht sein können. Ein dunkler Schatten schien sich plötzlich über ihr Gesicht zu legen.

„Entschuldige, Trixi, das hätte ich dich nicht fragen dürfen."

Trixi atmete einmal tief durch.

„Ja, ich hab schon mal mit einem Mann geschlafen, aber mir wäre es lieber gewesen, ich hätte es nicht getan. Er hieß Christian und war ein Schwein. Ich lernte ihn auf einer Feier kennen. Wir saßen zusammen und es floss reichlich Alkohol. Er animierte mich dazu, immer mehr zu trinken, stieß immer wieder mit mir an. Ich vertrag´ nicht viel und als wir schließlich eng umschlungen auf der Tanzfläche standen, kam es zum ersten Kuss. Der Alkohol hatte meine Sinne benebelt und ich gab mich ihm hin. Er brachte mich nach Hause und der Abend endete in meinem Bett. Ganz ehrlich, Hauke, von dem, was da passiert ist, hab ich nicht viel mitbekommen. Ja, ich wollte mit ihm schlafen, er war wirklich sehr nett. Ich war glücklich. Es war schließlich das erste Mal, dass sich ein

Mann für mich interessierte. Ich dachte, er meinte es ernst mit mir, dachte an eine feste Beziehung. Leider hatte der reichliche Alkoholkonsum dafür gesorgt, dass meine Gedanken sehr eingleisig durch meinen Kopf surrten. Wie gesagt, ich hab mit ihm geschlafen, doch es war nicht so, wie ich es mir immer vorgestellt hatte. Es tat weh, als er in mich eindrang, und bevor ich überhaupt versuchen konnte, irgendetwas zu empfinden, stöhnte er laut auf und sein schwerer Körper sackte über mich zusammen. Dann rollte er zur Seite und war Sekunden später eingeschlafen. Ich wusste nicht, wie mir geschah und fragte mich, ob das wirklich alles gewesen sein soll. So lag ich die halbe Nacht wach im Bett. Mir schwirrten die verworrensten Gedanken durch den Kopf. Schließlich kam ich zu dem Schluss, dass es daran gelegen hatte, dass Christian ebenfalls betrunken war. Ich redete mir ein, dass wir es morgen früh noch einmal tun und auch ich dann in den Genuss der ersten körperlichen Liebe kommen würde. Hätte ich gewusst, was für ein Schwein dieser Christian war, wäre mir einiges erspart geblieben."

Trixi schwieg. Sie wirkte tief getroffen.

Hauke legte eine Hand auf ihre Schulter.

„Möchtest du mir erzählen, was dann passiert ist, Trixi?"

Sie nickte und atmete noch einmal tief durch.

„Als ich am nächsten Morgen wach wurde, lag er neben mir und schlief. Ich streichelte über seine Brust und war davon überzeugt, dass wir uns gleich noch einmal lieben würden und zwar so richtig mit viel Gefühl. Er wurde wach, blickte mich kurz an, setzte sich auf und stieg wortlos aus dem Bett, um ins Bad zu verschwinden. Dann kam er zurück. Doch anstatt zu mir ins Bett zu kommen, zog er sich wieder an. Ich fragte ihn, ob er nicht noch einmal zu mir kommen wollte. Das, was dieses Schwein dann zu mir sagte, traf mich, wie ein Stromschlag. Er hätte mich genauso gut verprügeln können. Das wäre auf das gleiche rausgekommen. Er sagte wortwörtlich: `Wenn du es brauchst, dann besorg `s dir selbst. Ich brauchte gestern mal wieder einen anständigen Fick, und außer dir, war keine andere da. Na ja, wie heißt es so schön, in der Not frisst der Teufel Fliegen. Unter einem anständigen Fick verstehe ich im Übrigen etwas ganz anderes. Einfach hinlegen und die Beine breit machen, ne, du siehst nicht nur Scheiße aus, du bist auch im Bett Scheiße.´ Als er das sagte, grinste er mich gehässig an. Dann verschwand er.

„So ein Schwein", sagte Hauke leise. „So ein mieses, dreckiges Schwein."

„Ich sah ihn nie wieder. Du glaubst gar nicht, was ich die Tage danach alles durchgemacht habe. Hab mich gefühlt, wie ein Fußabtreter, und dann die Angst, dass er mich geschwängert haben könnte. Es war schlimm. Dieser Mistkerl war schuld daran, dass ich die Männer plötzlich hasste. Wenn mich ein Mann auch nur ansprach, reagierte ich patzig. Mein Freundeskreis wurde immer kleiner. Wer will schon etwas mit einer immer miesgelaunten Frau zu tun haben? Es war schließlich Reinhard, der mich wegen meinem Verhalten regelrecht zur Sau machte, meinte, dass schließlich nicht alle Männer solche Schweine wären und dass ich bald gar keine Freunde mehr haben werde. Er rüttelte mich wach und ich packte mein Leben wieder anders an, wechselte den Arbeitgeber, versuchte es mit neuen Kollegen und gab mich wieder aufgeschlossener. Das alles liegt nun schon ein paar Jahre zurück." Sie umarmte Hauke. „Du bist der erste Mann, der seitdem wieder in mein Leben getreten ist und ich weiß, du bist der richtige."

„Trixi, wenn ich diesen Christian jemals in die Hände bekomme, dann..."

„Vergiss dieses Schwein einfach."

Trixis Blick fiel kurz auf das breite Doppelbett. Dann zog sie ihre Bluse aus. Während sie sich ungehemmt vor Hauke entkleidete, klebten seine Blicke ungläubig auf ihrem blassen Körper. Schließlich stand sie nackt vor ihm. Sie blickte ihn auffordernd an und legte sie sich auf das Bett

„Worauf wartest du, Hauke? Zieh´ dich aus und komm endlich zu mir."

Er verspürte Unsicherheit. Wie würde sie reagieren, wenn er sich auszieht? Sie lag da, war wunderschön und er? Er schämte sich.

Trixis Anblick, wie sie da so nackt auf dem Bett lag und ihn erwartungsvoll ansah, ließ schließlich alle Hemmungen verschwinden. Er zog sich aus und legte sich zu ihr.

Erneut begann alles mit einem zärtlichen Kuss. Dann, getrieben von zügelloser Leidenschaft, wälzten sich ihre Körper entfesselt, hingabevoll und hemmungslos durch das Bett. Ihre Umwelt verschwand und selbst wenn sie von dem Mann gewusst hätten, der draußen auf der Straße stand und das Haus beobachtete, hätte sie das in diesem Moment nicht interessiert.

Irgendwann lagen sie nebeneinander im Bett, atmeten tief durch. Sie wirkten erschöpft und ausgelaugt. Trixi griff nach seiner Hand.

„Das war herrlich." Ihre Worte glichen einem zarten Hauchen. „Einfach herrlich."

„Ja." Seine Stimme klang schwach, seine Augen waren geschlossen. Das sanfte Lächeln auf seinen Lippen spiegelte entspannte Zufriedenheit wider.

Trixi wandte sich zu ihm.

„Was ist? Schläfst du etwa ein?"

„Nein." Er blickte sie an. „Ich war noch nie so glücklich." Sie schob sich dicht an ihn heran und legte ihren Kopf auf seine Brust. „Ach, Hauke." Ihre Augen schlossen sich.

Sie fühlte sich gut, übermannt von Glück und Zufriedenheit.

„Es ist schon komisch", meinte Hauke nach einiger Zeit. „Vor ein paar Tagen war ich noch davon überzeugt, dass ich für immer allein bleiben würde, dann treff' ich dich, verlieb mich und erlebe etwas, von dem ich immer nur träumen durfte."

„Und was ist daran komisch?"

„Eigentlich nichts, nur, das gerade war herrlich und unbeschreiblich schön. Du liegst hier neben mir, und obwohl das alles zwischen uns passiert ist, weiß ich über dich und dein Leben so gut wie gar nichts."

Sie seufzte und blinzelte ihn kurz an. Ihre Zungenspitze befeuchtete die Oberlippe.

„Da gibt 's auch nicht viel zu wissen. Mein Leben könnte man als eintönigen Trott bezeichnen. Ich gehe arbeiten und wenn ich von der Kanzlei nach Hause komm, lese ich ein gutes Buch oder sehe mir einen Film an. Manchmal, an den Wochenenden, gehe ich mit einer befreundeten Kollegin aus." Sie zuckte kurz mit den Schultern. „Das ist mein Leben."

„Hast du denn keine Wünsche oder Träume, die du mal verwirklichen möchtest?"

„Wünsche und Träume? Die habe ich schon lange nicht mehr. Als Kind, da träumte ich immer davon, später mal eine bekannte Journalistin oder eine berühmte Schriftstellerin zu werden. Ich schrieb in der Schule immer die besten Aufsätze. Meine Lehrerin erzählte meinen Eltern, dass meine wahre Begabung in der Skribentenfeder liegt und dass diese Begabung unbedingt gefördert werden sollte."

„Und? Warum bist du keine Schriftstellerin geworden?"

„Wahrscheinlich, weil in meinem Leben niemals etwas so lief, wie es laufen sollte." Ihr Gesichtsausdruck wurde ernst, spiegelte mit einem Schlag Schmerz und Gram wider. „Es war mein dreizehnter Geburtstag, ich wartete gespannt auf meine Eltern. Sie waren mit dem Auto losgefahren, um mein Geburtstagsgeschenk abzuholen. Es sollte 'ne Riesenüberraschung werden. Als es dann endlich an der Tür läutete, konnte ich es kaum erwarten, sie zu öffnen. Statt der Eltern mit dem Geschenk standen zwei Polizisten vor der Tür. Meine Eltern waren bei einem Verkehrsumfall ums Leben gekommen."

„Oh, Gott."

„Hat Reinhard dir das niemals erzählt?"

„Er sagte mir, dass eure Eltern nicht mehr leben, doch das mit dem Unfall hatte er nicht wähnt."

„Vielleicht wollte er nicht drüber reden. Mit dem Tod unserer Eltern war auch unser Leben mehr oder weniger gelaufen. Wir brauchten Jahre, um wenigstens ein wenig darüber hinweg zu kommen. Aufgewachsen sind wir bei unseren Großeltern. Opa und Oma haben sich wirklich die allergrößte Mühe gegeben, wollten nur das Beste für uns, doch ob es wirklich das beste war, steht auf einem anderen Blatt. Den Berufswunsch, Autorin zu werden, hatte ich damals noch nicht abgeschrieben. Es war mein Großvater, der auf mich einredete und mir sagte, ich soll mich nach einem soliden Beruf umsehen, soll ich mich nicht der Illusion hingeben, man könnte von der Schreiberei leben. Opa meinte, dass er mir dank seiner Altersweisheit wertvolle Ratschläge geben kann. Er war ein richtiger Patriarch, alle tanzten nach seiner Pfeife und als er mir, ohne mich zu fragen, einen Ausbildungsplatz in der Kanzlei eines befreundeten Notars besorgt hatte, blieb mir eigentlich keine andere Wahl, als die Stelle anzunehmen, zumal auch Oma sagte, dass es das Beste für mich wär'. Wie hätte ich mich auch wehren können? Opa tat mir leid. Den Tod seines Sohnes hatte er niemals überwunden. Die Zeit hatte ihn in ein zitterndes Wrack verwandelt. Sein Wesen war zerfressen, und er nannte es Altersweisheit. Was er mit seiner Altersweisheit angerichtet hatte, stellte sich erst nach seinem Tod heraus. Irgendjemand hatte ihn dazu überredet, all seine Ersparnisse in die Aktien einer amerikanischen Ölfirma zu stecken. Selbst die Lebensversicherung hatte er dafür aufgelöst. Die Ölfirma ging Pleite und das Geld war futsch. Der Oma blieb noch eine lächerliche Rente, von der sie soeben die Miete bezahlen konnte. Als Opa starb, hatte ich gerade meine Ausbildung beendet. Ich bekam einen Job in der Kanzlei. So konnte ich Oma finanziell unterstützen. Reinhard konnte nichts beigeben, denn er hatte zu dieser Zeit schon eine eigene Wohnung und musste selbst sehen, wie er klar kam. Diese Situation sorgte dafür, dass ich all meiner eigenen Wünsche und Träume abschminken konnte." Trixi schwieg einen Moment. „Oma lebt schon lange nicht mehr. Ich hatte nur noch Reinhard, und jetzt..."

Hauke legte den Arm um sie und zog sie an sie heran.
„Jetzt hast du mich."
Er setzte sich auf, beugte sich über sie und bedeckte ihr
Gesicht mit zärtlichen Küssen.

* * *

Etwa eine Stunde später stand Alexander vor der Tür der
Pension. Haukes Mutter öffnete ihm.
„Mein Sohn hat Sie schon angekündigt. Er ist oben in
seinem Zimmer. Den Weg finden Sie ja alleine."
Dann verschwand die Frau wieder in einem der hinteren
Räume.
Alexander stieg die Treppe hinauf und klopfte an Haukes
Tür. Niemand reagierte auf sein Klopfen. Er klopfte noch
einmal, dieses Mal etwas lauter. „Hauke?" Nachdem sein
neuer Freund immer noch nicht reagierte, drückte er
zaghaft die Türklinke herunter und trat in das Zimmer.
„Hauke?" Er blickte sich suchend um. Hauke war nicht da.
Merkwürdig, ging es ihm durch den Kopf, *Seine Mutter
sagte doch, dass er hier ist.*
Er stieg die Treppen wieder hinab.
„Frau Hein?"
„Ja?"
Frau Hein kam ihm entgegen.
„Braucht mein Sohn mal wieder irgendetwas?"
„Nein. Hauke ist nicht in seinem Zimmer."
Sie machte große Augen.
„Er ist nicht in seinem Zimmer? Ich habe ihn doch gar
nicht weggehen sehen. Das versteh ich nicht. Dann hat er
doch tatsächlich vergessen, sich von mir zu verab-
schieden. Das macht er sonst nie."

„Wo kann er denn hingegangen sein?"

Sie zuckte mit den Schultern.

„Keine Ahnung. Er hat Sie erwartet. Vielleicht wollte er Ihnen entgegen gehen."

„Aber dann hätte ich ihn unterwegs getroffen."

„Und wenn er einen anderen Weg genommen hat?" Frau Hein kratzte sich nachdenklich am Kopf. „Sie können ja oben in seinem Zimmer auf ihn warten. Mein Sohn wird bestimmt nicht lange weg bleiben."

Sie wandte sich um und wollte gerade wieder zurück gehen, als Alexander sie erneut ansprach:

„Wo ist denn Trixi?"

„Trixi? Ach ja, das ist die junge Frau, die für ein paar Wochen Urlaub bei uns macht. Sie die Schwester vom ermordeten Reinhard.

„Ich weiß. Wir sind vorhin gemeinsam mit der Fähre hier angekommen. Wissen Sie, wo Trixi jetzt ist, Frau Hein?"

„Frau Karlsfeld wird oben in ihrem Zimmer sein. Sie wird sich etwas hingelegt haben, um sich von den ganzen Strapazen zu erholen."

„In welchem Zimmer wohnt Sie denn?"

Frau Hein deutete nach oben.

„Das Zimmer gerade aus, oben am Ende des Flures."

Als Alexander Anstalten machte, die Treppe wieder hinauf zu steigen, hielt Haukes Mutter ihn zurück.

„Sie können die arme Frau aber jetzt nicht stören. Sie wird schlafen."

„Das glaub ich nicht, denn sie wartet auf mich."

Er ließ sich nicht abhalten, stieg die Treppe hinauf und war mit wenigen Schritten vor dem besagten Raum.

Alexander klopfte an.

„Wer ist da?", hörte er Trixis Stimme.

179

„Ich bin `s.“

„Du hast dich aber beeilt.“ Dieses Mal war es Haukes Stimme. „Warte bitte in meinem Zimmer auf mich. Wir sind gleich bei dir.“

Alexander grinste, als er Haukes Zimmer betrat. Er hörte, wie jemand die Treppe hinauf stieg. Durch die offene Tür sah er, dass es Frau Hein war. Sie blieb vor Trixis Tür stehen, die Hände in die Hüften gestemmt.

„Hauke?“ Ihre Stimme klang streng. „Hauke, was machst du denn im Zimmer von Frau Karlsfeld?“

„Ich besuche Trixi. Ist das etwa verboten?“

Alexander grinste erneut.

Wenn Haukes Mama wüsste, was die beiden da treiben.

In dem Moment öffnete Frau Hein Trixis Zimmertür.

„Mama!“, vernahm er Haukes Stimme.

„Hauke! Mein Gott, Hauke!“

Die Empörung in ihrer Stimme war nicht zu überhören.

Sie schlug die Zimmertür wieder zu. Dann stieg sie mit stampfenden Schritten die Treppen hinab. „Oh, mein Gott.“ Ihre Stimme klang aufgebracht. „Warum tut er mir das an? Beide waren ganz nackt. Oh, mein Gott.“

Alexander wusste nicht, ob er die Frau belächeln oder bemitleiden sollte. Eines stand aber fest, für Haukes Mutter war soeben eine Welt zusammengebrochen.

Fünf Minuten später betrat Trixi das Zimmer.

Alexander blickte sie lächelnd an.

„Warum habt ihr mir nicht gesagt, dass ihr etwas Zeit für euch braucht? Dann wäre ich erst in einer Stunde gekommen.“

„Wir haben die Zeit einfach vergessen.“ Sie errötete leicht.

„Alex, du sollst der erste sein, der es erfährt. Hauke und ich sind jetzt richtig zusammen, verstehst du, wir sind jetzt ein richtiges Paar." Sie ließ sich auf einen Sessel fallen und streckte ihre Arme in die Luft. Ihr zufriedenes Lächeln drückte ungetrübte Heiterkeit aus. „Ich bin verliebt", säuselte sie. „Hauke ist wunderbar."

Alexander blickte zur Tür.

„Wo bleibt der wunderbare Hauke denn? Kommt er nicht?"

„Er ist unten, bei seiner Mutter, weil er meinte, er müsste ein ernstes Wörtchen mit ihr reden."

„Ihr habt die arme Frau aber auch ganz schön geschockt."

„Sie hat sich selbst geschockt." Trixis Gesichtsausdruck wurde ernster. „Musste sie auch einfach die Tür aufreißen? Man, war das peinlich. Hauke und ich wollten nachher zu ihr gehen, um ihr zu sagen, dass wir zwei uns ineinander verliebt haben und jetzt ein Paar sind. Hauke war davon überzeugt, dass seine Mama froh darüber sein würde, dass ihr Sohn endlich eine passende Frau ge-funden hat. Doch das hat sich ja jetzt erledigt."

Alexander bemerkte die Veränderung, die sich jetzt bei Trixi vollzog, sofort. Ihr Körper sackte auf dem Sessel zusammen. Sprühte sie bis gerade eben noch vor Euphorie, so saß nun wieder die zurückhaltende und schüchterne Frau vor ihm, so, wie er sie im Museum kennen gelernt hatte.

„Das Wichtigste ist doch, dass du und Hauke glücklich miteinander seid. Alles andere regelt sich schon von selbst."

„Das sagst du so einfach, Alex." Sie redete sehr leise. Die Stimme wirkte mit einem Mal kraftlos. „Kurz bevor das gerade passiert ist, redeten wir über seine Mutter. Du hättest mal hören sollen, wie Hauke von ihr geschwärmt hat. Sie macht alles für ihn, ist liebevoll und niemand kocht so gut, wie sie. Hauke ist ihr ein und alles, und jetzt komme ich und nehme ihr gewissermaßen den Sohn weg. Dass sie auf so eine Art und Weise erfahren musste, dass ihr geliebter Sohn eine Freundin hat, war nicht geplant."

„Damit wird Haukes Mama jetzt leben müssen. Warum musste sie auch unaufgefordert in dein Zimmer gehen?" Sie vernahmen Schritte. Jemand kam die Treppe hinauf. Dann trat Hauke ein, gefolgt von seiner Mutter.

Diese schritt sofort auf Trixi zu.

Trixi erhob sich aus dem Sessel. Für einen Moment wirkte ängstlich und eingeschüchtert.

„Entschuldigen Sie bitte", stammelte Frau Hein leise. „Es tut mir leid. Ich wollte..." Sie sprach den Satz nicht zu Ende und nahm die junge Frau in die Arme.

Darauf war Trixi nicht gefasst gewesen, doch als sie merkte, wie herzlich Haukes Mutter sie jetzt drückte, erwiderte sie die Umarmung.

Schließlich trat Frau Hein wieder einen Schritt zurück und blickte Trixi an. Sie atmete einmal tief durch. „Hauke gab mir gerade zu verstehen, wie glücklich er mit Ihnen ist und ich bin froh darüber, dass er so ein liebes Mädchen kennen gelernt hat. Wenn mein Sohn glücklich ist, dann bin ich auch glücklich."

Obwohl Trixi sich über ihre Worte freute, wirkte sie noch für einen Moment unsicher. Sie dachte für einen Augenblick an die bitterbösen Blicke, die Haukes Mutter ihr vorhin zugeworfen hatte, schob diesen Gedanken aber wieder beiseite.

„Sagen Sie Trixi und Du zu mir."

Diese Worte zauberten Frau Hein ein Lächeln ins Gesicht. Sie wirkte erleichtert. „Wisst ihr was? Ich werde euch jetzt erst mal etwas Leckeres kochen. Ihr habt doch bestimmt großen Hunger. Beim Essen können wir uns dann ausgiebig unterhalten."

Hauke schüttelte den Kopf.

„Sei uns bitte nicht böse, Mama, aber wir werden in ein Restaurant essen gehen. Wir drei haben noch einige Dinge zu besprechen."

„Aber das könnt ihr doch auch hier besprechen."

„Mama, bitte."

Haukes Mutter zuckte mit den Schultern.

„Ich mein`s ja nur gut."

„Ich weiß, Mama."

Frau Hein zog ein paar Mal schnuppernd die Luft in die Nase.

„Eigentlich solltest du dich schämen Hauke. Ich hab dir doch extra gesagt, dass du dein Zimmer lüften sollst. Was soll Trixi denn von dir denken, wenn dein Zimmer muffig riecht."

Sie schritt zum Fenster und öffnete es.

„Hier riecht `s doch gar nicht muffig", sagte Trixi.

Frau Hein deutete auf das offene Fenster. „Trotzdem, frische Luft hat noch keinem geschadet." Sie blickte hinaus. „Endlich ist der Mann weg."

„Was für ein Mann?", wollte Hauke von ihr wissen.

„Als ich vorhin vom Einkaufen zurück kam, stand da ein Mann, zwei Häuser weiter. Er starrte unser Haus an. Später, als ich aus dem Küchenfenster schaute, stand er immer noch da. Er konnte mich hinter den Gardinen nicht erkennen, aber ich hab genau gesehen, dass er immer wieder zu unserem Haus starrte. Vorhin, als ich deinem Freund Alexander die Tür geöffnet habe, war er noch da."

„Wie sah der Mann denn aus?"

Hauke blickte sie neugierig an.

„So genau habe ich ihn mir auch nicht angesehen."

„War er alt? War er jung?"

„Warum fragst du? Das ist doch jetzt egal. Der Mann ist weg. Wahrscheinlich hat er auf jemanden gewartet."

Hauke begab sich zum Fenster und blickte hinaus.

„Was ist los mit dir Hauke", fragte seine Mutter. „Warum bist du auf einmal so nervös?"

„Ich bin nicht nervös, aber wenn jemand unser Haus beobachtet, dann mach ich mir eben Gedanken darüber. Wer weiß, was dieser Mann vor hatte?"

Seine Mutter blickte ihn verständnislos an.

„Was soll er denn vor gehabt haben, Hauke? Du hast zu viel Fantasie."

Hauke ging nicht weiter darauf ein.

„Wir werden jetzt gehen, Mama. Ich weiß nicht, wann ich wieder zurück bin, denn ich möchte Trixi noch die Insel zeigen."

Die drei jungen Leute verabschiedeten sich von Frau Hein und verließen das Haus. Draußen blickten sie sich suchend um, doch es war niemand zu sehen. Die Geschichte von dem Mann, der das Haus beobachtet haben soll, machte sie trotzdem nachdenklich.

Als sie die kleine Seitenstraße, in der das Haus lag, verließen und die Hauptstraße betraten, gaben sie die Suche nach einem eventuellen Verdächtigen auf, denn hier herrschte ein reger Betrieb. Überall waren Leute unterwegs. Einige schritten zügig voran, während andere langsam über den Gehsteig schlenderten und immer wieder vor den Auslagen der kleinen Geschäfte stehen blieben. Zwischen den zahlreichen Fahrradfahrern, die auf der Straße unterwegs waren, rollten ein paar Pferdefuhrwerke, von denen eines besonders geräuschvoll holperte und rappelte. Dieses Geräusch übertönte sogar das laute Geklapper der Pferdehufe.

„Mir geht dieser Mann, der unser Haus beobachtet hat, nicht aus dem Kopf", meinte Hauke, während sie auf das auserwählte Restaurant zusteuerten.

„Mir auch nicht", gab Trixi zu verstehen.

Erneut blickten sie sich suchend um, doch die Menschen um sie herum wirkten alle unverdächtig. Jeder ging seinen eigenen Interessen nach und niemand schien Notiz von ihnen zu nehmen.

Trixis Gesichtszüge wirkten angespannt.

„Ich habe ein ganz mulmiges Gefühl im Magen."

Hauke legte eine Hand auf ihre Schulter.

„Du wolltest doch auf die Insel, um auszuspannen. Vergiss diesen Mann und genieße die Zeit auf Juist."

„Ich werd`s versuchen."

Hauke deutete nach oben.

„Blauer Himmel und Sonnenschein. Das Wetter meint es gut mit uns."

„Ja", sagte Trixi mit einem Blick zum Himmel. „Ich kann mich nicht dran erinnern, wann ich das letzte Mal so einen tiefblauen Himmel gesehen habe."

„Dann solltest du mal öfter auf die Insel kommen, denn wenn die Sonne scheint, dann sieht der Himmel hier immer so aus."

Als sie nur noch wenige Meter vom auserwählten Restaurant entfernt waren, blieb Alexander stehen und deutete auf eine Tafel, die neben der Tür der Gaststätte angebracht war.

„Mittagstisch bis vierzehn Uhr. Es ist halb drei. Jetzt können wir verhungern."

„Es gibt doch noch andere Restaurants", gab Hauke zu verstehen. „Wir sind bereits an einigen vorbei gekommen."
Alexander nickte.
„Das ist richtig, aber auch dort gab es nur bis vierzehn Uhr Mittagstisch."
„Kann mir nur recht sein", meinte Trixi. „Ich habe sowieso keinen Hunger mehr."
Alexander verzog das Gesicht.
„Ich schon."
„Einerseits", erklärte Hauke, „könnte ich euch zu einer Gaststätte führen, die durchgehend warme Küche anbietet. Andererseits würde mir das Essen nicht schmecken, wenn Trixi uns beim Essen zusieht und selbst nichts isst. Da ich ebenfalls einen kleinen Happen vertragen könnte, hab ich `ne Idee. Ich weiß, wo es leckeren Backfisch gibt. Was meinst du, Alex, damit könnten wir unseren größten Hunger erst einmal stillen, oder?"
Alexander nickte.
„Tolle Idee. Dann lasst uns mal dorthin marschieren."
Zehn Minuten später hielten Hauke und Alexander Backfischbrötchen in den Händen und bissen herzhaft hinein.
Trixi schaute die beiden lächelnd an.
„Ihr habt ja jetzt, was ihr wolltet. Wisst ihr, was ich jetzt gerne möchte?"
Ihre Begleiter, beide mit vollem Mund, warfen ihr fragende Blicke zu.
„Ich würde gerne das schöne Wetter ausnutzen und einen Strandspaziergang unternehmen. Reinhard hatte mir immer etwas von dem herrlichen Strand auf Juist vorgeschwärmt und ich hab diesen Strand noch nicht einmal gesehen."

„Dann hast du wirklich etwas verpasst", meinte Alexander und biss herzhaft in seinen Backfisch.

„Du sollst deinen Strandspaziergang bekommen", sagte Hauke. „Von hier aus sind es gerade mal zwei Minuten bis zum Strand."

Wenig später schritten sie über den Weg, der zwischen den großen Dünen hindurch zum Strand führte. Dann gab der Durchgang den Blick auf die Nordsee frei. Für einen Moment blieben sie oben zwischen den Dünen stehen. Unter ihnen breitete sich der Juister Strand aus.

Trixi stand staunend da.

„Ist das herrlich. Jetzt weiß ich, warum Reinhard von diesem Strand so geschwärmt hat."

Der Anblick faszinierte Trixi. Der, mehrere hundert Meter breite Strand erstreckte sich kilometerweit nach beiden Seiten. Im hellen Sonnenlicht wirkte der Sand fast schneeweiß und bildete einen herrlichen Kontrast zum tiefblau erscheinenden Meer. Der leuchtend blaue Himmel verstärkte diesen Kontrast. Die wenigen Menschen, die weit hinten am Ufer entlang spazierten, wirkten in der Ferne wie kleine Punkte.

„Herrlich", kam es begeistert aus Trixis Mund. „Das ist einfach märchenhaft schön, schöner als auf jeder Postkarte."

Alexander nickte.

„Das gleiche dachte ich auch, als ich das erste Mal hier oben stand."

Die drei schlenderten hinunter auf die weite Fläche des Strandes. Dann setzten sie sich unterhalb der Dünen in den weichen Sand und genossen den Blick auf das offene Meer.

Während Alexander und Hauke immer noch damit beschäftigt waren, sich ihren Backfisch einzuverleiben, ließ Trixis ihren Blick über die Nordsee schweifen. Nur wenige hundert Meter vom Ufer entfernt, tuckerte ein Krabbenkutter über das Meer. Die Sonne ließ seinen blau weißen Anstrich hell leuchten. Ganz weit hinten, am Horizont, erkannte sie ein großes Schiff. Es war ein, mit Containern beladener Frachter, dessen Konturen sich nur schwach aus dem flimmernden Licht herausschälten.

Trixi blickte sich nach allen Seiten um.

„Was ist denn das?", fragte sie mit einem Mal und deutete nach rechts. „Gibt es auf Juist etwa Hochhäuser?"

Hauke lachte. Er wusste sofort, was Trixi meinte.

„Nein, hier gibt `s keine Hochhäuser. Das, was du da entdeckt hast, liegt weit weg von hier. Es sind die großen Hotels auf der Nachbarinsel Norderney."

„Die Häuser wirken zum Greifen nah", sagte Trixi, „so, als könnte man mal eben hinlaufen."

„Das kannst du ja mal versuchen."

Nun wandte Trixi ihren Blick nach links.

„Dort sieht es so aus, als wenn der herrliche Strand endlos weitergeht."

„Der Strand ist zwar nicht endlos", meinte Hauke, „aber bis zum westlichen Ende der Insel sind es schon noch einige Kilometer. Juist ist siebzehn Kilometer lang und genauso lang ist folglich auch der Strand."

„Siebzehn Kilometer", wiederholte Trixi beeindruckt. „Was für ein Strand."

Trixi blickte immer noch fasziniert auf die breite Sandfläche zu ihrer Linken. „Wo kommt man denn hin, wenn man bis zum westlichen Ende der Insel spaziert?"

Ihre beiden Begleiter hörten für einen Moment auf, zu kauen. Ihre Blicke wurden ernst.

„Dort liegt das Billriff", antwortete Alexander schließlich leise.

Trixi schluckte.

Das Billriff, Trixis Gedanken verfinsterten sich. *Der Ort, an dem man Reinhard fand, der Ort, an dem man ihn umbrachte.*

Nun herrschte Schweigen.

Während Hauke und Alexander bedächtig und mit einem Mal scheinbar appetitlos auf die letzten Bisse ihres Backfisches herum kauten, starrte ihre weibliche Begleitung ins Leere.

Waren Trixis Gedankengänge gerade noch betört vor Begeisterung über den herrlichen Strand, so zogen jetzt dunkle Wolken in ihren Gedanken auf. Vor ihrem geistigen Auge sah sie sich wieder vor Reinhards Grab stehen. Sie blickte hinab auf den Sarg und auf den Strauß Orchideen, den sie zum Abschied in die Grube geworfen hatte.

Orchideen, wie sehr hast du sie geliebt, Reinhard. Nun wirst du nie mehr Orchideen sehen. Warum musstest du nur gehen? Warum ausgerechnet du?

Eine dicke Träne kullerte ihre Wange hinab.

Hauke war die plötzliche Veränderung bei seiner weiblichen Begleitung nicht entgangen. Er legte seinen Arm um sie.

„Ich weiß, es schmerzt. Wenn dir nach Weinen zumute ist, dann weine. Das tut manchmal gut."

Sie lehnte ihren Kopf an seine Schulter.

„Ach Hauke, warum ausgerechnet Reinhard? Warum?"

Hauke antwortete nicht. Er streichelte ihr tröstend über die Haare.

Wortlos saßen die drei am Rande der Dünen im Sand. Vor wenigen Minuten noch hatten sie den Mord an Trixis Bruder und alles, was damit zusammen hing, für einige Augenblicke verdrängen, ja, vergessen können. Doch nun kam alles wieder hoch.

Trixi erhob sich.

„Alexander, du wolltest mir doch den Platz am Billriff zeigen, an dem du meinen Bruder gefunden hast."

Alexander blickte sie verwundert an.

„Heute noch?"

„Warum nicht? Oder schaffen wir das nicht mehr?"

„Wenn wir mit dem Fahrrad fahren, ist das kein Problem. Natürlich könnten wir auch laufen. Dann wären wir allerdings Stunden unterwegs."

Trixis Blick ging abwechselnd zwischen ihren Begleitern, die vor ihr im Sand saßen, hin und her.

„Worauf warten wir noch? Wir sind auf dem Weg hierher an einem Fahrradverleih vorbei gekommen. Dort können wir uns Räder besorgen."

„Das ist nicht nötig", gab Hauke zu verstehen. „Bei uns im Schuppen stehen Fahrräder. Mama hat sie extra für ihre Feriengäste angeschafft."

Mit dem Finger wischte Trixi die feuchte Spur der Träne von der Wange. Sie wirkte wieder gefasst.

„Dann erhebt euch. Schlagt hier keine Wurzeln."

Hauke und Alexander kamen ihrer Aufforderung nach und standen auf.

Die kleine Seitenstraße, in der die Pension lag, war schnell erreicht. Als sie den Hausflur betraten, lief ihnen Haukes Mutter über den Weg. Sie sah die jungen Leute verwundert an. Skepsis lag in ihrem Blick.

„Ihr habt aber schnell gegessen."

Ihr Sohn ging auf diese Feststellung nicht ein.

„Mama, wir werden jetzt noch `ne Runde mit dem Fahrrad fahren. Ist der Schuppen auf?"

„Ja."

Haukes Mutter blickte die drei an. Sie wirkte irgendwie pikiert. Dann verschwand sie in die Küche.

„Deine Mutter benimmt sich aber sehr merkwürdig", stellte Trixi leise fest. „Ist das wegen mir?"

„Nein, wahrscheinlich ist sie beleidigt, weil wir nicht bei ihr gegessen haben."

In diesem Moment kam Frau Hein zurück.

„Der Mann ist wieder da."

Mit schnellen Schritten bewegte sich Hauke an ihr vorbei. Alexander folgte ihm. Fast gleichzeitig standen sie am Fenster und blickten hinaus.

„Da ist niemand", stellte Hauke fest.

Nun trat auch seine Mutter neben ihn.

„Jetzt ist er wieder weg", meinte sie.

„Bist du sicher, dass der Mann wieder da war?"

„Natürlich. Ich hab ihn doch selbst gesehen, hab dieses Mal sogar die Gardine zur Seite geschoben, damit ich ihn besser erkennen kann."

„Hat der Mann dich gesehen?"

„Ja. Er blickte genau in meine Richtung."

„Der Kerl hat gemerkt, dass du ihn entdeckt hast, Mama. Deshalb ist er wieder abgehauen."

„Dafür weiß ich aber jetzt, wie er aussieht, Hauke. Er trug eine dunkelbraune Hose und eine beige Jacke mit Kapuze. Ich kann immer schlecht schätzen, wie alt jemand ist, aber ich würde sagen, er war so um die Vierzig."

„Wir sollten ihm hinterher laufen und ihn zur Rede stellen", schlug Alexander vor. „Wenn wir uns beeilen, dann erwischen wir ihn noch."

Hauke schüttelte den Kopf.

„Den Gefallen werden wir ihm nicht tun. Er ist bestimmt nicht allein und die Erfahrung, die ich mit diesen Typen bisher gemacht hab, reicht mir. Denen will ich nicht mehr über den Weg laufen."

„Und was schlägst du jetzt vor?", wollte Trixi wissen.

„Wir werden, wie geplant, zum Billriff radeln."

„Dann werden sie uns garantiert folgen."

Hauke grinste.

„Das glaub ich nicht, denn wir werden sie überlisten. Die Kerle werden die Seitenstraße beobachten und können sich eigentlich sicher sein, dass sie uns so nicht aus den Augen verlieren. Ich kenne einen Weg, den diese Typen garantiert nicht beobachten. Direkt hinter unserem Schuppen beginnt ein schmaler Pfad, der durch die Dünen führt. Der Weg ist sehr sandig und wir werden die Fahrräder zunächst schieben müssen. Bis zur Straße ist es aber nicht weit."

Trixi nickte.

„Tolle Idee. Worauf warten wir?"

Wenig später verließen die drei das Haus durch eine Hintertür, die direkt in den kleinen Garten führte. Hier stand auch der Schuppen, in dem die Fahrräder untergebracht waren.

Als sie dem sandigen Pfad, der hinter dem Schuppen begann, folgten, schritt Hauke voran.

Trixi und Alexander fiel es schwer, den schmalen Weg, der von Sanddorn und Holunderbüschen teilweise zugewuchert war, zu erkennen. Auch wenn die Fahrräder das

Vorwärtskommen erschwerten, bahnte sich Hauke zielsicher seinen Weg.

„Woher kennst du diesen Schleichweg eigentlich?", wollte Trixi wissen.

Hauke blieb kurz stehen und blickte sie an.

„Das war mal mein Schulweg."

Sie gingen weiter und bald mündete der verworrene Pfad in einem breiteren Weg.

„Hier bin ich schon mal entlang gelaufen", stellte Alexander fest, nachdem sie dem Weg einige Zeit gefolgt waren. „Hier geht es zum Strand." Er deutete nach rechts. „Dort führt der Weg hinauf auf die Dünen und direkt zum Meer."

Hauke nickte.

„So ist es. Wir werden allerdings geradeaus gehen. Das Gebäude, welches ihr dort hinten seht, ist übrigens meine ehemalige Schule."

Hauke hielt genau auf die Inselschule zu. Er führte seine Begleiter direkt an der Schule vorbei. Nachdem die drei eine lange Reihe von Fahrradständern passiert hatten, bog Hauke unmittelbar dahinter nach links ab. Hier war der Untergrund wieder so sandig, dass ihnen das Schieben der Fahrräder schwer fiel. Diese sandige Wegstrecke brachten sie aber schnell hinter sich. Es begann ein gepflasterter Pfad, der direkt an einer Straße endete.

„Ich werd verrückt", kam es überrascht aus Alexanders Mund, nachdem er sich kurz umgeschaut hatte. „Das ist ja die Billstraße. Hier wohne ich."

Hauke grinste und deutete nach links.

„Genau. Irgendwo da hinten in der Stadt werden diese Kerle jetzt herumstehen und darauf warten, dass wir dort auftauchen. Sie können lange warten."

Er blickte Trixi an und wies mit der Hand nach rechts.

„Das ist der Weg zum Billriff. Also, schwingt euch auf die Räder."

Die drei radelten los. Auf der rechten Straßenseite reihten sich Häuser aneinander. Links von ihnen lag ein niedriger Deich. Dahinter erstreckten sich die ausgedehnten Salzwiesen, die direkt am Wattenmeer endeten.

Sie passierten ein etwas größeres Gebäude mit der Aufschrift „Seeferienheim" und hatten bald die letzten Häuser hinter sich gebracht. Die Straße führte jetzt an den hoch emporragenden Dünen vorbei, die zu ihrer rechten Seite einen breiten Wall zu dem dahinter liegenden Strand bildeten. Bald erreichten sie die kleine Siedlung Loog. Auch dieser Ort war schnell durchquert.

Nun hatten sie einen freien Blick auf das Wattenmeer, welches links von ihnen an weite Wiesenflächen angrenzte.

Nach kurzer Zeit wies Hauke nach rechts auf die dicht bewachsenen Dünen.

„Hinter dieser Wildnis liegt der Hammersee. Wir können den See zwar von hier aus nicht sehen, aber wir fahren jetzt parallel daran vorbei."

Es dauerte eine ganze Weile, bis vor ihnen wieder ein Gebäude zu sehen war.

„Das da vorne ist die Domäne Bill", erklärte Hauke. „Wenn wir an diesem Haus vorbeigeradelt sind, dann ist es nicht mehr weit."

Kaum hatten die drei die Domäne Bill passiert, frischte der Wind auf. Er blies ihnen genau von vorne ins Gesicht und da das letzte Stück des Weges frei lag, mussten sie auf ihren Fahrrädern hart dagegen ankämpfen. Dann aber hatten sie es endlich geschafft. Sie stiegen ab und schoben ihre fahrbaren Untersätze. Nachdem sie einen alten Bauwagen, der als Infostation für Feriengäste dient, passiert hatten, war das Ende des Weges erreicht. Sie stellten die Räder ab und marschierten zu Fuß weiter.

Bereits nach wenigen Metern öffnete sich vor ihnen die weite Sandfläche des Billriffs.

Trixi blieb stehen und atmete tief durch. Sie blickte Alexander fragend an.

„Wo hast du Reinhard gefunden?"

„Ich weiß nicht, ob ich die Stelle noch wiederfinde, aber ich werde es versuchen."

Er ging voraus. Trixi und Hauke folgten ihm. Als sie etwa die Mitte der riesigen Sandfläche erreicht hatten, stoppte Alexander und blickte sich um.

„War es hier?" Reservierte Neugier klang in Trixis Stimme.

Die Antwort war ein kurzes Schulterzucken.

„Du kannst dich nicht mehr genau daran erinnern, wo mein Bruder lag, stimmt `s?"

„Sieh dich um, Trixi. Das Billriff sieht überall gleich aus. Ich erkenne auch nirgendwo eine Vertiefung. Eigentlich dachte ich, dass an der Stelle, an der dein Bruder ausgegraben wurde, noch eine Mulde zu sehen ist. Da ist aber nichts."

Auch Trixi und Hauke ließen nun ihre Augen suchend über die weite Sandfläche gleiten.

„Die Polizei wird die Mulde wieder zugeschüttet haben", meinte Hauke.

Alexander nickte.

„Das vermute ich auch."

Trixi fasste Alexander an den Arm.

„Bitte, Alex, versuch´ dich zu erinnern. Kannst du die Stelle, an der Reinhard lag, nicht wenigstens ungefähr bestimmen? Es wäre mir sehr wichtig, dass ich weiß, wo in etwa du ihn gefunden hast."

„Tut mir wirklich leid, Trixi. Ich weiß es nicht mehr so genau. Es könnte hier gewesen sein, wo wir jetzt stehen, aber genauso gut auch fünfzig Meter weiter." Alexanders Gesichtsausdruck wirkte mit einem Mal konzentriert. Dann deutete er auf ein altes Fischernetz, welches aus der Sandfläche herausragte. „Ich erinnere mich, dass ich an diesem Netz vorbeigekommen bin. Kurz danach bemerkte ich die Vögel."

„Welche Vögel?", wollte Trixi wissen.

Für einen Augenblick stutzte Alexander. Er wollte Trixi nicht die ganze Wahrheit offerieren. Dass die Vögel die Hand ihres Bruders bis auf die Knochen abgenagt hatten, sollte sie nicht erfahren.

„Da waren ein paar Seevögel. Sie flogen verdammt tief und sind mir fast um die Ohren geflogen", log er. „Sie stritten sich wohl um einen Fisch."

„Und dann hast du Reinhards Hand entdeckt?"

„Ja. Es muss ganz in der Nähe dieses Netzes gewesen sein. Nur leider kann ich dir nicht sagen, aus welcher Richtung ich gekommen bin. Du kannst aber davon ausgehen, dass ich deinen Bruder in einem Umkreis von ungefähr zwanzig Metern um dieses Netz entdeckt habe." Trixi blickte sich behäbig nach allen Seiten um. Sie sank langsam auf die Knie, griff mit beiden Händen in den Sand und hob die, mit Sand gefüllten Hände in die Höhe. Dann ließ sie den Sand langsam durch ihre Finger auf den Boden rieseln. Dabei schloss sie für einen Augenblick die

Augen und atmete tief durch. Nachdem sie für einen Moment so verweilt hatte, stand sie wieder auf.

„Danke, Alex, dass du mich hier hingeführt hast. Ich musste einfach wissen, wo es passiert ist. Wenn ich diesen Ort hier nicht besucht hätte, wäre ich nicht zur Ruhe gekommen."

Hauke schaute sich nach allen Seiten um.

„Hast du zufällig die Schatzkarte deines Bruders mitgenommen, Trixi?"

Trixi fasste sich auf die Brust.

„Ja, die Karte ist in meiner Innentasche."

„Darf ich die Karte mal haben?"

Wortlos zog sie die Karte aus ihrer Tasche und überreichte sie Hauke.

Während Hauke die Karte auseinander faltete, verfinsterte sich Trixis Blick.

„Die Karte erinnert mich wieder an den Mann, der uns nach der Beerdigung angesprochen hatte, diesen Günter Wagner. Ich kann nicht glauben, dass Reinhard ihm diese Karte überließ."

Hauke nickte.

„Das bezweifle ich auch. Die Geschichte von dem Foto und den angeblichen Hinweisen, die hier auf Juist versteckt sein sollen, nehme ich diesem Wagner nicht ab."

Während er den ominösen Schatzplan begutachtete, stellte sich Alexander neben ihn.

Er deutete auf das offene Meer.

„Wenn das Kreuz die Stelle markiert, an der dieser Schatz vergraben ist, dann müssen wir zum Rand des Billriffs gehen."

„So seh´ ich das auch."

„Wir sollten uns am oberen Ende des Billriffs mal gründlich umsehen."

Hauke schüttelte den Kopf. Dabei verzog für einen Augenblick das Gesicht.

„Ich glaub´ nicht, dass diese Schatzkarte wirklich hilfreich ist. Als der Plan gezeichnet wurde, da bestand Juist noch aus zwei Teilen, dem Ost- und dem Westland. Was meint ihr, wie viel Sturmfluten seitdem über Juist gepeitscht sind? Die Küstenlinie der Insel hat sich seit damals so oft verändert, dass die im Plan vermerkte Stelle überall sein könnte. Der Ort, an dem das Kreuz auf der Karte zu sehen ist, könnte sich draußen auf dem Meeresgrund befinden. Genauso gut wäre es möglich, dass der Schatz, beziehungsweise dieses geheimnisvolle Ding, von dem Reinhard berichtet hat, genau unter unseren Füßen vergraben liegt. Wenn wir wirklich einen Hinweis finden wollen, müssen wir die gesamte Fläche des Billriffs absuchen."

Alexander atmete tief durch.

„Du könntest Recht haben."

Plötzlich zuckte Hauke zusammen.

„Dahinten sind Leute. Sie kommen genau in unsere Richtung."

Jetzt erkannten auch Alexander und Trixi die vier jungen Männer, die etwas über hundert Meter von ihnen entfernt waren und tatsächlich genau auf sie zuhielten.

„Sie haben uns gefunden", kam es ängstlich aus Trixis Mund. „Sie schneiden uns den Rückweg ab. Was sollen wir jetzt tun?"

„Nur keine Panik", versuchte Hauke sie zu beruhigen. „Vielleicht sind das nur Touristen, die sich das Billriff ansehen möchten."

„Und wenn nicht?"

„Wir dürfen ihnen nicht zeigen, dass wir Angst haben." Hauke deutete mit einer kurzen Kopfbewegung zum Strand, der in einiger Entfernung links neben den großen Dünen begann. „Lasst uns ganz langsam dort hinschlendern, so, als gingen wir gemütlich spazieren. Wenn diese Typen schneller werden, dann rennen wir. Vom Strand aus gibt es Zugänge in die Dünen. Mit viel Glück können wir den ersten Zugang erreichen und uns in den Dünen verstecken."

Dann übergab er Trixi den Schatzplan.

„Steck die Karte wieder weg. Diese Kerle müssen sie ja nicht unbedingt sehen."

Die drei spazierten langsam los. Dass die vier jungen Männer ihre Laufrichtung plötzlich änderten, machte sie nervös.

„Wenn die Typen ihren jetzigen Kurs beibehalten", sagte Hauke, „dann kreuzen sich unsere Wege."

„Scheiße", fluchte Alexander.

Trixi schluckte. „Und jetzt?" Angst lag in ihrer Stimme.

„Einfach langsam weitergehen", kam es betont ruhig aus Haukes Mund. „Mit jedem Meter kommen wir dem Strand näher. Wir dürfen ihnen keinen Anlass geben, jetzt schon los zu spurten."

Bald betrug die Entfernung zu den vier Männern nur noch fünfzig Meter. Jetzt konnten die drei sie genauer erkennen. Die Männer waren noch sehr jung, so um die Zwanzig. Zwei von ihnen trugen Rucksäcke.

„Die sehen aber nicht wie Verbrecher aus", meinte Alexander leise.

Hauke nickte.

„Ich glaub, wir haben uns umsonst verrückt gemacht."

„Abwarten", flüsterte Trixi.

Dann blieb einer der Männer stehen, bückte sich und hob etwas vom sandigen Untergrund auf. Auch seine Begleiter stoppten.

„Was hat er da aufgehoben?", wollte Trixi wissen.

Hauke blickte kurz zu den Männern hinüber.

„Sieht aus, als hält er `ne große Muschel in der Hand."

Während die vier jungen Männer das Fundstück begutachteten, machten sie keine Anstalten, weiter zu gehen.

Alexander atmete erleichtert aus.

„Touristen, und wir hatten Angst vor ihnen."

Schließlich gingen die vier Männer weiter und als die Gruppe in etwa zehn Meter Entfernung an ihnen vorbeischritt, gaben sie ein freundliches „Moin" von sich.

Alexander grüßte zurück.

„Wir sollten nicht in jedem Menschen einen Verbrecher sehen", meinte Hauke.

Er legte seinen Arm um Trixi.

„Kommt, auf zu den Rädern. Wir fahren zurück."

„Wollten wir nicht nach Anhaltspunkten für Reinhards Geheimnis suchen?", fragte Alexander.

Hauke zuckte kurz mit den Schultern.

„Natürlich wollten wir das, aber sieh dich doch mal um. Das Billriff ist riesig. Wir werden einen ganzen Tag dafür brauchen, um es in aller Ruhe nach Hinweisen abzusuchen."

„Wenn wir wenigstens wüssten, wonach wir suchen sollen", meinte Trixi.

„Leider ist das Billriff der einzige Anhaltspunkt, den wir haben", stellte Hauke fest. „Was haltet ihr davon, wenn wir gleich morgen früh noch einmal hierhin fahren und diese Sandfläche systematisch begutachten? Wer weiß, vielleicht stoßen wir bei der Suche auf irgendetwas, worauf keiner von uns gefasst ist?"

Bevor sie sich auf den Rückweg machten, ließ Trixi ihren Blick noch einmal über das ausgedehnte Billriff schweifen.

„Wenn es da draußen etwas Außergewöhnliches gibt, dann hätte eigentlich die Polizei schon darauf stoßen müssen. Entweder haben sie den entscheidenden Hinweis übersehen, oder es gibt nichts mehr zu finden, weil jemand schneller war."

„Ich bin fest davon überzeugt", sagte Hauke, „dass dieses Geheimnis noch da ist und nur wenige Zentimeter unter dem Sand des Billriffs verborgen liegt."

Trixi nickte.

„Und Reinhard kannte die genaue Lage."

Bald saßen sie wieder auf ihren Fahrrädern. Der Rückweg kam ihnen viel schneller vor. Auch dieses Mal benutzten sie den Schleichweg. Sie bogen von der Billstraße in den kleinen Weg ein, der zwischen den Häusern mit den Hausnummern 16 und 17 hindurch verlief und direkt zur Inselschule führte. So umgingen sie auch dieses Mal die Hauptstraßen.

Als sie schließlich die Pension wieder durch die Hintertür betraten, kam ihnen Haukes Mutter entgegen.

„Gut, dass ihr wieder zurück seid", meinte sie. „Vorhin stand erneut ein Mann auf der Straße und blickte immer wieder zu unserem Haus. Der Mann ist zwar wieder verschwunden, aber langsam kommen diese Männer auch mir recht merkwürdig vor."

„Männer?", wunderte sich Hauke. „Ich dachte, es war nur ein Mann?"

Seine Mutter nickte.

„Ja, es war nur ein Mann, aber es war nicht derselbe, der heute Mittag nach eurer Ankunft dort gestanden hat."
Die drei jungen Leute blickten sich erschrocken an.
Diese Reaktion war Haukes Mutter nicht entgangen.
„Raus mit der Sprache, was sind das für Männer? Habt ihr etwas ausgefressen? Sind die Männer von der Polizei?"
„Nein, Mama", antwortete Hauke. „Wir haben nichts ausgefressen und diese Männer sind auch keine Polizisten."
„Und warum beobachten sie mein Haus?"
Hauke zuckte mit den Schultern.
„Ich weiß es nicht, Mama."
„Vielleicht sollte ich unseren Polizisten anrufen, damit er diese Männer einmal unter die Lupe nimmt. Ich fühle mich von ihnen belästigt."
„Die Idee ist gar nicht so schlecht, Mama. Falls einer der Männer wieder auftaucht, während ich zu Hause bin, dann sag mir sofort Bescheid. Ich werde persönlich rausgehen und mir den Mann vorknöpfen."
„Was willst du dem Mann denn sagen?"
„Ich wird´ ihn fragen, warum er unser Haus beobachtet."
„Bevor ich es vergesse." Frau Hein blickte die drei fragend an. „Geht ihr heute Abend wieder in ein Restaurant essen? Wenn nicht, dann möchte ich euch zum Essen einladen. Ich werde dann Backhähnchen in den Ofen schieben."
„Backhähnchen", kam es leise über Haukes Lippen. Man sah, wie er schluckte. „Backhähnchen", wiederholte er noch einmal laut. Er wandte sich an Alexander und Trixi. „Wisst ihr, Mama macht die besten Backhähnchen der Welt."
Alexander schob die Augenbrauen nach oben.

„Wenn das so ist, dann nehme ich die Einladung dankend an."

Auch Trixi gab Frau Hein zu verstehen, dass sie sich über diese Einladung freute.

„Na dann", sagte Haukes Mutter lächelnd, „werde ich mal in die Küche marschieren und alles vorbereiten." Sie wollte sich gerade umdrehen, hielt aber in der Bewegung inne. „Da fällt mir noch etwas Wichtiges ein. Vorhin ist mein neuer Feriengast angekommen. Der Mann kam mit dem Flugzeug. Er kennt dich, Hauke, denn als ich ihm sein Zimmer zeigte, fragte er nach dir."

Hauke runzelte die Stirn.

„Woher kennt er mich denn?"

Seine Mutter zuckte mit den Schultern.

„Das hab ich ihn nicht gefragt."

„Und er hat gesagt, dass er mich kennt?"

„Nicht direkt. Er fragte mich, ob er dich sprechen kann."

Haukes Blick wurde nachdenklich.

„Er wollte mich sprechen? Was genau hat er gesagt, Mama?"

„Er sagte wortwörtlich, `Ich hätte gerne mit Hauke gesprochen.´"

„Wie heißt denn dein neuer Feriengast?"

„Wagner, Günter Wagner. Er kommt aus Hamburg."

„Ich kann es nicht glauben", kam es überrascht aus Trixis Mund. „Er ist tatsächlich nach Juist gekommen. Was für ein impertinenter Mensch."

Haukes Mutter machte große Augen.

„Ihr kennt Herrn Wagner also?"

„Wir haben ihn auf Reinhards Beerdigung kennen gelernt."

„Dann habt ihr ihm also die Ferienwohnung bei mir empfohlen."

„Nein, Mama, Reinhard gab ihm deine Adresse."

„Befindet sich ihr neuer Feriengast im Haus?", wollte Alexander von Frau Hein wissen.

Die Angesprochene deutete nach oben.

„Ja, er ist in seinem Zimmer. Nachdem ich ihm sagte, dass mein Sohn momentan nicht zu Hause ist, gab er mir zu verstehen, dass er auf Hauke warten würde."

„Dann wollen wir Herrn Wagner nicht mehr allzu lange warten lassen", meinte Hauke. „Vorher gehen wir aber noch mal in den Schuppen. Hab doch tatsächlich vergessen, Alexander meine alte Angelausrüstung zu zeigen."

Nicht nur Trixi, sondern auch Alexander war sofort klar, dass der erneute Gang in den Schuppen nichts mit irgendeiner Angelausrüstung zu tun hatte.

Wenig später standen sie vor dem Schuppen.

„So", meinte Hauke, „hier können wir reden. Mama muss ja nicht alles mithören. Ich traue diesem Wagner nicht über den Weg. Es könnte ein neuer Schachzug von diesen Verbrechern sein. Sie wollen unser Vertrauen gewinnen, um mehr Informationen über Reinhards Entdeckung zu bekommen."

Trixi nickte.

„Bei diesem Mann hatte ich von Anfang an ein komisches Gefühl. Mit ihm stimmt etwas nicht, da bin ich mir ganz sicher."

Hauke verzog das Gesicht.

„Ich halte es für das Beste, wenn wir uns ihm gegenüber erst einmal so verhalten, als würden wir ihm Glauben schenken. Dann wiegt er sich in Sicherheit. Wir werden ihm aber nicht die geringsten Andeutungen über das machen, was wir bisher wissen."

Alexander blickte sehr skeptisch drein.

„Wir haben wohl keine andere Wahl, oder?"

„Dieser Wagner ist nun mal da und Mama würde mir etwas anderes erzählen, wenn ich ihn einfach aus dem Haus werfe." Hauke holte tief Luft. „Dann lasst uns mal in die Höhle des Löwen gehen."

*   *   *

„Das ist aber eine Überraschung, Chef."

Der Mann mit der beigefarbenen Kapuzenjacke drückte sein Handy etwas fester ans Ohr, um die störenden Windgeräusche abzuschirmen.

„Seit wann sind Sie denn auf Juist, Chef?"

„Ich bin soeben gelandet", sagte die männliche Stimme am anderen Ende der Verbindung. „Sind unsere Leute vom Festland mittlerweile auf der Insel?"

„Ja, Chef, sind alle hier. Wir beobachten das Haus, in dem die drei untergekommen sind. Es gab noch keine nennenswerten Aktivitäten. Die drei haben das Haus erst ein einziges Mal kurz verlassen. Zunächst steuerten sie ein Restaurant an. Dann aber bekamen sie offensichtlich Appetit auf Backfischbrötchen, wenigstens die beiden Männer. Während sie die Brötchen verspeisten, machten sie einen kurzen Strandausflug. Danach gingen sie zurück in das Haus und haben sich seitdem nicht mehr blicken lassen."

„Ich vermute, dass die drei erst morgen aktiv werden. Ihr werdet das Haus trotzdem sicherheitshalber rund um die Uhr observieren."

„Das hab ich bereits angewiesen, Chef."

„Sehr gut. Sobald irgendetwas passiert, möchte ich sofort informiert werden."

„Sie können sich auf uns verlassen, Chef."

Der Mann mit der beigefarbenen Jacke war sich nicht sicher, ob der Chef seine letzten Worte überhaupt noch gehört hat, denn dieser hatte das Gespräch abrupt beendet.

*   *   *

Sie standen vor Günter Wagners Zimmertür. Hauke nickte seinen beiden Begleitern kurz zu. Dann klopfte er zaghaft an.

Die Tür öffnete sich und als Frau Heins neuer Feriengast sah, wer da vor ihm stand, staunte er.

„Was machen Sie denn hier?", kam es verwundert aus seinem Mund. „Sind Sie mir gefolgt? Möchten Sie nun doch mit mir zusammenarbeiten?"

„Nein", sagte Hauke. „Wir sind Ihnen nicht gefolgt. Sie wollten Hauke sprechen?"

Wagner nickte.

„Ja. Ich sagte Ihnen doch schon nach der Beerdigung, dass ich nach Juist soll, um dort einen Hauke zu treffen."

„Ich bin Hauke."

Günter Wagner machte große Augen.

„Sie sind Hauke? Warum haben Sie das nicht gleich gesagt?"

„Reinhard war mein Freund und solange sein Mörder noch frei herumläuft, bin ich Fremden gegenüber etwas misstrauisch."

„Ich war zwar nur ein Arbeitskollege von Reinhard", gab Wagner zu verstehen, „aber wenn man den ganzen Tag mit jemandem zusammenarbeitet, dann entsteht mit der Zeit auch ein Vertrauensverhältnis."

Er trat zur Seite und wies mit der Hand in das Zimmer.

„Bitte, treten Sie ein."

Kaum hatte Hauke, der als letzter den Raum betrat, die Tür hinter sich geschlossen, nahm Wagner einen Briefumschlag vom Tisch. Er zog ein Schreiben aus dem Umschlag und reichte es Hauke.

„Bitte lesen Sie diesen Brief, Herr? Tut mir leid, Ihren vollen Namen kenne ich leider nicht."

„Mein Name ist Hauke Hein."

Hauke nahm den Brief zur Hand und las das Geschriebene laut vor.

Lieber Günter,

ich hoffe natürlich, dann mir nichts zustößt. Wenn doch, dann setzte dich bitte mit meiner Schwester in Verbindung. Ihre Adresse gab ich dir bereits. Gib Ihr dieses Schreiben.

Liebe Trixi,

da ich dich nicht in Gefahr bringen wollte, konnte ich dir nichts Näheres über meine Entdeckung sagen. Nun aber bist du am Zug. Fahre mit Günter nach Juist zu Hauke. Günter hat die Adresse. Ich möchte, dass du Günter an der Suche nach meiner Entdeckung unbedingt beteiligst. Ich vertraue ihm und gab ihm ebenfalls eine Kopie der Schatzkarte. Günter wird dir garantiert hilfreich sein. Zeige diesen Brief hier auch Hauke, denn auch er soll bei der Suche helfen. Wenn dich zwei Männer begleiten, dann ist mir wohler. Auf Juist habe ich Hinweise, die zu meiner Entdeckung führen, versteckt. Wenn du Hauke das bei-

liegende Foto gibst, dann wird er wissen, wo er mit der Suche beginnen soll. Du fragst dich bestimmt, worum es hier eigentlich geht. Es geht um einen alten Goldschatz, von dem ich mir allerdings nicht sicher bin, ob er noch vollständig vorhanden ist. Da gibt es aber noch etwas, ein kleines Kästchen mit einem geheimnisvollen Inhalt. Ich gab Hauke für das Museum eine Kiste mit alten Artefakten. In dieser Kiste findet ihr etwas, was ihr unbedingt brauchen werdet. Seid bitte vorsichtig.

In Liebe, dein Reinhard

Hauke blickte Wagner skeptisch an.

„Warum meint Reinhard, dass ausgerechnet Sie, Herr Wagner, bei der Suche hilfreich sein können?"

Sein gegenüber zuckte mit den Schultern.

„Keine Ahnung."

Hauke reichte Trixi den Brief.

Währenddessen griff Günter Wagner in den Umschlag und zog ein Foto heraus. Er überreichte es Hauke.

Alexander trat neben Hauke und begutachtete das Bild.

„Reinhard und ich", kam es aus Haukes Mund.

„Wo sitzt ihr denn da auf dem Foto?", wollte Alexander wissen.

„Wir sitzen auf einem Stein. Dieser Stein liegt am äußeren Ende des Dammes, direkt neben der Hafeneinfahrt."

„Dann hat Reinhard dort also den ersten Hinweis versteckt", meinte Günter Wagner.

Hauke blickte ihn skeptisch an. In diesem Moment ärgerte er sich darüber, dass er den Ort, an dem das Foto gemacht wurde, verraten hatte. Wenn dieser Wagner zu den Verbrechern gehörte, dann wusste er jetzt, wo er den Hinweis finden kann. Andererseits hatte er diesen Brief, in dem Reinhard schrieb, dass Günter Wagner an der Suche beteiligt werden sollte. Wenn Reinhard ausdrücklich die Mitarbeit von diesem Wagner wünschte, dann wird er schon einen Grund dafür gehabt haben.

Trixis Stimme holte ihn aus seinen Gedanken.

„Der Brief ist mit dem PC geschrieben. Wie kann ich wissen, ob er wirklich von Reinhard verfasst wurde?"

Sie blickte Wagner fragend an.

Die Antwort war ein Schulterzucken.

„Ich kann Ihnen nichts dazu sagen."

Nun wandte sich Wagner an Hauke:

„In dem Brief steht etwas von einer Kiste, die er Ihnen für das Museum überließ. Was war denn in dieser Kiste drin?"

Hauke zögerte einen Moment.

„Keine Ahnung", log er. „Die Kiste befindet sich noch ungeöffnet im Lager des Museums."

„Und wenn sie doch schon geöffnet wurde?"

„Wenn ich sage, dass die Kiste noch zu ist, dann ist das so. Ich arbeite im Museum und bin für den Fundus zuständig. Deshalb entscheide ich ob eine Kiste geöffnet wird oder nicht."

„Das konnte ich ja nicht wissen." Wagner rieb sich mit dem Finger über seine schmale Nase. „Ich bin gespannt, was sich in dieser Kiste befindet. Reinhards Geschichte hört sich sehr spannend an."

„So spannend, dass man ihn deswegen umbrachte", murmelte Hauke.

Er dachte an den Schlüssel, den er in der Kiste gefunden hatte, den Schlüssel mit dem goldenen Drachenkopf. Dieser Wagner musste ja nicht alles wissen.

„Wir werden jetzt erst einmal die Stelle aufsuchen, an der dieses Foto gemacht wurde", sagte Hauke. „Ich möchte wissen, was für ein Hinweis dort zu finden ist."

„Dann wird deine Mutter aber sauer sein", meinte Alexander.

„Warum?"

„Sie bereitet extra Backhähnchen zu und du willst verschwinden."

Hauke winkte ab.

„Erfahrungsgemäß dauert die Zubereitung von Mamas Backhähnchen mehr als eine Stunde. Bis dahin sind wir längst wieder zurück. Wir sind in spätestens zehn Minuten an der Hafenausfahrt. Es gibt dort kaum Versteckplätze, also werden wir nicht lange suchen müssen."

Wenig später schritten sie über den Weg, der oben auf dem Damm verlief und zur Hafeneinfahrt führte. Wagner begleitete sie. Links von ihnen befand sich eine große Lagerhalle. Auf dem Platz vor dieser Halle standen zahlreiche Paletten mit Getränkekästen. Ein Pferdegespann mit zwei Anhängern verließ gerade diesen Platz. Einer der Anhänger war mit Containern und einem Stapel Getränkekästen beladen. Die beiden kräftigen Kaltblüter, die das Gespann zogen, trotteten gemächlich vor sich hin.

„Kann man hier Getränke kaufen?", fragte Trixi neugierig.

Hauke schüttelte den Kopf.

„Hinter dieser Halle ist der Anleger für die Frachter, die sämtliche Waren zur Insel bringen. Von hier aus werden alle Güter, die man auf Juist so zum Leben braucht, verteilt." Er wies auf das Pferdegespann. „Das wird die Lieferung für irgendein Geschäft sein."

Trixi schaute das Fuhrwerk fasziniert an.

„Irgendwie beeindruckend. Während bei uns zu Hause die Lieferwagen unter Zeitdruck durch die Gegend rasen, um die Geschäfte zu beliefern, geht hier alles im gemütlichen Takt der Pferdehufe voran." Ihr Blick ging nun nach rechts zum Wattenmeer. Mittlerweile war Ebbe und das Wasser erkannte man nur in weiter Ferne. Das Watt, welches sich neben dem Damm erstreckte, wirkte wie eine trostlose Fläche aus grauem Schlick. In einigen Hundert Metern Entfernung erblickte Trixi eine Gruppe von etwa dreißig Menschen, die scheinbar dicht gedrängt auf dem Watt standen.

„Was machen die denn da?"

„Eine Wattwanderung", antwortete Hauke. „Der Wattführer erklärt den Leuten, was es mit dem Wattenmeer auf sich hat und zeigt ihnen die Tiere, die im Schlick leben."

„Ich seh´ keine Tiere."

Hauke lachte.

„Der Wattführer muss die Tiere auch erst mal ausgraben. Im Watt wimmelt es nur so von Muscheln und Wattwürmern."

„Interessant. Ich werde auch bei einer Wattwanderung mitmachen."

Schon von Weitem erkannten sie am Ende des Dammes den Stein, der auf dem Foto Hauke und Reinhard als Sitzplatz diente. Aus der Ferne sah der Gesteinsbrocken aus, wie ein großer, abgeflachter Kieselstein. Automatisch beschleunigten sie ihre Schritte und bald standen sie dort, wo der Weg endete. Direkt vor ihren Füßen lag der Stein, ein abgerundeter Felsbrocken mit einer merkwürdigen Form. Der Stein hatte einen Durchmesser von etwa siebzig Zentimeter und war so abgeflacht, dass man bequem darauf sitzen konnte.

Trixi blickte sich um.

„Wo soll denn hier ein Hinweis versteckt sein?"

Sie bekam zunächst keine Antwort.

„Vielleicht", meinte Alexander schließlich, „hat dein Bruder den Hinweis da unten versteckt." Er deutete auf dunkle Gesteinsbrocken, die zur Befestigung des Dammes hinunter bis zum Watt reichten. Auf den, in Beton gelegten Steinen erkannte man ganz deutlich, wie hoch das Wasser bei Flut stand. Zu ihren Füßen, am Ende des großen Dammes, begann ein weiterer Damm. Dieser, ebenfalls aus dunklen Gesteinsbrocken bestehende Damm war deutlich niedriger. Er reichte weit hinaus bis zum Ende der Hafeneinfahrt.

„Zwischen den Steinen gibt es zahlreiche Aushöhlungen und Einbuchtungen", stellte Alexander fest. „Dort könnte Reinhard seinen Hinweis versteckt haben."

„Wär' möglich", meinte Hauke. „Andere Versteckmöglichkeiten gibt es hier ja nicht."

Sie stiegen zu den Steinen hinab. Es wurde zu einer vorsichtigen Klettertour, denn auf der holprigen Schräge konnte man schnell abrutschen. Ein Fehltritt hätte ausgereicht, um schmerzhaft mit dem Fuß umzuknicken.

„Seht doch", sagte Trixi, die am unteren Rand der Schräge entlang ging. „Hier haben sich kleine Tümpel gebildet. Darin schwimmen winzige Krebse."

„Du sollst keine Krebse suchen, meine Süße", gab Hauke ihr zu verstehen. Er kletterte etwas oberhalb von ihr über die Schräge.

„In den Tümpeln kriechen auch kleine Schnecken herum", stellte Trixi fest.

„Du bist selbst `ne kleine Schnecke."

„Und hier sind überall Austern." Trixis Stimme klang begeistert. „Ich hab echte Austern entdeckt und das in der Nordsee."

„Andere sind nicht so begeistert darüber, wie du. Das sind Portugiesische Austern. Die leben eigentlich im Atlantischen Ozean vor Portugal und Westspanien. Sie wurde von Schiffen hier eingeschleppt. Die Austern vermehren sich in unseren Breiten mittlerweile so schnell, dass die Miesmuschelbestände der Nordsee gefährdet sind."

„Fressen die Austern die Miesmuscheln etwa auf?"

„Nein, aber sie wachsen viel schneller und blockieren den Untergrund, auf dem normalerweise die Miesmuscheln siedeln. Sie nehmen den Miesmuscheln sozusagen die Lebensgrundlage."

„Dort unten werdet ihr niemals etwas finden", sagte Alexander, der etwas oberhalb von den beiden über die Schräge aus dunklen Gesteinsbrocken schritt."

„Und warum nicht?", fragte Hauke.

„Weil dort unten bei Flut alles unter Wasser steht. Jeder Hinweis wäre schon längst weggespült worden."

Hauke kratzte sich am Kopf.

„Alex hat Recht", sagte er zu Trixi. „Wir klettern etwas höher und suchen dort weiter." Er blickte sich um. „Wo ist eigentlich Herr Wagner?"

„Er sucht auf der anderen Seite des Dammes", antwortete Alexander.

Fünf Minuten später war der komplette Bereich um den dunklen Stein, auf den das Foto hinwies, abgesucht.

213

Hauke zuckte mit den Schultern.

„Das war `s. Wenn es hier einen Hinweis gab, dann ist er jetzt verschwunden."

Während Alexander, Hauke und Trixi wieder neben dem großen Stein standen und ihre Augen über die nächste Umgebung schweifen ließen, um vielleicht doch noch etwas zu entdecken, kletterte Wagner immer noch suchend auf der Schräge herum.

„Wer weiß", meinte er und stieg nun auch wieder nach oben, „vielleicht ist irgend ein Fremder bereits auf diesen Hinweis gestoßen und hat ihn mitgenommen."

Oben, vor dem Stein angekommen, fiel Wagners Blick auf seine Füße.

„Mein Schuh ist auf", stellte er fest und bückte sich, um seinen Schuhriemen wieder zu zuknoten.

Kaum hatte er den Schnürsenkel zu einer Schleife zusammengezogen, fiel sein Blick unter den abgeflachten Stein.

„Hmm", murmelte er. „Eine Miesmuschel."

„Was haben Sie gesagt?", wollte Trixi wissen.

„Ich sagte, eine Miesmuschel. Ganz hinten unter dem Stein liegt eine große Miesmuschel."

Nun ging auch Hauke in die Hocke.

„Selbst bei einer Springflut steigt das Wasser nicht so hoch", meinte er. „Die Muschel wurde von jemandem dorthin gelegt. Die dunkle Färbung der Muschelschale ist 'ne gute Tarnung, schwer zu entdecken."

„Das könnte der Hinweis von Reinhard sein", sagte Wagner.

„Das Gleiche dachte ich auch", meinte Hauke und griff mit der Hand unter den Stein.

Er zog die Muschel unter dem Stein weg und als er sie in der Hand hielt, öffnete sich die Muschelschale fast von ganz alleine. Statt einer Muschel lag ein eng zusammengerolltes Blatt Papier darin. Die kleine Papierrolle hatte eine Länge von ungefähr drei Zentimeter.

„Wir sind am Ziel", kam es leise aus Haukes Mund.

Vorsichtig rollte er das Papier auseinander und betrachtete es stirnrunzelnd.

„Dort steht ein Gedicht geschrieben."

„Ein Gedicht?", wunderte sich Alexander. „Lies mal vor."

„In der Stube aus der alten Zeit,
dort liegt das, was ihr braucht, bereit,
mit einem Deckel zugedeckt,
ist `s nah am Beddkörv gut versteckt."

„Was bedeutet das?", wollte Wagner wissen.

Hauke zuckte verständnislos mit den Schultern.

„Keine Ahnung."

„Darf ich das Papier mal sehen?", fragte Trixi.

Hauke reichte ihr den Zettel.

„Das ist Reinhards Handschrift. Was bedeutet das? Und was ist ein Beddkörv?"

Hauke kratzte sich nachdenklich am Kinn.

„Das könnte ein Begriff aus der Plattdeutschen Sprache sein, die hier ganz früher mal gesprochen wurde. Ich werd Mama fragen. Sie kennt noch viele alte Begriffe."

„Also", meinte Alexander, „dann auf zum Backhähnchen."

Wagner blickte ihn verdutzt an.

„Es tut mir wirklich leid, Herr Wagner", sagte Hauke, dem der verwunderte Gesichtsausdruck nicht entgangen war, „aber unsere Wege werden sich jetzt trennen. Wir sind nämlich zum Essen eingeladen."

Günter Wagner wirkte für einen Moment unsicher und irgendwie traurig.

Hauke blickte ihm in die Augen.

„Ohne Sie hätten wir den Hinweis nicht gefunden. Schließlich haben Sie die Miesmuschelschale entdeckt. Wenn wir herausfinden, was sich hinter diesem Beddkörv verbirgt, dann werden wir Sie heute noch darüber informieren, versprochen."

Wagner nickte.

„Dann werde ich mir jetzt ein Restaurant suchen und ebenfalls etwas essen. Ganz ehrlich, mein Magen fühlt sich so leer an, wie schon lange nicht mehr. Das letzte, was ich heute gegessen habe, war mein Frühstücksbrötchen."

„Dann wird`s aber Zeit, dass Sie sich stärken", sagte Trixi.

Während sie über den Damm zurück gingen, ahnten sie nicht, dass sie aus der Ferne von mehreren Augenpaaren gleichzeitig beobachtet wurden. Von verschiedenen Standpunkten aus verfolgten einige Männer jeden ihrer Schritte.

Als die vier schließlich den Kurpark erreichten, trennten sich ihre Wege. Während Günter Wagner auf ein Restaurant zusteuerte, verschwanden die anderen drei in einer kleinen Seitenstraße.

Wenig später saßen sie am großen Küchentisch. Der würzige Duft, der aus dem Backofen strömte, ließ ihnen das Wasser im Mund zusammenlaufen.

Haukes Mutter deckte bereits den Tisch.

„Sag mal, Mama", sprach Hauke sie an. „Weißt du, was ein Beddkörv ist?"

„Ein Beddkörv? Was soll das denn sein?"

„Das hätt´ ich gerne von dir gewusst, Mama."

„Beddkörv, nie gehört. Wo hast du das Wort denn aufgegabelt?"

„Wir sind zufällig auf einen Vers gestoßen. In diesem Vers kommt das Wort Beddkörv vor."

„Beddkörv", murmelte Haukes Mutter. „Das könnte aus dem Plattdeutschen stammen. Wenn mich nicht alles täuscht, dann bezeichnete man früher einen Korb als Körv.

Wie lautet dieser Vers denn?"

„Moment, Mama." Hauke zog den kleinen Zettel aus seiner Hosentasche und rückte seine Brille zurecht.

„In der Stube aus der alten Zeit,
dort liegt das, was ihr braucht, bereit,
mit einem Deckel zugedeckt,
ist `s nah am Beddkörv gut versteckt."

„Ein merkwürdiges Gedicht", stellte Haukes Mutter fest.

„Kannst du damit was anfangen, Mama?"

„Nein."

„Schade, ich dachte, du könntest uns dabei helfen, dieses Rätsel um den Beddkörv zu lösen."

Frau Hein schob ihre Augenbrauen zusammen.

„Ist es denn so wichtig, zu wissen, was ein Beddkörv ist?"

„Ja, Mama, es interessiert mich."

„Auch wenn ich dieses Wort nicht kenne, Hauke, ich weiß, wo ihr die Bedeutung des Wortes herausfinden könntet."

„Und wo?"

„In dem Gedicht steht etwas von einer Stube aus der alten Zeit. Im Küstenmuseum hat man doch so eine alte Stube nachgebaut. Vielleicht findet ihr dort ja diesen Beddkörv."

„Das ist `ne gute Idee, Mama. Wir werden gleich morgen früh ins Museum gehen."

Nun war der Moment gekommen, in dem Haukes Mutter die Backhähnchen aus dem Ofen zog. „Ich habe zwei Hähnchen in die Röhre geschoben", sagte sie. „Damit auch alle satt werden."

„Man, sieht das gut aus", kam es aus Alexanders Mund, als ein halbes, dieser herrlich duftenden Hähnchen schließlich vor ihm auf dem Teller lag. Als er Frau Hein während des Essens zu verstehen gab, dass es auch für ihn das beste Backhähnchen sei, was er jemals gegessen hat, fühlte sie sich geschmeichelt.

Nach dem Essen zogen sich die drei in Haukes Zimmer zurück.

„Was meint ihr", sagte Trixi, „sollen wir Wagner morgen früh mit in das Museum nehmen?"

„Natürlich", antwortete Hauke. „Reinhard hatte doch geschrieben, dass wir ihn in die Suche nach diesem geheimnisvollen Ding, was immer es auch ist, mit einbeziehen sollen."

Trixi schaute ihn an. Skepsis lag in ihrem Blick.

„Ich habe dabei kein gutes Gefühl."

„Und warum nicht?"

„Irgendwie traue ich diesem Wagner nicht."

„Ohne ihm", meinte Alexander, „hätten wir den Hinweis in der Miesmuschelschale nicht entdeckt. Würde Wagner zu den Verbrechern gehören, dann hätte er uns nicht auf seine Entdeckung hingewiesen, sondern wäre später allein zu dem Stein zurückgekehrt, um den Hinweis zu holen. Was also macht dich so misstrauisch?"

Trixi zuckte mit den Schultern.

„Ich weiß es nicht, ich habe kein gutes Gefühl, wenn ich an diesen Wagner denke. Außerdem macht mich dieses rätselhafte Gedicht nachdenklich."

„Das Gedicht?", wunderte sich Hauke.

„Ja. Ich kann mich nicht dran erinnern, dass Reinhard jemals etwas gedichtet hat. Wenn er mir einen verschlüsselten Hinweis hinterlassen hätte, dann hätte er ihn in unserer Geheimschrift verfasst, aber ein Gedicht..."

„Willst du damit sagen, dass dieser Zettel nicht von Reinhard stammt?", fragte Alexander. „Du hast selbst gesagt, dass es seine Handschrift ist."

„Ja, schon, aber irgendwie kommt mir dieser Hinweis sehr merkwürdig vor."

Hauke blickte Trixi an und lehnte sich zurück.

„Da es aber bisher der einzige Anhaltspunkt ist, den wir haben, müssen wir ihm auch nachgehen. Wir werden morgen gemeinsam mit Wagner nach Loog fahren. Wer weiß, vielleicht entdeckt er ja wieder etwas?"

„Nach Loog?", fragte Trixi. „Warum willst du den nach Loog fahren?"

„Weil dort das Museum ist."

„Wir sollten Wagner gegenüber trotzdem vorsichtig sein", meinte Alexander. „Das, was wir bis jetzt herausgefunden haben, sollte auch weiterhin unser Geheimnis bleiben."

Hauke nickte.

„Allerdings befinden wir uns jetzt in einer Zwickmühle. Wenn wir morgen früh zum Museum radeln, dann besteht die Gefahr, dass uns diese unbekannten Männer wieder beobachten, vielleicht sogar heimlich verfolgen. Die einzige Möglichkeit, die Männer auszutricksen, ist der Weg durch die Hintertür über den schmalen Pfad. Wenn wir Wagner mitnehmen und diesen Weg benutzen, dann ist der Pfad kein Geheimnis mehr. Ich möchte aber nicht, dass Wagner von diesem Weg erfährt."

Alexander verzog das Gesicht.

„Wir könnten uns mit Wagner irgendwo treffen und dann zum Museum zu radeln."

„Gute Idee, Alex. Wir werden ihm sagen, dass wir vor dem Museumsbesuch noch etwas vorhaben und uns dann mit ihm treffen wollen. Ich weiß auch schon, wo. Er soll vor dem Ortseingang von Loog auf uns warten. Dort gibt es, kurz vor dem Spielplatz, auf der rechten Seite der Billstraße ein Unterstellhäuschen. Das ist ein Treffpunkt, den er leicht findet."

„Sind wir nicht an diesem Unterstellhäuschen vorbeigekommen, als wir zum Billriff gefahren sind?", fragte Trixi.

„Ja", bestätigte Hauke. „Das sind wir."

Trixi nickte.

„Das ist wirklich 'ne gute Idee. Während Wagner dort auf uns wartet, verlassen wir das Haus wieder auf dem Schleichweg."

In dem Moment vernahmen die drei Schritte im Flur. Dann hörten sie, wie eine Tür geöffnet wurde.

„Das wird Wagner sein", vermutete Hauke. „Ich werde ihm sagen, was wir morgen vorhaben." Er verließ den Raum und kehrte nach zwei Minuten wieder zurück.

„Das ging aber schnell", wurde er von Trixi empfangen.

„Wagner hat ein Prospekt mit Inselplan. Ich zeigte ihm, an welcher Stelle wir uns morgen treffen wollen. Er will um Punkt neun Uhr da sein."

„Neun Uhr?", wunderte sich Trixi. „Willst du denn nicht ausschlafen?"

Hauke lachte.

„Am liebsten hätte ich acht Uhr gesagt, denn ich kann 's kaum erwarten, Reinhards Geheimnis zu lüften."

Alexander nickte zustimmend.

„Neun Uhr ist in Ordnung. Da kann ich vorher noch in Ruhe frühstücken. Ich mache mich jetzt auf den Weg zu meiner Ferienwohnung. Morgen früh um halb Neun werd´ ich hier sein." Er verabschiedete sich und verließ das Haus.

Unterwegs drehte er sich zwischendurch immer wieder um. Das Gefühl, beobachtet zu werden, ließ ihn nicht los. Angesichts der vielen Leute, die noch unterwegs waren, konnte er aber keinen Verdächtigen ausmachen.

Für einen Augenblick waren seine Gedanken bei Hauke und Trixi. *Die beiden werden sich jetzt in den Armen liegen und werden es genießen, endlich alleine zu sein.*

Hätte Alexander jetzt sehen können, was sich in diesem Moment in Haukes Zimmer abspielte, dann hätte er gewusst, wie genau seine Gedankengänge zutrafen.

Kaum hatte Alexander Haukes Zimmer verlassen, da waren sich beide in die Arme gefallen. Es folgte ein inniger Kuss, der nicht mehr enden wollte. Als sie tief atmend voneinander abließen, blickte Trixi ihn verliebt an.

„Bringst du mich in mein Zimmer, Hauke?"

„Du willst schon gehen?"

Die Enttäuschung in seiner Stimme war nicht zu überhören.

Sein verdutzter Gesichtsausdruck ließ Trixi schmunzeln.

„Dummerchen. In meinem Zimmer ist das Bett größer. Du möchtest doch bei mir schlafen, oder?"

„Du bist selbst ein Dummerchen, sonst würdest du nicht so eine Frage stellen."

Er gab ihr einen Kuss.

Dann verließen sie den Raum und verschwanden in Trixis Zimmer.

*   *   *

Günter Wagner wunderte sich, als er morgens um halb Neun seine Zimmertür öffnete. Er wurde von Alexander mit einem freundlichen: „Guten Morgen", begrüßt.

Alexander stand im Flur vor Haukes Tür.

„Nanu?", sagte Wagner erstaunt. „Ich dachte, Sie wollten noch etwas erledigen."

„Das wollen wir auch. Radeln Sie ruhig schon einmal vor, Herr Wagner. Wir werden pünktlich dort sein."

Mit den Worten: „Ich werde auf Sie warten", stieg Wagner die Treppe hinab. Alexander hörte, wie er die Haustür hinter sich schloss.

Da Hauke auch nach dem zweiten Anklopfen seine Zimmertür nicht geöffnet hatte, begab Alexander sich vor Trixis Zimmer. Er klopfte zaghaft an.

„Herein", vernahm er Trixis Stimme.

Er trat ein. Hauke und Trixi saßen am Tisch und hatten ganz offensichtlich gerade ihr Frühstück beendet.

„Moin, ihr beiden."

Sie grüßten zurück.

Hauke wies mit der Hand auf den Tisch.

„Möchtest du noch einen Kaffee, Alex? Ein Brötchen ist auch noch da."

„Nein, danke. Hab bereits ausgiebig gefrühstückt."

Alexander begab sich ans Fenster. Von hier aus konnte er in den Garten blicken.

„Da unten ist Wagner. Er holt gerade ein Fahrrad aus dem Schuppen."

„Läuft alles nach Plan." Hauke nickte zufrieden. „Wir warten noch ein paar Minuten, dann gehen wir."

Wagner merkte nicht, dass er von Alexander beobachtet wurde. Vor dem Haus stieg er auf das Rad und fuhr los. Kaum hatte er die kleine Seitenstraße verlassen, stellte er fest, dass trotz der frühen Stunde schon außergewöhnlich viele Leute unterwegs waren. Er nahm den Mann, der ihn bereits beim Abbiegen aus der Seitenstraße ins Auge gefasst hatte, nicht wahr. Kaum hatte er den Mann passiert, zog dieser ein Handy aus der Tasche und führte ein kurzes Gespräch. Dabei ließ er Wagner nicht aus den Augen. Wenig später bog Günter Wagner in die Billstraße ein, die Straße, die geradewegs nach Loog führte. Der lange Damm, der auf seiner linken Seite parallel zur Straße verlief, endete vor dem einzigen Gebäude, welches sich auf dieser Straßenseite befand. Dort stand, oben auf dem Damm, eine Bank. Der Mann, der auf dieser Bank saß, hatte Wagner schon von Weitem kommen sehen. Jetzt blickte er, scheinbar teilnahmslos, hinüber zum Hafen. Kaum war Wagner an ihm vorbeigefahren, führte auch er ein kurzes Handygespräch.

Obwohl Wagner gemächlich fuhr, erreichte er sein Ziel sehr schnell. Vor dem kleinen Unterstellhäuschen, welches kurz vor dem Örtchen Loog zu seiner Rechten aufgetaucht war, hielt er an und stellte sein Fahrrad ab. Er blickte sich kurz um. Es war weit und breit niemand zu sehen. Wagner öffnete seine Jacke, denn trotz der frühen Stunde, ließ die Sonne die Luft schon auf angenehme Temperaturen steigen. Bereits nach einigen Minuten sah er die drei jungen Leute, mit denen er sich hier treffen wollte, auf ihren Fahrrädern heran rollen.

„Guten Morgen zusammen", begrüßte er die drei.

Während sie zurück grüßten, stieg Wagner auf sein Rad.

Hauke führte die Gruppe an. Er lenkte sein Fahrrad in den kleinen Weg, der direkt an einem Kinderspielplatz vorbei führte. Unmittelbar, nachdem sie die Juister Jugendherberge passiert hatten, tauchte rechts das Küstenmuseum auf.

Hauke war als erster vom Rad gestiegen und als Wagner, der als letzter in der Gruppe gefahren war, gerade von seinem Sattel stieg, stand Hauke bereits vor der Museumstür.

„Zu", hörte man ihn sagen. „Das Küstenmuseum ist noch geschlossen."

„Mist", fluchte Alexander. „Und was machen wir jetzt?"

„Warten", antwortete Hauke und deutete auf einen Aushang. „Das Museum öffnet um 9.30 Uhr."

„Dann haben wir noch eine halbe Stunde Zeit", stellte Trixi fest. „Ich hab aber keine Lust, hier so lange zu warten." Ihr Gesicht wirkte angespannt und spiegelte Ungeduld wider.

„Was haltet ihr davon", schlug Hauke vor, „wenn wir die Wartezeit mit einem Strandspaziergang verkürzen?" Er deutete zum Himmel. „Blauer Himmel, Sonnenschein. Bei dem Wetter gibt `s keinen schöneren Ort, als den Strand."

Trixis Gesichtsausdruck entspannte sich. „Der Vorschlag gefällt mir. Bisher hab ich vom Strand noch nicht viel gehabt. Es ist auf jeden Fall besser, als hier herumzustehen."

Auch Günter Wagner und Alexander nickten zustimmend.

„Dann folgt mir." Hauke schwang sich wieder auf sein Rad und seine Begleiter radelten ihm hinterher. Als er wenig später wieder stoppte und vom Rad stieg, deutete er auf einen schmalen Weg, an dessen Zugang eine große Aushangtafel stand. Dieser Weg stieg leicht an und führte nach oben in die Dünen. „Da geht `s zum Strand. Die Fahrräder lassen wir hier stehen."

Während sie den Weg hinaufstiegen, wies Hauke mit der Hand auf ein Gebäude, welches links angrenzte.

„Das hier ist der Inselkindergarten."

Der passenden Namen, den sich die Juister für den Kindergarten ausgesucht hatten, prangte in großer Schrift vorne auf dem Haus.

„Schwalbennest", las Trixi. „Was für ein schöner Name für einen Kindergarten."

Es dauerte nicht lange, und die vier standen oben zwischen den Dünen, die nun wieder den Blick auf den Strand freigaben.

„Einfach unglaublich", sagte Trixi und blickte hinab auf die weitläufige Strandfläche, die sich unter ihnen auftat. „Hier ist der Strand noch schöner, als da, wo wir gestern waren. Der Strand kommt mir auch irgendwie viel breiter vor. Das Meer ist so weit weg."

Hauke lächelte und legte den Arm um ihre Schulter.

„Ich hab in einer Infobroschüre über Juist gelesen, dass der Strand fünfhundert Meter breit ist. Na ja, wenn Ebbe ist, dann wird der Strand natürlich breiter."

Während sie hinabstiegen, blickten sie sich um.

Der Strand war fast menschenleer. Direkt am Ufer erkannten sie eine junge Frau, die mit ihrem Hund unterwegs war. Auf der linken Seite entfernte sich gerade eine Gruppe von ungefähr zehn jungen Männern, die in einheitlich grauen Trainingsanzügen gemächlich den Strand entlang joggten.

Unten angekommen, ließen sie sich am Rande der Dünen in den Sand nieder.

Trixi saß dicht neben Hauke und lehnte ihren Kopf an seine Schulter. „Hier könnte ich den ganzen Tag lang einfach nur sitzen und genießen. Hier gibt es genau das, was ich jetzt brauche, einen wunderschönen Ausblick, herrliche Ruhe und deine Nähe."

Hauke beugte sich zu ihr und küsste sie. „Ich liebe dich, Trixi." Er sprach sehr leise. Alexander und Wagner sollten seine Liebesbekundung nicht unbedingt hören.

Dann herrschte Schweigen. Jeder von ihnen schien nun seinen eigenen Gedanken nachzugehen.

Nach einiger Zeit war es Trixi, die das Schweigen brach. „Ist der Strand eigentlich immer so menschenleer?"

„Meistens", antwortete Hauke. „Im Hochsommer stehen am Strandabschnitt vor dem Hauptort natürlich wesentlich mehr Strandkörbe. Auch hier am Strand vor Loog werden dann einige Strandkörbe aufgestellt. Zu dieser Zeit ist es am Strand natürlich voller. Trotzdem kann man es auch im Sommer nicht mit anderen Badeorten, an denen die Strände restlos überfüllt sind, vergleichen. Wenn man bedenkt, dass sich das meiste auf ungefähr vier Kilometer Strandlänge abspielt, dann bleiben immer noch dreizehn Kilometer Strand übrig, an denen man selbst in der Hauptsaison noch ruhige Plätze findet."

„Ich habe zwar noch nicht viel von der Insel gesehen", meinte Trixi, „aber ich bin mir sicher, dass ich nicht zum letzten Mal hier bin. Der Trubel, der auf einigen anderen Inseln vorherrscht, bleibt hier auf Juist irgendwie außen vor. Nach allem, was passiert ist, hab ich hier zum ersten Mal das Gefühl, Entspannung und Ruhe zu finden." Sie schlang ihre Arme um Hauke. Ihre Mund ging zu seinem Ohr. „Das Wichtigste, was ich hier fand, bist du", flüsterte sie.

Hauke schloss für einen Moment die Augen und atmete dabei tief durch. Das zufriedene Lächeln wollte nicht mehr aus seinem Gesicht weichen.

„Bei so viel Liebe", sagte Wagner, „kann man ja richtig neidisch werden."

Alexander blickte ihn an. „Haben Sie keine Frau?"

Wagners Blick ging nach unten. „Ich hatte eine. Sie ist mir mehr oder weniger einfach weggelaufen."

„Mit einem anderen Mann?"

„Nein. Ich bekam von ihr immer wieder zu hören, dass ich zu wenig Zeit für sie habe. Sie meinte, ich würde zu viel arbeiten."

„Und? Hatte sie Recht?"

„Na ja, wie man `s nimmt."

Wagner schaute nach links den Strand entlang. Er erblickte die jungen Männer mit den grauen Trainingsanzügen. Diese waren mittlerweile in der Ferne schon zu kleinen Punkten geworden.

„Wohin die wohl laufen?", fragte er und deutete auf die Gruppe.

„Die joggen in Richtung Billriff", stellte Hauke fest. „Sie tragen einheitliche Trainingsanzüge. Es muss sich wohl um einen Sportverein handeln. So ein Lauf durch den Sand ist ganz schön anstrengend. Ich sag ja immer, Sport ist Mord."

Dann blickte er auf seine Uhr. „So, Leute, gleich halb Zehn, auf zum Museum."

Wenige Minuten später standen sie erneut vor dem Eingang des Küstenmuseums. Dieses Mal war es geöffnet.

„Wenn wir gleich den Eintritt bezahlen", sagte Hauke, „dann werd ich sagen, dass Trixi übermorgen hier auf der Insel ihren Geburtstag feiert."

„Aber das stimmt doch gar nicht", fuhr Trixi ihm ins Wort.

„Natürlich stimmt das nicht, aber wenn jemand während seines Aufenthaltes auf Juist Geburtstag hat, braucht er keinen Eintritt zu bezahlen."

„Und wenn sie meinen Ausweis sehen wollen?"

„Keine Angst, das haben sie noch nie getan."

Es kam so, wie Hauke es sagte und die nette Dame, die ihnen den Eintrittspreis abnahm, kassierte nur dreimal. Jeder von ihnen bekam ein Heftchen in die Hand gedrückt, einen kleinen Museumsführer.

Als sie den ersten Ausstellungsraum betraten, blieb Alexander staunend vor den geologischen Abbildungen der Küstenregion stehen.

„Beeindruckend", sagte er. „Es ist fast unglaublich, wie sich das Land und das Meer mit der Zeit verändert haben."

Hauke winkt ab.

„Ich kann das hier alles nicht mehr sehen. Es erinnert mich an die Heimatkunde in der Schule. Da musste ich die Inselgeschichte lernen."

Trotzdem blieb Alexander interessiert vor den Karten stehen.

„Ich dachte", meinte Trixi, „wir wollten uns eine alte Stube ansehen, die hier im Museum aufgebaut ist."

Alexander blickte sie mit großen Augen an.

„Warum hast du es denn so eilig? Wir haben doch Zeit, oder?"

„Ich möchte endlich wissen, was sich hinter diesem merkwürdigen Gedicht meines Bruders verbirgt."

Hauke schüttelte den Kopf. „Alex, du kannst dir diese Karten später noch in Ruhe angucken. Jetzt hat die alte Stube Vorrang. Folgt mir. Ich weiß, welcher Raum das ist." Er führte seine Begleiter in den nächsten Ausstellungsraum. Dort wies er auf den linken Durchgang.

„Dort hinein und dann sofort rechts."

Dann standen die vier in der alten Stube. Der Raum war liebevoll eingerichtet und alles erschien den Besuchern so, wie es in der Vergangenheit überall in den Stuben aussah.

Ein dickes, quer durch das Zimmer gespanntes Seil, grenzte den Bereich ab, der von den Besuchern nicht betreten werden durfte. Hinter diesem Seil, auf der linken Seite, stach sofort ein großer Kamin ins Auge, dessen Wand mit blau gemusterten Fliesen verzierten war. Genau in der Mitte, über dem offenen Kamin, war die größte Fliese, deren Motiv ein ebenfalls in blau gehaltenes Pferd darstellte. Überall im Raum erblickte man alte Gegenstände, Gebrauchsgegenstände, wie sie früher üblich waren. In der Mitte der Stube, ebenfalls hinter der Absperrung, stand ein Tisch mit Stühlen. Der Tisch war mit einem Teeservice eingedeckt worden. Am Tisch saß ein Paar, bestehend aus zwei Schaufensterpuppen, welche die traditionelle Kleidung der damaligen Zeit trugen. Die beiden Puppen hauchten der Stube Leben ein. In der Rückwand, direkt hinter der weiblichen Puppe, befand sich eine große, viereckige Öffnung. Eine darin liegende, rotweiß karierte Decke, die über ein korbähnliches Holzgebilde lag, verriet, dass sich in dieser Öffnung die Schlafstelle befand. Der Raum wirkte, wie eine überdimensionale, liebevoll eingerichtete Puppenstube.

„Das ist sehr urig", kommentierte Alexander den Eindruck, den der Raum auf ihn hinterließ.

Trixi blickte sich suchend um.

„Jetzt müssen wir nach etwas Ausschau halten, was, dem Gedicht nach, mit einem Deckel zugedeckt ist."

„Da fallen mir spontan zwei Dinge ins Auge", meinte Hauke. „Es ist der Teekessel, der auf dem Tisch steht und der dunkle Wasserkessel, der vor dem Kamin hängt."

„Diese Kessel stehen aber alle im abgesperrten Bereich", stellte Trixi fest.

„Na und?" Hauke blickte sich kurz um. „Was kann mich davon abhalten, einfach über dieses Seil zu steigen?"

„Und wenn jemand kommt?"

Für einen Moment presste Hauke die Lippen zusammen. Dann runzelte er die Stirn.

„Du stellst dich neben die Tür, Trixi und passt auf, ob jemand kommt. Ich werde über die Absperrung steigen und mir die beiden Kessel vornehmen. Mit dem Kessel am Kamin fang ich an." Hauke sprach sehr leise.

Trixi begab sich zur Tür und blickte um die Ecke.

„Es ist nichts zu hören und nichts zu sehen, Hauke. Beeil' dich."

„Ich hab sowieso das Gefühl", meinte Wagner, „dass wir um diese frühe Uhrzeit noch die einzigen Besucher des Museums sind."

Hauke wackelte abschätzend mit dem Kopf. „Mag sein, aber im Museum gibt `s bestimmt Mitarbeiter, die regelmäßig einen Kontrollgang machen." Er trat an die dicke Kordel heran. „Dann werd ich mich mal zum ersten Kessel begeben. Wenn jemand kommt, Trixi, dann räuspere dich laut. Das ist unauffälliger, als wenn du rufst, es kommt jemand."

In dem Moment, als Hauke sein Bein hob, um über das dicke Seil zu steigen, fasste Alexander ihn an die Schulter. „Warte", sagte er. „In den Kesseln ist nichts."

„Woher willst du das wissen?"

Alexander deutete auf die in der hinteren Wand eingelassene Schlafstelle. „Weil ich soeben die Lösung gefunden habe. Lies doch mal, was auf dem Schild unterhalb der Schlafstelle steht."

Nun fielen alle Blicke auf das weiße Schild, welches an der Wand unterhalb der Öffnung angebracht war.

„Ich werd verrückt", meinte Hauke. „Das ist es."

Trixi hatte ihren Wachposten an der Tür verlassen. Von der Neugier getrieben drängelte sie sich zwischen ihren drei männlichen Begleitern und starrte auf das Schild. Dann las sie die Erklärung, die auf der weißen Tafel zu sehen war, laut vor. „Beddkörv. Ein Beddkörv diente zum Aufwärmen des Deckbettes. In einem Tongefäß, geschützt durch einen Metallteller und Deckel sorgte ein durchgebranntes Torf- oder Kohlestück für die erforderliche Wärme."

„Meine Mama hatte Recht", stellte Hauke fest. „Sie sagte gleich, dass Körv, Korb bedeutet."

Er deutete auf ein braunes Gefäß, welches direkt neben dem Bettkorb lag. Dieses schüsselartige Gefäß wurde von einem leicht zerbeulten Metalldeckel verschlossen.

„Wir sind am Ziel", kam es voller Ehrfurcht aus seinem Mund.

Vorsichtig stieg er über die Absperrung.

„Pass auf", meinte Trixi, „dass du nichts umhaust."

In diesem Moment waren alle so aufgeregt, dass sie sogar vergaßen, dass jemand kommen könnte.

Behutsam schritt Hauke an die weibliche Schaufenster-puppe vorbei und begab sich zu der offenen Schlafstelle. Dann griff er besonnen nach dem braunen Metalldeckel und hob ihn vorsichtig hoch. Sofort stach ihm das aufgerollte Papier ins Auge, welches von einem Gummi zusammengehalten wurde. Er nahm die kleine Papierrolle aus dem tönernen Gefäß. Als er das Papier in seiner Hand anblickte, verspürte er große Aufregung. Er schluckte. Dann legte er den Deckel wieder zurück auf das flache Gefäß.

Genauso behutsam, wie er gekommen war, trat er wieder zurück. Als er vorsichtig über das Seil der Absperrung stieg, hielt er sich an Alexanders Arm fest.

„Was hast du gefunden?", fragte Trixi neugierig.

Hauke zeigte das zusammengerollte Papier. Seine Augen glänzten. „Dann wollen wir doch mal sehen, was wir da haben", murmelte er und entfernte den Gummiring von der Papierrolle. Aufregung lag in seiner Stimme. Er zog das Papier mit leicht zitternden Fingern auseinander.

„Schon wieder ein Gedicht", stellte er fest.

„Lies vor", forderte Trixi ihn auf.

„Der zweite Hinweis ist versteckt,
in Loog, im ganz bestimmten Eck,
welches vielen ist bekannt,
und nach dem Vogel ist benannt,
mit schwarzer Brust und weißem Bauch,
und eine Haube hat er auch,
musst zur Toilette Du mal gehen,
wirst Du ihn im Vorbeigeh´n sehen,
den Dreimaster mit sehr viel Zier,
und vorn am Bug, der stolze Stier,
vom nächsten Hinweis das Versteck,

befindet sich aber im Heck."

Hauke ließ die Hand mit dem Papier langsam nach unten sinken. Er blickte in fragende Gesichter.

„Das soll jemand verstehen", kommentierte Alexander die merkwürdigen Verse.

„Ich hab auf jeden Fall verstanden", meinte Wagner, „dass der zweite Hinweis hier im Örtchen Loog versteckt ist."

„Das würde bedeuten", sagte Alexander, „dass dieser Zettel der erste Hinweis ist."

„Es hört sich so an", meinte Hauke und las das Gedicht noch einmal.

„Irgendetwas haben wir übersehen", sagte er schließlich. „Dieses Gedicht ist nichts anderes, als eine verworrene Erklärung über den Ort des zweiten Hinweises. Wo ist also der erste?"

„Vielleicht hast du irgendetwas in dieser Schüssel übersehen, Hauke?", mutmaßte Trixi.

Haukes Blick ging zur Schlafstelle.

„Das wär' natürlich möglich."

Ohne zu zögern, stieg er wieder über die Absperrung. Erneut nahm er vorsichtig den verbeulten Deckel hoch. Er schüttelte den Kopf.

„Da ist nichts mehr drin", stellte er leise fest.

Seine Augen suchten die Schlafstelle ab. Nach einem weiteren Kopfschütteln gesellte er sich wieder zu seinen Begleitern.

„Darf ich mir diese Zeilen auch mal durchlesen?", fragte Wagner und deutete auf das Papier in Haukes Hand.

Hauke reichte ihm den Zettel.

Wagner nahm das Papier an sich und las das abstruse Gedicht. Es folgte ein Stirnrunzeln und ein hilfloses Schulterzucken.

„Da soll jemand durchsteigen", kommentierte er das Gelesene sarkastisch.

In dem Moment, in dem er das Papier an Alexander weiterreichen wollte, rollte dieses sich wieder etwas zusammen, so, dass ein Teil der Papierrückseite zu sehen war.

„Da steht noch was drauf", meinte Wagner und deutete auf die Rückseite des Zettels.

Als er sich das Papier nun näher betrachtete, runzelte er erneut die Stirn.

„Das ist irgendeine Zahlenkombination", stellte er fest. „Genau so verwirrend, wie dieses Gedicht."

Nun griff Hauke nach dem Papier. Er wirkte sehr konzentriert, als er sich die Zahlen studierte.

„Der erste Hinweis", kam es erregt aus seinem Mund. „Das ist der erste Hinweis. Reinhard hat uns eine genaue Positionsangabe hinterlassen."

Nun nahm Trixi den Zettel

„53°40′11,73 N. Was bedeutet das?"

„Das ist der Ort, an dem wir das finden werden, wonach wir suchen", erklärte Hauke. „Es ist eine Gradangabe nördlicher Breite. Jetzt fehlt nur noch die zweite Angabe mit der östlichen Gradzahl. Die finden wir garantiert beim zweiten Hinweis. Wir werden uns ein Navigationsgerät besorgen müssen, um den genauen Ort zu finden."

„Mit anderen Worten", meinte Wagner. „Wenn wir den zweiten Hinweis finden, haben wir es geschafft."

„Genau so ist es."

„Das ist verdammt aufregend." Alexander wirkte nervös. „Jetzt müssen wir nur noch dieses Gedicht entschlüsseln."

„Wenn das mal so einfach wäre", meinte Hauke. „Der Hinweis ist im Heck eines Dreimasters versteckt, ein

Dreimaster, auf dessen Vorderdeck offensichtlich ein Stier steht."

Trixi nickte. „Und das ganze finden wir an einem Ort, der nach einem schwarzweißen Vogel benannt wurde. Das könnte ja alles seinen Sinn haben, aber dass man es im Vorbeigehen sieht, wenn man zur Toilette muss, das versteh ich nicht."

Hauke kratzte sich nachdenklich am Kopf.

„Wer weiß, vielleicht sind wir diesem zweiten Hinweis schon näher, als wir glauben?"

„Wie meinst du das?", wollte Alexander wissen.

Hauke blätterte den kleinen Museumsführer auf, den er von der Dame an der Museumskasse bekommen hatte.

„Was suchst du denn da?", wollte Trixi wissen.

„Hier ist ein Plan von den Räumlichkeiten drin." Er tippte mit dem Finger auf das Heftchen. „Da haben wir ja die Toiletten. Mit etwas Glück finden wir in der Museums-toilette das, was wir suchen." Hauke drehte sich um und ging zur Tür. „Folgt mir."

Wortlos marschierten die anderen drei hinter ihm her.

Sie durchschritten ein zweites Mal die Räume mit den geologischen Karten, die Alexander so fasziniert hatten und landeten wieder im Vorraum, nahe dem Museumseingang. Dann führte Hauke sie durch einen Raum, in dem die Bademode aus alter Zeit ausgestellt war. Der nächste Raum, den sie durchschritten, war der Seenot und dem Rettungswesen gewidmet. In diesem Raum befand sich auch der Eingang zur Toilette.

Sie blickten sich suchend um.

„Ich sehe hier keinen Dreimaster mit einem Stier", stellte Wagner fest.

Hauke verschwand in der Toilette.

Währenddessen vergewisserten sich die anderen noch einmal, ob sie nichts übersehen hatten.

Schließlich trat Hauke kopfschüttelnd aus der Toilettentür.

„Keine Spur von einem Dreimaster." Auch er warf noch einmal einen suchenden Blick auf die ausgestellten Exponate.

Dann verließen sie resigniert den Raum.

„Es war ein Versuch wert", meinte Hauke. „Trotzdem sollten wir uns noch eine weitere Abteilung vornehmen. Wir sind vorhin an einem Raum mit Schiffsmodellen vorbeigelaufen. Vielleicht ist ja unser gesuchter Dreimaster dabei?"

Alexander nickte.

„Diese Modellschiffe hab ich auch gesehen. Sie stehen in dem Raum direkt neben der alten Stube."

„Die Dame an der Kasse wird uns für verrückt halten, wenn sie sieht, dass wir immer hin und her laufen", sagte Trixi.

Hauke lächelte.

„Wenn man `s genau nimmt, Trixi, dann ist das, was wir hier tun, wirklich etwas verrückt."

Der besagte Raum war dem Thema Schifffahrt gewidmet. Neben anderen, für die Schifffahrt typischen Requisiten, waren zahlreiche Schiffsmodelle ausgestellt. Diese Modelle standen alle in Glasvitrinen.

Die vier begutachteten nicht nur die Modellschiffe, sondern auch die Schiffszeichnungen an den Wänden. Sie wollten nichts übersehen.

„Ich weiß nicht, wie ihr es seht", meinte Alexander nach einer Weile, „aber ich hab langsam das Gefühl, dass wir am falschen Ort suchen. Hier ist weit und breit kein Dreimaster mit einem Stier im Bug zu finden."

Hauke nickte.

„So seh´ ich das auch, Alex." Er machte ein ernstes Gesicht. „Doch wo um alles in der Welt sollen wir jetzt suchen?"

„Der zweite Hinweis wurde auf jeden Fall in Loog deponiert", stellte Wagner fest. „Ich kenn mich hier nicht aus. Wo könnte man hier einen Dreimaster in Toilettennähe verstecken?"

„Gute Frage." Hauke nahm seine Brille von der Nase und hielt sie nach oben gegen die Deckenbeleuchtung, so, als suche er eine Verunreinigung auf den Gläsern. Dann setzte er sie wieder auf. „Da wir hier offensichtlich nicht am richtigen Ort sind, schlage ich vor, dass wir uns jetzt mal gründlich in Loog umsehen. Herr Wagner hat Recht. Das Gedicht sagt uns eindeutig, dass der Hinweis in Loog versteckt ist." Er blickte seine nachdenklich dreinschauenden Begleiter fragend an. „Oder hat jemand eine andere Idee?"

„Wenn wir hier Wurzeln schlagen", meinte Trixi, „dann finden wir den zweiten Hinweis nie. Also, worauf warten wir?"

Sie verließen das Museum. Draußen fielen ihnen sofort zwei Männer auf, deren Blicke auf den Museumseingang gerichtet waren. Kaum hatten die beiden Männer sie wahrgenommen, schienen sie sich nur noch für einen großen, rostigen Anker zu interessieren, der auf der Wiese vor dem Museum ausgestellt war.

„Die zwei Typen sind mir nicht ganz geheuer." Hauke sprach leise. „Wir sollten ab jetzt drauf achten, ob wir verfolgt werden."

Sie begaben sich wortlos zu ihren Fahrrädern.

Dieses Mal stiegen sie nicht auf, sondern schoben ihre Drahtesel neben sich her.

„Wo sollen wir zuerst suchen?", fragte Trixi, nachdem sie einigen Abstand zwischen sich und das Museum gebracht hatten.

Hauke blickte sie an. Für einen Moment wirkte er unentschlossen. „Gute Frage, Trixi. Wir unternehmen jetzt einen Spaziergang durch Loog, lassen keine Straße und keinen Weg aus. Wenn wir die Augen aufhalten, müssen wir zwangsläufig den zweiten Hinweis finden. Reinhard wird ihn so versteckt haben, dass wir mit Sicherheit drauf stoßen werden. Schließlich wollte er ja, dass wir ihn finden. Es gibt also zwei Dinge, auf die wir jetzt achten müssen. Erstens müssen wir nach einem schwarzweißen Vogel suchen oder nach etwas, das auf einen solchen Vogel hinweist und zweites müssen wir darauf achten, ob wir verfolgt werden."

Hauke schlug den Weg ein, den sie bereits benutzt hatten, als sie zum Strand gegangen waren. „Zunächst überprüfen wir die Straßen, die einmal um das ganze Örtchen herumführen."

Nun blickte Trixi zum ersten Mal auf das Schild mit dem Straßennamen.

„Hammersee-Straße", murmelte sie.

Während sie langsam durch den kleinen Ort schlenderten, glitten ihre Augen suchend über das Umfeld. Ihre Blicke sondierten jedes Haus, jeden Garten, jeden Busch und jede Hecke.

Die Straße führte sie wieder am Kindergarten vorbei. War es, als sie das erste Mal hier vorbeigingen, noch sehr ruhig, so tobten jetzt zahlreiche Kinder auf dem Gelände herum. Ihr grelles Gekreische hallte laut durch den Ort.

„Da", sagte Wagner plötzlich und deutete aufgeregt auf das Dach des Kindergartens. „Da oben sitzt ein schwarzweißer Vogel."

In dem Moment, als alle ihre Augen auf den Vogel richteten, flog dieser davon.

„Das war ein Austernfischer", stellte Hauke fest. „Ich glaub´ aber nicht, dass er dort oben saß, um uns auf das nächste Versteck hinzuweisen. Es gibt hier keinen Dreimaster mit einem Stier im Bug. Außerdem würde uns Reinhard keinen Hinweis hinterlassen, der einfach davonfliegen kann. Lasst uns weitergehen."

Nach ein paar Metern bemerkte Hauke, dass Trixi zurück geblieben war. Sie stand immer noch vor dem Kindergarten und starrte das Gebäude an.

„Was ist los?", wollte er von ihr wissen.

„Vielleicht hat der Kindergarten doch etwas mit dem nächsten Hinweis zu tun", sagte sie.

„Wie kommst du denn darauf?"

Trixi lächelte.

„Du kannst doch lesen, oder?"

In diesem Moment wussten alle, was Trixi meinte.

„Schwalbennest", las Alexander den Namen des Kindergartens vor.

„Genau", meinte Trixi. „Und wenn mich nicht alles täuscht, dann gibt es schwarzweiße Schwalben."

Hauke legte eine Hand auf ihre Schulter.

„Trixi, du bist genial."

„Um den nächsten Hinweis zu finden, müssen wir in das Gebäude gehen", meinte Alexander. „In dem Gedicht heißt es, dass man beim Gang zur Toilette an dem Dreimaster vorbeikommt."

Hauke schüttelte den Kopf.

239

„Ich glaub´ nicht, dass wir einfach in den Kindergarten marschieren können, um die Toiletten zu suchen."

„Wir zusammen vielleicht nicht", sagte Trixi, „aber wenn ich allein hineingehe und eine Notdurft vortäusche, lassen sie mich bestimmt rein."

Alexander nickte.

„Das könnte funktionieren. Wenn sie dich zu den Toiletten lassen, Trixi, dann suche auch die Wände nach Bildern ab. Ich vermute, dass dieser Dreimaster, nach dem wir suchen, auf irgendeinem Gemälde zu sehen ist. Das ist zwar nur so ein Gefühl, aber seit mal ganz ehrlich, hat von euch schon jemand ein Schiffsmodell gesehen, in dessen Bug ein Stier stand?"

Niemand äußerte sich zu dieser Aussage.

Mit den Worten: „Dann werde ich es mal versuchen", betrat Trixi das Kindergartengelände.

Die spielenden Kinder, an denen sie vorbeischritt, schienen sich für die Fremde nicht zu interessieren. Dann aber trat eine junge Frau auf sie zu. Trixi grüßte freundlich und erklärte, dass sie sehr nötig zur Toilette muss und es nicht eine Minute mehr aushalten kann. Dabei trat sie unruhig von einem Bein auf das andere. Die nette Kindergärtnerin wies daraufhin sofort zur Tür und erklärte Trixi mit wenigen Worten, wo die Toiletten zu finden waren.

Ihre drei Begleiter beobachteten, wie sie im Gebäude des Kindergartens verschwand.

Es schien eine Ewigkeit zu dauern, bis Trixi wieder auftauchte. Bevor sie zu den Wartenden zurück ging, bedankte sie sich noch einmal bei der jungen Kindergärtnerin.

„Und?", kam es erwartungsvoll aus Haukes Mund, als sie wieder bei ihnen war. „Hast du was entdeckt?"

Trixi schüttelte den Kopf.

„Nein, das gibt es nichts, was uns weiterhelfen könnte."

„Hast du auch richtig nachgeschaut?", hakte Hauke nach.

„Ja. Da gibt es keinen Dreimaster, nicht mal ein Dampfschiff."

„Mit anderen Worten", meinte Wagner. „Wir müssen weitersuchen. Lassen Sie uns die Runde durch Loog fortsetzen."

Ohne zu zögern schritten sie weiter. Ihre Fahrräder schoben sie neben sich her.

„Da sind diese Männer wieder", stellte Trixi plötzlich fest, nachdem sie sich kurz um gewandt hatte.

Die zwei Männer, die sich vorhin vor dem Museum aufgehalten hatten, standen jetzt in einigem Abstand hinter ihnen an einer Straßenecke.

„Meint ihr, dass sie uns beobachten?" Trixis Stimme klang unsicher.

„Eigentlich kann niemand wissen, dass wir hier sind", meinte Hauke. „Wir haben heute Morgen wieder unseren Geheimweg benutzt. Außerdem hab ich mich unterwegs immer davon überzeugt, dass uns niemand folgt."

„Was für ein Geheimweg?", fragte Wagner neugierig.

„Seien Sie mir bitte nicht böse, Herr Wagner", gab Hauke ihm zu verstehen, „aber wenn ich es Ihnen verraten würde, wär` es ja kein Geheimweg mehr."

„Wir sollten gemütlich in die nächste Straße einbiegen", schlug Alexander vor. „Dort bleiben wir dann nach wenigen Metern stehen. Wenn sie uns wirklich folgen, dann werden sie bald dort auftauchen."

„Und was machen wir dann?", wollte Trixi wissen.

„Wir stellen sie zur Rede."

„Genauso werden wir vorgehen." In Haukes Stimme lag Entschlossenheit.

Die nächste Straßeneinmündung war nicht mehr weit.

„Wir werden jetzt rechts in die Störtebekerstraße ein-biegen", wies Hauke seine Begleiter an. „Wenn wir hinter dem ersten Haus außerhalb ihrer Sichtweite sind, warten wir."

Wenig später standen sie vor dem ersten Haus auf der Störtebekerstraße und richteten ihre Blicke erwartungsvoll auf die Straßenecke.

Die beiden Männer erschienen schneller, als erwartet. Sie mussten sich sehr beeilt haben. Als die zwei ihre Köpfe vorsichtig um die Ecke schoben und die vier jungen Leute nur wenige Meter von sich entfernt sahen, zuckten sie unwillkürlich zurück.

Dieses auffällige Verhalten war den vieren natürlich nicht entgangen.

Hauke löste sich aus der Gruppe und schritt keck auf die beiden Männer zu.

„Warum beobachten Sie uns?", wollte er von den beiden verdutzten Männern wissen.

Trixi bewunderte Haukes selbstbewusstes Auftreten.

Nun traten auch Alexander und Günter Wagner an die Männer heran. Trixi hielt sich etwas zurück.

„Wie kommen Sie darauf", stotterte einer der Männer, „dass wir Sie beobachten?"

Hauke blickte dem Mann fest in die Augen.

„Sie beobachten uns also nicht?"

„Nein, warum sollten wir Sie beobachten?"

„Wenn das so ist", meinte Hauke, „dann verraten Sie uns doch bitte, wo Sie jetzt gerade hin wollen."

„Warum möchten Sie das wissen?"

„Einfach nur so. Wenn Sie nichts zu verbergen haben und uns tatsächlich nicht verfolgen, dann können Sie uns doch sagen, wohin Sie jetzt unterwegs sind."

Der Mann blickte seinen Begleiter unsicher an.

„Wir sind auf dem Weg zu unserem Hotel", redete sich der Mann heraus.

„In welchem Hotel sind Sie denn untergekommen?"

Nervöse Blicke; der Mann konnte seine Unsicherheit nicht mehr verbergen. Obwohl er dem schmächtigen Kerl, der ihn da dreist ausfragte, körperlich haushoch überlegen war, flößte ihn dessen selbstbewusstes Auftreten Respekt ein.

„Ich glaube nicht, dass Sie das etwas angeht", antwortete er.

„Wohnen Sie hier in Loog?", stellte Hauke die nächste Frage.

„Nein, wir wohnen in der Nähe des Hafens", sagte der Mann und wandte sich an seinen Begleiter. „Komm, wir gehen. Das wird mir langsam zu blöd."

Die zwei Männer setzten ihren Weg nun auch tatsächlich in die Richtung des Hafens fort.

„Wir bleiben hier in Loog", rief Hauke ihnen hinterher. „Sollten wir Sie in den nächsten Minuten hier noch einmal sehen, dann beobachten Sie uns doch. In diesem Fall werden wir die Polizei verständigen, denn dann liegt ein eindeutiger Fall von Nötigung vor und das ist strafbar."

Obwohl die Männer seine Worte deutlich vernommen hatten, drehten sie sich nicht mehr um. Mit strammen Schritten marschierten sie davon.

Alexander klopfte Hauke auf die Schulter.

„Respekt", sagte er. „Das war ein toller Auftritt."

„Sagen Sie, Herr Hein", meinte Wagner, „woher kennen Sie sich so gut mit dem Gesetz aus? Ich wusste gar nicht, dass es Nötigung ist, wenn man jemanden beobachtet."

Hauke zuckte mit den Schultern.

„Ich weiß es auch nicht, aber es hört sich doch gut an, oder?"

Wagner lachte.

„Und es hat gewirkt."

Die beiden Männer hatten schon fast die Stelle erreicht, an der die Straße in einem Bogen nach rechts führte. Nun erkannten die vier, dass einer der Männer mit dem Handy telefonierte.

„Ich würde nur zu gerne wissen", murmelte Wagner, „wem der anruft."

„Darüber sollten wir uns jetzt nicht den Kopf zerbrechen", meinte Hauke. „Lasst uns unsere Suche fortsetzen."

Sie gingen weiter und nach wenigen Metern deutete Trixi auf einen Weg, der rechts vor ihnen zwischen den Häusern hindurch führte.

„Da sind wir doch vorhin entlanggefahren, oder?"

„Ja", bestätigte Hauke. „Der Weg führt zur Jugendherberge und zum Küstenmuseum."

Als sie neben diesem Weg waren und hineinblickten, erkannten sie einen Mann, der mit einem Handy am Ohr zügig in ihre Richtung schritt. Kaum hatte der Mann die vier entdeckt, blieb er stehen. Er wandte sich abrupt um und bewegte sich in die Richtung des Museums.

„Auffälliger geht es nicht", kommentierte Alexander das plakative Verhalten des Mannes. „Dieser Kerl trägt eine beige Kapuzenjacke. Es könnte der Mann sein, der unser Haus beobachtet hat."

244

„Kaum haben wir zwei Männer in die Flucht geschlagen",
sagte Trixi, „da taucht schon der nächste auf. Wer weiß,
wie viele von denen noch hier rumlaufen und uns
beobachten?"

Hauke atmete tief durch.

„Sollten wir das, was wir suchen, wirklich entdecken, dann
wird es diesen Kerlen nicht entgehen. Ich frag mich, woher
sie wissen, dass wir in Loog sind."

Dabei blickte er Günter Wagner durchdringend an.

„Sie glauben doch wohl nicht, dass ich etwas mit diesen
Männern zu tun habe?", kam es mit einem empörten
Unterton aus Wagners Mund.

„Sie wussten als einziger, was wir heute vor hatten."

„Vielleicht sind die Männer mir gefolgt, ohne dass ich
etwas davon bemerkt habe", rechtfertigte Wagner sich.
„Ich kenne schließlich keinen Geheimweg."

„Und das soll ich Ihnen glauben?"

„Lass ihn, Hauke", meinte Trixi. „Es besteht wirklich die
Möglichkeit, dass die Männer uns gestern zusammen
beobachtet haben. Sie könnten ihm tatsächlich gefolgt
sein. Wie Herr Wagner bereits sagte, er kennt keinen
Geheimweg."

Hauke verzog das Gesicht.

„Ich schlage eine Planänderung vor. Wir brechen die
Suche nach dem zweiten Hinweis erst mal ab. Wenn man
wirklich unsere Schritte beobachtet, und alles deutet darauf hin, dann wird es diesen Kerlen nicht entgehen, wenn
wir den zweiten Hinweis finden. Genau das darf nicht
passieren." Hauke rieb sich nachdenklich am Kinn. „Ich
hab auch schon eine Idee. Zunächst werden zurück ins
Dorf Juist fahren. Ein Freund von mir, ich bin mit ihm
früher oft gesegelt, besitzt ein tragbares Navigationsgerät.

Das werd´ mir bei ihm ausleihen, denn wenn wir den zweiten Hinweis gefunden haben, brauchen wir so ein Gerät, um den Ort, an dem Reinhards Geheimnis versteckt ist, zu finden. Zunächst aber besuchen wir das Nationalparkhaus. Dort werden wir uns nach den Namen von allen Vögeln, die eine schwarze Brust und einen weißen Bauch haben, erkundigen. Das wird unsere Suche bestimmt erleichtern."

„Und was machen wir", fragte Trixi, „wenn diese Kerle uns weiterhin beobachten?"

Hauke grinste.

„Genau das sollen sie tun."

„Was hast du vor, Hauke?"

„Ich sag ´s euch, wenn es soweit ist."

Trixi zog verwundert ihre Augenbrauen nach oben.

„Und warum sagst du es jetzt noch nicht?"

Hauke blickte Wagner abschätzend an.

„Weil ich einen guten Grund dafür habe, es jetzt noch nicht zu erzählen."

Wagner schüttelte den Kopf.

„Wie kann man nur so misstrauisch sein. Reinhard wird seinen Grund dafür gehabt haben, dass er ausgerechnet mich bei dieser Suche dabei haben wollte. Wenn ich wirklich gegen Sie arbeiten würde, dann hätte ich die Entdeckung der Miesmuschel, in der unser erster Hinweis verborgen war, für mich behalten. Ohne meine Entdeckung hätten Sie nicht die geringste Spur vom nächsten Hinweis gefunden."

„Er hat Recht", sagte Trixi. „Wir sollten ihm vertrauen, Hauke."

„Also gut", gab Hauke nach. „Ich sag euch, was ich vorhabe. Vor dem Besuch im Nationalparkhaus werde ich

246

das Navi besorgen. Wenn wir uns über die in Frage kommenden Vögel informiert haben, fahren wir zu unserem Haus. Dort bleiben wir für einige Zeit. Da ich davon ausgehe, dass man uns beobachtet, werden wir uns ab und zu am Fenster blicken lassen. Ich hoffe, dass die Typen ihre Leute aus Loog zurückziehen, um im Städtchen Juist ihre Beobachtungsposten einzunehmen. Wir bleiben etwa eine Stunde. Dann verlassen wir das Haus auf dem Schleichweg. Während die Kerle unser Haus beobachten, können wir uns ungestört in Loog umsehen."

„Die Idee ist gut", sagte Wagner. „Könnte funktionieren."

„So, Leute", meinte Hauke, „schwingt euch auf eure Sättel. Wir radeln jetzt zum Nationalparkhaus."

Schnell hatten sie das Örtchen Loog hinter sich gebracht.

„Merkwürdig", sagte Hauke nach einiger Zeit. „Eigentlich hätten wir die beiden Männer, die angeblich ins Dorf Juist zu ihrem Hotel wollten, überholen müssen. Sie sind aber nirgendwo zu sehen."

Wagner blickte sich suchend um.

„Ich vermute, dass sie sich irgendwo versteckt haben und uns genau in diesem Moment beobachten."

„Genau das sollen sie auch tun", äußerte sich Alexander. „Schließlich wollen wir diese Bande von Loog weglocken."

Trixi wandte sich kurz nach hinten um.

„Dreht euch jetzt nicht um. Ich glaube, unser Plan funktioniert. Hinter uns radeln drei Männer. Einer davon ist der, mit der beigefarbenen Kapuzenjacke."

„Sind die beiden Kerle von gerade auch dabei?", wollte Wagner wissen.

„Nein."

„Dann haben wir es mit wenigstens fünf Leuten zu tun."

247

„Und wer weiß, wie viel es noch sind?", meinte Hauke. „Wisst ihr, wo das Nationalparkhaus ist?"

„Ich weiß es", gab Alexander zu verstehen.

„Gut", sagte Hauke. „Ihr werdet jetzt direkt dorthin fahren und auf mich warten. Ich bieg vorher ab und fahre zu meinem Bekannten, um das Navi zu holen. Danach komm ich zu euch."

Wenig später trennten sie sich. Während Hauke sein Fahrrad in eine kleine Seitenstraße auf der linken Seite lenkte, fuhren die anderen in die Richtung des Kurparks, an dem auch das Nationalparkhaus lag.

Auch die drei Männer, die in einigem Abstand hinter ihnen her radelten, nahmen nun verschiedene Wege. Zwei von ihnen fuhren hinter der Dreiergruppe her, während der andere Hauke folgte.

Dieses Verhalten war Trixi, die sich wieder zu den Verfolgern umgewandt hatte, nicht entgangen.

„Einer verfolgt Hauke", erklärte sie ihren Begleitern.

Wagner nickte.

„Das war vorauszusehen."

Das Nationalparkhaus war schnell erreicht. Sie stellten ihre Räder vor dem Gebäude ab und betraten es. Direkt links hinter dem Eingang befand sich ein Büroraum, dessen Tür weit offen stand. Ein junger Mann, der im Büro saß, begrüßte sie mit einem freundlichen „Moin."

„Ich werde den Mann nach den Vögeln fragen", sagte Trixi. „Dann brauchen wir nicht so lange zu suchen."

Während Wagner und Alexander sich interessiert umschauten, begab sich Trixi in das Büro.

„Die haben hier sogar ein echtes Walskelett aufgebaut", stellte Wagner fest.

248

„Das hab ich mir bereits vor ein paar Tagen angesehen", meinte Alexander.

„Sie waren schon mal hier?"

„Ja."

Als Trixi zurück kam, blickte Alexander sie erwartungsvoll an.

„Und? Was hat der Mann gesagt? Welche Vögel kommen in Frage?"

Trixi deutete auf einige Bücher, die auf einer Theke im Eingangsbereich lagen.

„Er meinte, dass es sehr viele Vögel mit einem schwarzweißen Gefieder gibt. Wir sollen die Bücher mal durchblättern, denn darin sind fast alle Vögel abgebildet."

„Hast du ihm auch zu verstehen gegeben, dass wir nach einem Vogel mit einer Haube auf dem Kopf suchen?"

„Ja."

„Und was sagte er dazu?"

„Er lachte und meinte, dass ein Kakadu eine Haube hat. Dann aber gab er mir zu verstehen, dass er noch ein paar Minuten beschäftigt sei, mir dann aber die heimischen Vögel, die eine Haube auf dem Kopf tragen, aufschreiben werde. Ich soll, bevor wir das Haus wieder verlassen, deswegen noch einmal zu ihm kommen."

„Wenigstens etwas", murmelte Wagner.

Dann nahmen sie die Vogelbücher zur Hand und blätterten sie durch.

„Ich wusste gar nicht", stellte Trixi bereits nach kurzer Zeit fest, „dass es so viele schwarzweiß gefiederte Vögel gibt. Wie sollen wir denn da den richtigen herausfinden?"

„Dreht euch jetzt nicht um", meinte Alexander plötzlich ganz leise. „Einer der Männer, die uns gefolgt sind, ist gerade an uns vorbeigelaufen. Er steht jetzt vor einem

Ständer mit Stofftieren und tut so, als ob er sich dafür interessiert. Der andere wartet draußen."

Trixi legte das Buch wieder zurück.

„Seht doch", sagte sie und deutete auf einen Stand, auf dem alles zu finden war, was man auch am Strand vorfindet. „So eine Muschel habe ich gestern auch gesehen."

Sie begab sich zu dem Stand und ihre beiden Begleiter folgten ihr.

„Wir werden jetzt eine Runde durch den Ausstellungsraum drehen", flüsterte sie, als Wagner und Alexander neben ihr standen. „Der Kerl darf nicht merken, wonach wir suchen."

„Jetzt wissen wir aber immer noch nicht, welcher Vogel gemeint ist", stellte Alexander leise fest.

„Das macht nichts. Ich bin davon überzeugt, dass der Mann im Büro uns die Lösung liefert. Bevor wir gehen, hole ich mir die Namen der Vögel bei ihm ab."

„Unser Verfolger wird das sehen. Er wird in das Büro gehen und fragen, was du dort wolltest."

„Das wär´ natürlich möglich", meinte Trixi, während sie durch den Raum schritten und dabei scheinbar interessiert die Ausstellungsgegenstände betrachteten.

„Wir müssen dafür sorgen", sagte Alexander, „dass der Mann im Büro diesem Kerl viel zu erzählen hat."

Wagner blickte ihn entgeistert an.

„Wie meinen Sie das?"

„Ganz einfach. Wir gehen gleich gemeinsam in das Büro und nachdem er uns den Zettel mit den Vogelnamen übergeben hat, werde ich den Mann mit vielen Fragen bombardieren. Ich werde ihn fragen, wie alt dieses Walskelett ist. Dann erkundige ich mich danach, ob die Einsiedlerkrebse, die hier in den Aquarien herumkrabbeln, auch wirklich in der Nordsee gefangen wurden. Ich werde ihn fragen, ob die Möglichkeit besteht, mit einem Schiff zu den Seehundbänken hinaus zu fahren. Vielleicht fällt mir noch mehr ein. Abschließend stell ich ihm auf jeden Fall noch ein paar persönliche Fragen, wie man an einen so tollen Job kommt, wie er, und so weiter. Wer weiß, vielleicht vergisst er ja bei so vielen Fragen sogar, dass wir uns nach den Vögeln erkundigt haben?"

Während sie an den Aquarien am Ende des Raumes vorbeischritten, bemerkten sie, dass der Mann, der vorhin noch vor einem Ständer mit Kuscheltieren stand, ihnen langsam folgte.

Nach dem Rundgang durch das Nationalparkhaus begaben die drei sich in das Büro.

Mit den Worten: "Ich hoffe, das hilft Ihnen weiter", übergab der junge Mann Trixi sofort einen Zettel.

„Vielen Dank", meinte Trixi und schob den Zettel in ihre Hosentasche. „Das werd ich mir nachher mal in Ruhe ansehen."

Nun trat Alexander vor und stellte dem jungen Mann eine Frage nach der anderen. Scheinbar war der Mitarbeiter des Nationalparkhauses Fragen von Besuchern gewohnt, denn er stand bereitwillig Rede und Antwort.

Schließlich bedankte sich Alexander für die Auskünfte und die drei verabschiedeten sich.

Kaum hatten sie das Gebäude verlassen, stieß Hauke wieder zu ihnen.

„Habt ihr euch alles in Ruhe angesehen?", fragte er sie.

Alexander nickte.

„Ja, ist 'ne sehr interessante Ausstellung."

Sie redeten absichtlich laut, damit der Mann, der neben seinem Fahrrad vor dem Nationalparkhaus stand, auch jedes Wort mitbekam.

„Lasst uns nach Hause fahren", meinte Hauke. „Ich freu mich schon auf unsere Skatrunde."

Als die vier schließlich zur Wohnung fuhren, verfolgte sie niemand mehr. Stattdessen führte der Mann vor dem Nationalparkhaus ein Handygespräch.

Kurz bevor sie in die kleine Seitenstraße, in der ihr Haus lag, einbogen, entdeckten sie in einiger Entfernung den Mann mit der beigefarbenen Kapuzenjacke. Auch er telefonierte.

„Läuft alles nach Plan", stellte Hauke fest, als sie wenig später sein Zimmer betraten. „Wir haben sie von Loog weggelockt."

Trixi griff in ihre Hosentasche und zog den Zettel heraus, den ihr der Mann im Nationalparkhaus übergeben hatte.

„Dann werde ich euch mal vorlesen, welche Vögel in Frage kommen. Hier steht: Folgende Vögel tragen einen Schopf, Wiedehopf, Haubenlerche, Haubentaucher, Kiebitz und Brandseeschwalbe, die allerdings nur einen kleinen Schopf aufweist. Nur die beiden zuletzt genannten Vögel tragen ein schwarzweißes Federkleid."

„Also kommen nur der Kiebitz oder die Brandseeschwalbe in Betracht", stellte Alexander fest.

Hauke fasste sich plötzlich mit beiden Händen an den Kopf und verzog das Gesicht. „Man, bin ich blöd."

Die anderen drei blickten ihn überrascht an.

„Du weißt, was gemeint ist?", fragte Alexander.

„Ja. Warum bin ich Trottel nicht gleich drauf gekommen? In dem Gedicht stand, dass der Hinweis in Loog in einem Eck versteckt ist, welches nach einem Vogel benannt wurde. Es ist der Kiebitz. Es gibt dort eine Gaststätte namens Kiebitzeck."

„Jetzt ergeben diese Verse auch einen Sinn", sagte Trixi. „Wir müssen die Toilette dieser Gaststätte besuchen. Dort werden wir den Hinweis finden."

„Ich vermute", meinte Hauke, dass im Vorraum der Toilette ein Bild an der Wand hängt, welches den gesuchten Dreimaster darstellt."

Trixi blickte ihn auffordernd an.

„Willst du jetzt, wo wir den Ort des Versteckes kennen, wirklich noch so lange hier warten, Hauke? Die Kerle können uns nicht sehen, wenn wir den Schleichweg benutzen. Wir sollten sofort aufbrechen."

„Du hast Recht, Trixi. Wir fahren sofort los."

„Ich muss aber vorher noch mal kurz in mein Zimmer", gab Wagner zu verstehen. „Hab heute Morgen doch glatt vergessen, meine Tabletten gegen den Bluthochdruck zu nehmen. Das muss ich jetzt unbedingt nachholen."

„Dann beeilen Sie sich, Herr Wagner" sagte Hauke. „Wir treffen uns unten im Garten vor dem Schuppen."

Wagner verschwand.

Als die anderen drei schließlich vor dem Schuppen standen und auf Wagner warteten, meinte Hauke:

„Ich bin mir immer noch nicht sicher, ob wir diesem Wagner vertrauen können."

Nachdem sie die Fahrräder herausgeholt hatten, verschwand Hauke noch einmal im Schuppen und kramte in einer großen Kiste mit diversen Werkzeugen herum.

„Aha", hörte man ihn schließlich sagen. „Da sind sie ja."

Er verließ den Schuppen und hielt zwei merkwürdig anmutende Werkzeuge hoch.

„Das sind Klappspaten", erklärte er. „Sie sind klein, handlich und wie ihr seht, kann man sie im zusammengeklappten Zustand sogar auf den Gepäckträger des Rades klemmen. Die Spaten werden wir brauchen, wenn wir den Schatz ausgraben."

„Vorausgesetzt, dass wir ihn finden", meinte Alexander.

Es dauerte noch eine ganze Weile, bis Wagner endlich erschien.

„Haben Sie ihre Tabletten nicht gefunden?", wollte Hauke wissen. „Das dauerte ja ˋne Ewigkeit."

Wagner wirkte für einen Moment unsicher.

„Ich musste noch mal zur Toilette."

Auf diese Erklärung ging niemand ein. Sie nahmen die Fahrräder und schoben sie über den schmalen Pfad, der direkt hinter dem Schuppen begann. Hauke führte die Gruppe wieder an.

„Wo führt dieser Weg denn hin?", wollte Wagner wissen.

„Lassen Sie sich einfach überraschen", antwortete Hauke.

Er dachte über Wagner nach. Dieser Mann war ihm nach wie vor nicht ganz geheuer. Warum mussten sie gerade so lange auf ihn warten? Wer weiß, vielleicht hatte er noch schnell telefoniert, um seine Kumpanen darüber zu informieren, dass sie jetzt zum Kiebitzeck fahren?

Ich werd´ ihn nicht aus den Augen lassen.

Als sie das Ende des Weges, welcher in die Billstraße mündete, erreicht hatten, blickten sie sich vorsichtig um. Dort waren einige Leute unterwegs, doch von den Männern, die sie beobachtet hatten, fehlte jede Spur.

„Sieht gut aus", meinte Hauke. „Lasst uns etwas schneller fahren. Vielleicht taucht sonst doch noch jemand auf, der uns nicht sehen darf."

„Es ist schon Mittagszeit", stellte Alexander fest und fasste sich an den Bauch. „Ich hab Kohldampf. Mein Magen knurrt. Wenn ich großen Hunger hab, dann fühl ich mich nicht wohl. Was haltet ihr davon, wenn wir im Kiebitzeck essen gehen? Dann könnten wir uns auch viel unauffälliger dort umsehen."

„Die Idee ist großartig", meinte Hauke. „Das Kiebitzeck hat 'ne gute Küche."

Wagner und Trixi stimmten diesem Vorschlag ebenfalls zu, auch wenn Trixi ihnen zu verstehen gab, dass sie vor lauter Aufregung eigentlich keinen großen Hunger verspürte.

Als die vier schließlich das Örtchen Loog erreichten, blickten sie sich noch einmal um. Erleichtert stellten sie fest, dass sie definitiv nicht verfolgt wurden.

Kurze Zeit später betraten sie das Kiebitzeck. Die junge Frau, die hinter der Theke stand, begrüßte sie mit einem freundlichen: „Moin". Die vier grüßten zurück und schritten rechts an der Theke vorbei in einen kleinen Gastraum.

Außer einem älteren Paar, welches direkt am ersten Tisch saß, waren sie die einzigen Gäste.

Sie nahmen am letzten Tisch neben dem Fenster Platz.

„Hier sitzen wir gut", meinte Hauke und deutete auf die Tür direkt neben der Sitzgruppe. „Dort geht es zu den Toiletten."

Trixi wirkte unruhig. „Ich geh jetzt zur Toilette. Hab keine Lust, noch länger zu warten."

Sie wollte sich gerade erheben, als Hauke sie zurück hielt.

„Du wirst keinen Hinweis finden, Trixi, denn ich kann mir nicht vorstellen, dass Reinhard auf der Damentoilette war."

Trixi atmete tief durch.

„Das glaub` ich auch nicht."
Sie blickte ihre männlichen Begleiter auffordernd an.
„Dann sollte einer von euch jetzt gehen."
„Immer langsam", meinte Alexander und machte seine Begleiter auf die junge Frau aufmerksam, die nun ihren Platz hinter der Theke verlassen hatte und zum Tisch kam.
Sie überreichte jedem ihrer Gäste eine Art Zeitschrift.
„Moin", sagte sie noch einmal. „Darf ich Ihnen etwas zu trinken bringen?"
Alexander und Hauke bestellten sich Bier, während Wagner und Trixi sich mit Wasser begnügten.
Bevor die Frau wieder ging, blickte sie Wagner an.
„Sie waren doch gestern Abend auch schon hier, oder?"
Wagner schüttelte den Kopf.
„Nein, da müssen Sie mich verwechseln. Bis vorhin wusste ich noch gar nicht, dass es diese Gaststätte hier gibt."
„Dann war es jemand, der Ihnen sehr ähnlich sah", meinte die freundliche Frau und verschwand wieder hinter die Theke.
Trixi nahm die dünne Zeitschrift auf.
„Kiebitz-Post", las sie den Titel vor.
„Darin findet man immer interessante Sachen über die Insel", erklärte Hauke, „und gleichzeitig ist es die Speisekarte."
Trixi machte große Augen. „Das ist `ne tolle Idee." Sie blätterte die Kiebitz-Post durch. Die Unruhe, die sie gerade noch ausstrahlte, schien mit einem Mal verschwunden zu sein. Sie wirkte wieder ausgeglichen.

„Ich werde jetzt zu den Toiletten gehen", sagte Alexander und erhob sich. „Wenn ich gleich zurückkomme, wissen wir mehr."

Als er durch die Tür, die zu den Toiletten führte verschwunden war, blätterten die drei Zurückgebliebenen die Speisekarte durch. Ihre Aufmerksamkeit galt allerdings nicht der Speisekarte, sondern der Tür, durch die Alexander gerade die Gaststube verlassen hatte.

Die Zeit, die Alexander weg blieb, kam ihnen vor, wie eine Ewigkeit.

Dann kehrte er endlich zurück.

Er setzte sich an den Tisch und zuckte mit den Schultern.

„Nichts zu finden, kein Schiff, kein Hinweis, nichts."

„Scheiße", fluchte Hauke leise.

Sein Blick ging zum Fenster. Plötzlich erfassten seine Augen einen Gegenstand, der direkt neben ihnen auf der Fensterbank stand. Der Anblick zauberte ihm ein breites Lächeln ins Gesicht. Er wandte sich an seine Begleiter.

„Wir sind am Ziel", gab er ihnen zu verstehen. Euphorie schwang in seiner Stimme. „Wir haben es geschafft."

Hauke blickte einen nach dem anderen an.

„Wo kommt man vorbei, wenn man zur Toilette muss?"

„Das wirst du uns hoffentlich bald sagen", meinte Alexander und blickte ihn auffordernd an.

„Dann werd ich euch mal aufklären." Haukes Grinsen wurde noch breiter. „Jeder, der zur Toilette muss, kommt genau an dem Tisch vorbei, an dem wir sitzen. Wir haben uns stur auf die dusselige Toilettentür konzentriert. Man sollte sich eben genauer umsehen."

Er wies mit seiner Hand zur direkt am Tisch angrenzenden Fensterbank.

Dort stand ein hölzernes Schiffsmodell, ein rustikal anmutender Dreimaster, dessen Rumpf mit Wappenschilde verziert war. Auch auf den verwittert wirkenden Segeln erkannte man die verblassten Abbildungen von Wappen.
„Der gesuchte Dreimaster", kam es leise aus Trixis Mund.
„Habt ihr die Galionsfigur vorn am Schiff gesehen?"
„Ja", sagte Hauke, fast andächtig. „Es ist der Kopf eines Stieres."
Trixi starrte ergriffen auf das Schiff.

„Ein Dreimaster mit sehr viel Zier, und vorn am Bug der stolze Stier, vom nächsten Hinweis das Versteck, befindet sich aber in Heck", zitierte sie, fast feierlich, die letzen vier Zeilen des Gedichtes.

Für einen Moment saßen sie sprachlos da und starrten auf das hölzerne Segelschiff.

Alexander wies auf ein kleines Schild, welches vor dem Schiffsmodell stand.

„Das Berühren der Figuren mit den Pfoten ist verboten", las er die Aufschrift des Schildes vor.

Dann fiel sein Blick auf das Heck des Dreimasters. Unter dem hinteren Schiffsdeck, aus dem der letzte Mast herausragte, erkannte er einen Hohlraum.

„Der Hinweis muss hinten unter dem Deck versteckt sein", vermutete er und gab sich Mühe, etwas zu erkennen.

„Nichts zu sehen, muss ganz hinten drinstecken. Ich werd mal versuchen, den Hohlraum mit dem Finger abzutasten."

„Warte", kam es warnend aus Haukes Mund, der Alexander gegenüber saß und einen freien Blick auf die Theke der Gaststätte hatte. „Die Frau hinter der Theke kann uns genau sehen. Wir müssen den richtigen Moment abwarten. Jetzt vergesst dieses Schiff für einen Augenblick und sucht euch etwas zu essen aus. Wenn die Bedienung gleich kommt, wird sie vielleicht misstrauisch, wenn wir uns die Speisekarte noch nicht angesehen haben."

„So seh´ ich das auch", meinte Alexander. „Wir haben lange nach dem letzten Hinweis gesucht. Jetzt, wo wir unser Ziel erreicht haben, kommt es auf ein paar Minuten nicht mehr an."

Die drei Männer hatten sich schnell für ein Gericht entschieden. Trixi erklärte, dass sie viel zu aufgeregt sei, um zu essen.

„Ich würde jetzt nicht mal ein Blatt Salat herunter bekommen", gab sie zu verstehen.

Als die nette Frau hinter der Theke zu ihnen hinüber-blickte, signalisierte Hauke ihr durch ein Handzeichen, dass sie gewählt hatten. Die Bestellung war schnell auf-genommen und während sie auf das Essen warteten, blickten sie immer wieder neugierig auf das hölzerne Schiffsmodell.

„Da hinten auf der Fensterbank." Hauke deutete zu dem Tisch, an dem das ältere Paar saß. „Da steht noch so ein Modellschiff. Vielleicht sitzen wir ja neben dem falschen Schiff."

„Bestimmt nicht", sagte Trixi. „An diesem Dreimaster hier muss jeder vorbeigehen, der zu den Toiletten will und außerdem befindet sich vorne am Bug der Stierkopf. Wir sitzen genau neben dem richtigen Schiff."

Alexander wandte sich nach hinten und warf einen neu-gierigen Blick auf das andere Schiffsmodel. Dabei stellte er fest, dass der Platz hinter der Theke verwaist war. Die junge Frau hatte den Raum verlassen. Er drehte sich wieder um. Seine Hand ging zu dem hölzernen Dreimaster. Ohne zu zögern schob er die Finger vorsichtig in den Hohlraum des Schiffes und tastete ihn behutsam ab. Dann zog er seine Hand wieder zurück.

„Hast du etwas entdeckt?" Aufregung und Neugier schwangen in Trixis Stimme.

„Ja, da liegt ein zusammengefaltetes Papier drin. Ich konnte es ganz deutlich fühlen, bekam es aber nicht zu fassen. Es ist schwer zu erreichen, wenigstens mit den Fingern."

„Und wie sollen wir das Papier herausbekommen?", wollte Trixi wissen.

Alexander zuckte mit den Schultern.

„Wir müssen uns etwas einfallen lassen. Wenn wir eine Pinzette hätten, wäre das Problem gelöst."

In diesem Moment erschien die Bedienung mit dem Essen.

„Guten Appetit", wünschte sie, nachdem sie die Teller auf den Tisch gestellte hatte.

Kaum war die Frau wieder verschwunden, griff Alexander nach der Gabel. „Damit könnte es auch gehen." Sein Blick war abschätzend auf das Esswerkzeug in seiner Hand gerichtet.

Trixi sah ihn skeptisch an.

„Mit der Gabel?"

„Ich werd´ `s auf jeden Fall versuchen. Blickt jemand zu uns herüber?"

„Nein."

Alexander nahm die Gabel und schob sie vorsichtig in den Hohlraum. Bereits beim ersten Versuch zog er mit der heruntergedrückten Gabel einen zusammengefalteten Zettel heraus. Er nahm diesen Zettel an sich und schob ihn unbesehen in seine Hosentasche.

Jetzt griff er zu seinem Messer und begann in aller Seelenruhe zu essen. Dabei grinste er.

Trixi schüttelte den Kopf.

„Dass du jetzt noch essen kannst. Ich würde am liebsten sofort aufstehen und zum Billriff fahren."

„Mit vollem Magen ist eine Schatzsuche wesentlich einfacher."

Wagner und Hauke sahen es offenbar genau so, wie Alexander. Auch sie nahmen ihr Besteck auf und widmeten sich dem Essen.

Hauke blickte Trixi in die Augen. Ihre Pupillen schienen unruhig hin und her zu hüpfen.

„Warum bist du so aufgeregt, Trixi? Wir haben jetzt alles, was wir brauchen, können es jetzt also ganz ruhig angehen lassen."

Während Trixi zusah, wie es sich ihre Begleiter schmecken ließen, trommelte sie unruhig mit den Fingern auf den Tisch herum.

„Du machst mich mit dem Getrommel ganz nervös, Trixi", gab Alexander ihr zu verstehen.

Sie blickte ihn an.

„Wir haben jetzt den letzten Hinweis, und ihr habt noch die Nerven, in Ruhe zu essen. Das versteh´ ich nicht."

Sie blickte zu den Fenstern neben dem Eingang hinüber.

„Scheiße", kam es plötzlich aus ihrem Mund.

Sofort schauten alle dorthin, wo auch Trixi hinsah.

„Was ist denn los?", wollte Hauke wissen. „Da ist doch nichts Besonderes zu sehen."

„Da draußen stand gerade ein Mann mit einer beigefarbenen Kapuzenjacke. Er ist weitergegangen. Ich weiß allerdings nicht, wie lange er dort schon gestanden hat."

Hauke sprang auf und hastete zur Tür. Blitzschnell war er aus der Gaststätte verschwunden.

Die anderen blickten sich unsicher an.

Nun erhob sich auch Alexander.

„Wartet hier. Ich werde nach Hauke sehen."

In diesem Moment erkannte er, dass Hauke bereits wieder zurückkam. Als er wieder an ihren Tisch trat, blickte Trixi ihn fragend an.

„Hast du den Mann gesehen? War es der, von vorhin?"

„Nein, da war niemand. Hast du den Mann genau erkannt, Trixi?"

„Nein. Ich sah nur kurz diese Jacke."

„Vielleicht war es jemand, der rein zufällig ebenfalls so eine Jacke anhatte. Beige Jacken gibt es schließlich mehr als genug." Hauke fasste sich nachdenklich ans Kinn. „Es ist nur merkwürdig, dass ich niemanden gesehen habe. Wer immer dort draußen gestanden hat, entweder ist er schnell weggelaufen oder er hat sich versteckt."

Er setzte sich wieder an den Tisch.

„Wenn ich ehrlich bin", meinte er, „dann ist mir jetzt auch der Appetit vergangen. Ich schlag vor, wir bezahlen und machen uns auf den Weg." Er blickte die anderen an. „Natürlich nur, wenn niemand was dagegen hat."

„Mein Teller ist sowieso fast leer", sagte Alexander. „Von mir aus können wir gehen."

Auch Wagner stimmte dem Vorschlag zu.

Als sie wenig später draußen vor der Gaststätte neben ihren Fahrrädern standen, zog Alexander den Zettel aus seiner Tasche und faltete ihn auseinander. Auf dem Papier war der fehlende Teil der Positionsangabe zu sehen. Alexander überreichte Hauke das Papier.

„6°53′00.38 E", las dieser vor und nahm den ersten Hinweis zur Hand. „Jetzt sind wir im Besitz der genauen Position. 53°40′11.73 N, 6°53′00.38 E."

Nun zog er das mitgebrachte Navigationsgerät aus der Jackentasche. Es war nicht größer als ein Mobiltelefon.

„Mal sehen", murmelte er, „auf welcher Position wir uns hier vor dem Kiebitzeck befinden. Wir stehen hier genau auf 53°40′28.32 nördlicher Breite und 6°57,38′10 östlicher Länge. Das heißt, dass wir uns nach Westen bewegen müssen."

Trixi blickte ihn mit großen Augen an.

„Ich versteh das nicht."

Hauke lachte.

„Soll ich dir `ne kurze Lehrstunde in Navigation geben?"
„Nein, ist mir zu kompliziert."
„Also dann", kam es euphorisch aus Haukes Mund. „Auf zum Billriff."
Sie schwangen sich auf ihre Räder und fuhren los.
Als sie wenig später an der Domäne Loog vorbeiradelten, stoppte Alexander abrupt sein Rad.
„Bleibt mal stehen." Seine Stimme klang aufgeregt, irgendwie ängstlich. „Wir werden beobachtet."
Auch seine Begleiter hielten sofort an.
Alexander deutete nach oben auf die hohe Düne rechts von ihnen. Auf dieser Erhebung standen zwei große, bunkerähnliche Betonklötze.
„Da oben, neben dem linken Betonklotz, stand gerade ein Mann. Ich hab genau gesehen, dass er ein Fernglas auf uns gerichtet hatte. Als ich zum ihm blickte, verschwand er blitzschnell hinter dem Gebäude."
„Sie müssen sich getäuscht haben", meinte Wagner. „Auch ich hab eben zufällig auf diese Betonklötze geguckt. Da war niemand."
„Ich hab mich nicht getäuscht. Der Mann hat uns beobachtet und sich dann ganz schnell versteckt. Vielleicht sollten Sie sich mal `ne Brille anschaffen, Herr Wagner."
Wagner bemerkte, dass Hauke ihn misstrauisch ansah.
„Vielleicht hab ich ja erst hingeguckt, als der Mann schon verschwunden war", räumte er ein.
Nun starrten sie alle nach oben, aber auch nach gut einer Minute tauchte niemand dort auf.
„Was sind das eigentlich für schäbige Betonklötze?", wollte Trixi von Hauke wissen.
„Auf diesen Bunkern stand im Zweiten Weltkrieg eine riesige Radaranlage. Diese Anlage soll so groß gewesen

264

sein, dass man die angreifenden Flugzeuge bereits orten konnte, kurz, nachdem sie in England gestartet waren."

„Warum hat man diese hässlichen Bunker denn nach dem Krieg nicht abgerissen? Sie verschandeln ja die schöne Insellandschaft."

„Man hat ein paar Mal versucht, sie zu sprengen, aber es ist jedes Mal misslungen. Als ich ein Kind war, gab es für uns Juister Jungen keinen spannenderen Spielplatz, als die Bunker. Wir sind oft hinaufgeklettert. Oben war ein Loch in der Betondecke und wir sind, mit Taschenlampen bewaffnet, tief hineingestiegen. Dort führte ein Gang in eine unterirdische Halle. Da war es richtig unheimlich. Unsere Eltern hatten uns natürlich verboten, an den Bunkern zu spielen, aber echte Jungen lieben das Abenteuer."

Trixi blickte neugierig zu den beiden Bunkern.

„Kann man immer noch in diese Klötze hinein?"

„Nein. Ende der Neunziger Jahre wurden die gesamte unterirdische Anlage und auch die beiden Türme komplett mit Sand verfüllt. Sämtliche Öffnungen wurden zugemauert und oben auf die Bunker setzte man zusätzlich noch Metallhauben. Da kommt keiner mehr rein."

„Wenn niemand mehr reinkommt", meinte Alexander, „dann muss sich der Mann mit dem Fernglas hinter dem Bunker versteckt haben. Kann man dort raufgehen, um nachzusehen?"

Hauke schüttelte den Kopf.

„Wenn der Mann jetzt weiß, dass du ihn gesehen hast, wird er vorsichtig sein. Vielleicht sitzt er jetzt irgendwo in den Büschen da oben." Hauke deutete auf die dichten Sträucher, welche Bunker umgaben. „Er wird uns beobachten. Wenn wir jetzt dort raufklettern, dann sieht er uns kommen. Spätestens dann verschwindet er auf der anderen Seite der Düne in Richtung Hammersee. Da ist alles mit Büschen und Bäumen zugewuchert. Wenn er sich in diesem Dickicht versteckt, hat man so gut wie keine Chance, ihn zu finden."

„Und was machen wir jetzt?", wollte Trixi wissen.

„Wir fahren, wie geplant, zur Westspitze der Insel", sagte Wagner. „Auf der freien Fläche des Billriffs kann sich niemand verstecken."

In diesem Moment blickte Hauke Wagner misstrauisch an.

„Woher wissen sie denn, wie es auf dem Billriff aussieht, Herr Wagner. Waren sie schon mal da draußen?"

Wagner wirkte für eine Sekunde unsicher.

„Nein", sagte er zögernd, „aber ich hab das Billriff auf einem Foto in irgendeinem Inselprospekt gesehen."

Hauke blickte ihm forschend in die Augen.

„Wissen Sie, Herr Wagner, ich bin ein aufrichtiger Mensch." Seine Stimme klang betont ruhig. „Ich sage immer, was ich gerade denke. Deshalb sollen Sie wissen, dass ich Ihnen nicht traue."

Wagner runzelte die Stirn.

„Und warum trauen Sie mir nicht? War ich es nicht, der Ihnen den Brief von Reinhard überbracht hat? War ich es nicht, der die Miesmuschel mit dem allerersten Hinweis entdeckt hat? Ohne mich hätten Sie die Koordinaten, die sie nun in der Tasche haben, niemals gefunden. Warum also vertrauen Sie mir nicht?"

Er blickte Hauke fragend an.

„Eine innere Stimme sagt mir, dass ich Ihnen gegenüber vorsichtig sein sollte. Ich hoffe natürlich, dass ich mich täusche, aber Sie sollen wissen, dass ich Sie im Auge behalten werde."

Wagner schwieg für einen Moment. Er schien nachzudenken. Dann nickte er kurz.

„Das war eine ehrliche Antwort, Herr Hein. Wenn es Ihnen nicht recht ist, dass ich Sie weiterhin begleite, dann sagen Sie es ruhig. Ich fahre dann sofort wieder zurück."

Bevor Hauke antworten konnte, ergriff Trixi das Wort.

„Sie werden bei uns bleiben, Herr Wagner. Zu viert ist die Chance, Reinhards Geheimnis ausfindig zu machen, wesentlich größer." Sie wandte sich an Hauke. „Ich kann verstehen, wenn du nach dem, was alles passiert ist, misstrauisch bist, aber es war der Wunsch meines Bruders, dass Herr Wagner uns bei der Suche helfen soll und diesem Wunsch möchte ich nachkommen."

„Wenn du drauf bestehst, Trixi, dann wird Herr Wagner uns selbstverständlich weiterhin begleiten." Hauke wirkte ein wenig pikiert. Wortlos stieg er auf sein Rad und fuhr los. Die anderen folgten ihm schweigend.

Hauke dachte wieder über Wagner nach und je mehr Gedanken er sich über diesen Mann machte, desto mehr wuchs sein Misstrauen. Da war die Frau im Kiebitzeck, die davon überzeugt war, Wagner gestern in der Gaststätte gesehen zu haben. Und warum wollte er sie zunächst davon überzeugen, dass oben neben dem Bunker niemand gestanden hat? Wenn Alex dort ein Mann mit einem Fernglas gesehen hat, wird er diese Behauptung wohl kaum erfunden haben. Warum hatte Wagner auf die Frage, ob er schon mal am Billriff war, gerade so unsicher reagiert? *Irgendetwas stimmt mit diesem Mann nicht.* Sollte Wagner etwa zu dieser Verbrecherbande gehören?

Hauke überkam das Bedürfnis, sofort stehen zu bleiben, um noch einmal mit Trixi darüber zu reden. Doch er hatte Angst, dass es dann zu einem Streit zwischen ihnen kommen könnte, und das war genau das, was Hauke vermeiden wollte. *Warum merkt Trixi denn nicht, dass mit Wagner etwas nicht stimmt? Auch ihr muss sein merkwürdiges Verhalten aufgefallen sein.* Die Situation wurmte ihn. Hauke verwarf seine Gedanken wieder und blickte konzentriert nach vorne. Irgendwie kam ihm die Strecke zwischen der Domäne Loog und der Domäne Bill heute unendlich lang vor. Nun ließ er das Fahrrad nur noch rollen, so, dass sich seine Geschwindigkeit verringerte. Dann lenkte er sein Rad direkt neben Trixi. Er fuhr ganz nah an sie heran.

„Ich liebe dich, Trixi."

Sie schmunzelte.

„Ich dich auch." Ihr Gesichtsausdruck wurde mit einem Schlag wieder ernst. „Weißt du, worüber ich mir die ganze Zeit über den Kopf zerbreche, Hauke?"

„Worüber?"

„Über das, was wir auf dem Billriff ausgraben werden. Mir geht dieser mysteriöse Cöersyn nicht aus dem Sinn. Reinhard schrieb, dass der Besitz des Cöersyns unendliche Macht bedeutet. Ich kann mir aber nichts vorstellen, was unendliche Macht verleiht und frag mich, was für eine Art von Macht gemeint ist? Der Gedanke an diesen Cöersyn macht mich verdammt nervös. Diese Geschichte ist so mysteriös, irgendwie unheimlich. Egal, was dieses Ding ist, es flößt mir Angst ein."

„Ich bin auch ziemlich aufgeregt", gab Hauke ihr zu verstehen. „Schließlich gräbt man nicht alle Tage etwas Unbekanntes aus. Aber warum sollte es Angst einflößen?"

„Fürchtest du nicht, dass dieser Cöersyn etwas Gefährliches sein könnte?"

Hauke lachte kurz auf.

„Gefährlich? Wie kommst du darauf, dass der Cöersyn gefährlich ist? Ich glaub´ kaum, dass man damals schon Atombomben oder so was bauen konnte."

„Aber vielleicht verbreitet der Cöersyn irgendwelche Seuchen, wenn man ihn ausgräbt."

„Du hast zu viel Fantasie, Trixi."

„Hast du dir etwa noch keine ernsthaften Gedanken darüber gemacht, was sich hinter diesem mysteriösen Ding verbergen könnte?"

„Natürlich hab ich das."

„Und was glaubst du?"

„Wenn ich schon irgendeinen Verdacht hätte, würdet ihr es wissen. Ich weiß genauso wenig, wie du, was es sein könnte. Ich lass mich einfach überraschen." Hauke deutete nach vorne. „Da ist schon die Domäne Bill. Jetzt ist es nicht mehr weit bis zum Billriff. Mit dem Navi werden wir die Position von Reinhards Geheimnis schnell finden. Dann brauchen wir nur noch graben. Wenn alles normal läuft, dann sollten wir eigentlich in einer halben Stunde diesen Cöersyn in unseren Händen halten. Dann wissen wir mehr."

„Genau vor diesem Moment hab ich Angst."

Alexander hatte das Gespräch der beiden verfolgt.

„Wenn ich ganz ehrlich bin", sagte er, „dann bekomm´ ich bei dem Gedanken an dieses geheimnisvolle Ding ebenfalls ein flaues Gefühl im Magen. Nicht, weil ich mir unter dem Cöersyn absolut nichts vorstellen kann, sondern weil man deswegen jemanden ermordet hat."

„Ihr denkt immer nur an den Cöersyn", meinte Hauke. „Habt ihr ganz vergessen, dass vielleicht auch noch ein wertvoller Schatz auf uns wartet?"

Trixi verzog kurz das Gesicht.

„Wenn es nur um einen Schatz ging..."
Sie brachte den Satz nicht zu Ende.
Nun passierten sie die Domäne Bill. Über den Damm, auf dem der Weg von der Domäne Bill zum Billriff verlief, fegte plötzlich, wie aus dem Nichts, ein starker Wind. Die vier mussten auf ihren Fahrrädern kräftig dagegen anstrampeln. Sie fuhren nun hintereinander.
Alexander, der in vorderster Front gegen den Wind ankämpfte, fluchte laut vor sich hin. Er hatte bereits den kleinsten Gang eingelegt, um sich das kräftezehrende Fahren zu erleichtern und dennoch kam er kaum voran.
„Hätte der verdammte Wind nicht warten können, bis wir am Billriff sind?" Seine durch den Wind verzerrte Stimme klang verbissen.
Trixi fuhr, tief geduckt, direkt hinter ihm. „Vielleicht hat die Macht des Cöersyn den Wind geschickt. Er soll uns davon abhalten, am Billriff zu graben." Ihre Worte wurden von den Windgeräuschen fast verschluckt.
Hauke lachte kurz auf.
„Du hast zu viel Fantasie, Trixi."
Genauso plötzlich, wie der Wind aufgekommen war, flaute er schließlich ab.
Alexander richtete sich auf seinem Rad wieder auf.
„Merkwürdig." Seine Stimme klang verwundert. „Es ist, als hätte jemand auf `nen Knopf gedrückt, Wind an, Wind aus."
„Solche Wetterkapriolen", meinte Hauke, „sind an der See ganz normal."
Den Rest der Strecke brachten sie ohne viel Anstrengung zügig hinter sich. Am Ende des festen Weges stiegen sie ab und schoben ihre Räder neben sich her. Vor dem alten Bauwagen, der als Informationsstätte für die Touristen

270

diente, standen fünf Männer. Sie hatten sich mit Prospekten, die im Bauwagen auslagen versorgt und diskutierten ziemlich lautstark über irgendwelche Vögel. Auch diese Gruppe war offensichtlich hierher geradelt, denn ihre Räder lehnten direkt am Bauwagen.

Die vier Neuankömmlinge sahen sich die Männer genau an und waren erleichtert darüber, dass niemand mit einer beigefarbenen Kapuzenjacke unter ihnen war. Da die fünf Männer nicht die geringste Notiz von ihnen nahmen, schritten sie beruhigt an der Gruppe vorbei.

Ganz am Ende des Weges standen bereits zwei Fahrräder an einem Zaun angelehnt. Die vier stellten ihre Räder ebenfalls dort ab. Alexander und Hauke nahmen die mitgebrachten Klappspaten zur Hand. Dann marschierte die Gruppe hinaus auf das Billriff.

Hauke zog das Navigationsgerät und die Zettel mit der Positionsangabe aus seiner Tasche. Mittels der kleinen Tastatur gab er die Positionsangaben in das Gerät ein. Dann hob er seinen Arm und deutete nach vorne.

„Zuerst geht `s dort entlang. Wir müssen die großen Dünen umgehen. Dann können wir geradewegs auf unser Ziel zusteuern."

Während sie über den sandigen Untergrund schritten, griff Trixi nach Haukes Hand.

„Ich bin so aufgeregt, dass mir das Herz schon bis zum Hals schlägt."

„Wir sind wohl alle etwas aufgeregt." Hauke wirkte mit einem Mal ebenfalls angespannt. „Ich hab auch so `n komisches Kribbeln in der Magengegend."

Plötzlich zuckte Trixi zusammen.

„Was ist los?" Hauke starrte sie mit großen Augen an.

In diesem Moment erklang eine Melodie.

Trixi atmete erleichtert aus. „Mein Handy. Ich hab mich erschreckt, als das Handy in meiner Tasche vibrierte." Sie schüttelte leicht den Kopf. „Das passiert mir sonst nie."

Hauke grinste. „Wie ich schon sagte, wir sind wohl alle etwas aufgeregt.

Trixi blieb stehen und zog ihr Mobiltelefon aus der Tasche. „Geht schon mal weiter", meinte sie zu den anderen. „Es kann nichts Wichtiges sein."

Dann nahm sie das Handy ans Ohr.

„Ja bitte?... Hallo Herr Keller... Das ist aber lieb von Ihnen... Wie bitte?... Sind Sie sich da ganz sicher?" Trixi atmete tief durch. „Gut, dann weiß ich Bescheid... Noch mal vielen Dank... Tschüss."

Sie schaltete das Handy aus uns schob es nachdenklich zurück in die Tasche.

Als Hauke sah, dass Trixi nach dem Gespräch noch wie angewurzelt dastand, wunderte er sich.

„Ist 'was passiert?"

Als sie nicht reagierte, begab er sich zu ihr. Alexander und Wagner folgten ihm.

„Was ist denn los, Trixi?" Hauke blickte sie forschend an. „Du bist ja ganz blass."

Trixi atmete tief ein und blies die Luft laut durch aufgeblähten Backen hinaus. Sie wandte sich an Wagner.

„Würden Sie mich mit Hauke und Alex mal kurz alleine lassen, Herr Wagner? Es ist etwas sehr Privates."

Wagner zuckte kurz mit den Schultern. Dann schritt er wortlos auf das Billriff hinaus.

Als er weit genug entfernt war, wandte Trixi sich an Hauke. „Ich muss mich bei dir entschuldigen, Hauke, aber du hast Recht. Mit Wagner stimmt etwas nicht. Der Anruf kam von Herrn Keller, dem Mann aus Reinhards Firma.

Ich hatte ihn doch gebeten, sich danach zu erkundigen, ob in der Firma ein Wagner arbeitet. Der einzige Wagner, der je bei ihnen beschäftigt war, ist seit einigen Jahren im Ruhestand und mittlerweile siebzig Jahre alt. Eine Auskunft bei den Fremdfirmen ergab, dass es auch dort keinen Wagner gibt." Trixi schaute kurz zu Wagner hinüber. „Was sollen wir jetzt tun?"

„Ganz einfach", sagte Hauke. „Wir werden ihn zur Rede stellen." Er wandte sich in Wagners Richtung. „Herr Wagner, wir würden gerne ein ernstes Wörtchen mit Ihnen reden."

Wagner schob verwundert seine Augenbrauen nach oben und trat wieder an sie heran.

„Was für ein ernstes Wörtchen?"

„Warum haben Sie uns belogen?"

Wagner runzelte die Stirn. „Was wollen Sie damit sagen?" Seine Stimme wirkte für einen Moment unsicher.

„Sie haben also wirklich mit Reinhard Karlsfeld zusammengearbeitet?"

„Ja, natürlich."

„Das ist eine Lüge." Hauke blickte ihm fest in die Augen.

„Das ist keine Lüge."

„Es ist keine Lüge? Wir haben soeben aus einer sehr zuverlässigen Quelle erfahren, dass Sie niemals bei der Firma beschäftigt waren. Sie kannten Reinhard überhaupt nicht."

„Ich sagte Ihnen doch, dass ich nicht direkt für die Firma gearbeitet habe. Mein Job ist es, bei Bedarf Fremdfirmen an große Unternehmen zu vermitteln. Da Reinhard in der Personalabteilung tätig war, hatten wir sehr oft miteinander zu tun. Wir telefonierten nicht nur fast täglich miteinander, sondern wir trafen uns auch regelmäßig zu Vermittlungsgesprächen."

Trixi blickte ihn abschätzend an.

„Das versteh´ ich nicht ganz."

„Es ist doch ganz einfach", erklärte Wagner. „Ich arbeite bei einer Agentur, die Firmen vermittelt. Wenn die Spedition, für die ihr Bruder tätig war, Großaufträge bekam, die sie mit dem eigenen Fahrzeugpark nicht ausführen konnte, weil zu wenig Lkws da waren, rief Reinhard mich an. Ich vermittelte ihm dann kleinere Speditionen, die noch offene Kapazitäten hatten. Mit anderen Worten, ich arbeite nicht für Fremdfirmen, sondern vermittle diese nur."

Trixi nickte.

„Klingt einleuchtend."

In Haukes Blick lag immer noch Skepsis. Er holte tief Luft. Dann schaute er auf das Navigationsgerät in seiner Hand.

„Da wir das jetzt abgeklärt haben, sollten wir unsere Suche fortsetzten."

Die Gruppe setzte sich wieder in Bewegung.

Wagner ging als letzter und als es niemand sah, atmete er erleichtert auf. *Noch mal gut gegangen,* ging es ihm durch den Kopf. Er dachte daran, dass es genial von ihm war, sich diese Geschichte schon vorher zurecht zu legten. So war seine Tarnung nicht aufgeflogen. *Wenn `s weiter so gut läuft, geht der Plan auf. Hoffentlich spielen alle so mit, wie ich es mir vorstelle.*

„Da hinten sitzt jemand", wurde er von Trixi aus seinen Gedanken gerissen.

Dort, wo es einmal um die Insel herum zum Strand ging, saß ein junger Mann im Sand. Es sah so aus, als band er sich gerade die Schuhe zu. Neben ihm lag ein Ball.

„Wo bleibst du denn?", hörten sie eine Stimme aus der Ferne. „Beeil dich. Wir wollen endlich weiterspielen."

Als die großen Dünen nach wenigen Schritten die Sicht auf den Strand freigaben, erkannten die vier auch, woher diese entfernte Stimme kam. Etwa dort, wo an der Nordseite der Insel der Strand begann, stand eine Gruppe von etwa zehn jungen Männern. Es waren die Sportler in den einheitlich grauen Trainingsanzügen, die sie schon einmal beim Joggen am Strand beobachtet hatten. Sie standen um ein aufgespanntes Volleyballnetz herum und wartete darauf, dass der Mann mit dem Ball zu ihnen zurück kam. Nachdem dieser seine Sportskameraden erreicht hatte, setzten sie ihr Spiel fort.

Hauke konzentrierte sich wieder auf das Navigationsgerät in seiner Hand.

„Es sind noch dreißig Meter bis zu der Position, die Reinhard uns hinterlassen hat."

Trixi schluckte laut. „Man, bin ich aufgeregt." Sie blickte nach vorne. Die ausgedehnte Sandfläche des Billriffs wirkte in diesem Moment, wie die unerforschte Oberfläche eines fremden Planeten. Zum wiederholten Mal huschten ihr über das, was dort vergraben war, verworrene Gedanken durch den Kopf.

„Noch zwanzig Meter."

Trixi bemerkte, dass auch in Haukes Stimme eine gehörige Portion Aufregung mitschwang. Sie versuchte, irgendetwas Auffälliges vor sich zu erkennen. Ihre Augen wurden zu schmalen Schlitzen, doch es gab nichts, was auf irgendeine Besonderheit hinwies. Doch was sollte auch auf das, was sie suchten, hinweisen? Schließlich lag es schon seit einer Ewigkeit unentdeckt im Sand vergraben.

„Noch zehn Meter."

Dieser Hinweis von Hauke wirkte auf Trixi fast schon, wie eine Bedrohung. Sie spürte, wie ihr Herz bei jedem Schritt schneller schlug.

Dann blieb Hauke abrupt stehen.

„Genau hier." Er deutete nach unten.

Nun nahm er den handlich zusammengeklappten Spaten hoch und zog ihn auseinander, bis er mit einem lauten „Klick" einrastete. Er warf Alexander einen auffordernden Blick zu.

„Worauf wartest du, Alex? Nimm deinen Spaten. Jetzt wird gebuddelt."

Während er das sagte, machte er den ersten Spatenstich. Der weiche, sandige Untergrund leistete keinen Widerstand und als Alexander neben ihm stand, um ihm beim Graben zu helfen, hatte Hauke bereits einige Spatenstiche vorgelegt.

Hauke schaufelte, wie verrückt. „Gleich ist es so weit. Gleich ist es so weit." In seiner Stimme lag Euphorie. Sein Gesicht spiegelte Besessenheit wider. Schon nach kurzer Zeit bildeten sich dicke Schweißperlen auf seiner Stirn.

Alexander sah ihn ungläubig an und schüttelte den Kopf.

„Meinst du nicht, dass du übertreibst, Hauke?"

„Wir sind endlich am Ziel. Ich kann `s nicht erwarten, das Ding in meinen Händen zu halten." Er klang abgehetzt.

„Der Sand rutscht von der Seite nach, Hauke. Wir sollten das Loch etwas breiter ausschaufeln. Wer weiß, wie tief wir graben müssen?"

„Daran hab ich gar nicht gedacht, Alex. Du hast Recht. Wir werden sicherheitshalber eine richtig große Grube ausheben. Bin gespannt, worauf wir hier gleich stoßen werden."

„Ich auch."

Während die beiden Schaufel für Schaufel in die Tiefe vordrangen, starrte Trixi angespannt nach unten. Das aufregende Gefühl in der Magengegend steigerte sich unaufhörlich. Durch ihren Kopf hämmerte immer wieder die gleiche Frage. Was wird passieren, wenn Hauke und Alexander gleich auf den geheimnisvollen Cöersyn stoßen?

Auch Wagner blickte in die Grube, die bisher noch keine zwei Spatenstiche tief war. Zwischendurch schaute er sich immer wieder unauffällig um.

Er war der einzige, der die sechs Männer wahrnahm, die sich unbemerkt von hinten auf sie zu bewegten.

Der Plan funktioniert, ging es ihm durch den Kopf.

Obwohl Trixi sich ganz auf die Ausgrabungsarbeiten von Alexander und Hauke konzentrierte, nahm sie aus dem Augenwinkel eine Bewegung wahr. Dann bemerkte sie die fremden Männer, die nur noch zwanzig Meter von ihnen entfernt waren. Dass einer von ihnen eine beigefarbene Kapuzenjacke trug, registrierte sie mit Schrecken.

„Hauke!" Ihre Stimme klang schrill und angstge-schwängert.

Alexander und Hauke blickten sofort auf.

Jetzt sahen auch sie die Fremden, die mit immer schneller werdenden Schritten auf sie zukamen. Einen dieser Männer erkannte Alexander sofort. Es war der Mann, der den dunklen VW-Golf gelenkt und ihn fast überfahren hatte. Er schluckte. Ihm wurde mit einem Schlag bewusst, dass es jetzt kein Entkommen mehr gab.

Wortlos warteten sie, bis die Männer sie erreichten.

„Graben Sie ruhig weiter", meinte einer der Männer. Dieser Mann stach durch seine Größe von gut 1,90m aus der Gruppe heraus.

Hauke blickte zu dem Hünen auf. Er wirkte sehr gefasst. „Ich weiß zwar nicht, was Sie von uns wollen, aber wir graben, wenn wir es für richtig halten." Seine Stimme klang überraschend fest.

Der Fremde schmunzelte, griff in seine Jacke und zog eine Pistole heraus. Alexander und Hauke zuckten zusammen.

Der Mann trat an Trixi heran und drückte ihr seine Waffe in die Seite. „Ich bin fest davon überzeugt, dass Sie freiwillig weitergraben." Ein eiskaltes Lächeln huschte über sein Gesicht.

„Nehmen Sie die Pistole weg", fauchte Hauke ihn an. Der Angesprochene reagierte mit einem hämischen Grinsen. „Los, weitergraben", kam es betont ruhig aus seinem Mund.

Den beiden in der Grube war klar, dass sie keine andere Wahl hatten. Sie wussten, wie skrupellos diese Männer vorgehen konnten. Hauke und Alexander schauten sich kurz an, tauschten hilflose Blicke aus. Dann gruben sie langsam weiter.

Wagner stand nur einen Meter von dem Mann entfernt, der Trixi mit einer Pistole bedrohte. Trotz der prekären Situation blieb Wagner erstaunlich ruhig und gelassen. Er blickte den bewaffneten Mann forschend an.

„Sind haben Reinhard Karlsfeld umgebracht, stimmt `s?"

„Nein", sagte ein anderer. „Ich hab Karlsfeld getötet."

Es war der Mann mit der beigefarbenen Jacke. „Karlsfeld wollte uns verarschen", sprach er weiter. „Da hab ich ihn erledigt. Wenn ihr auch versuchen wollt, uns an der Nase herumzuführen, solltet ihr es euch vorher noch mal gut überlegen, sonst..."

„Sonst", meinte Wagner, „erleiden wir das gleiche Schicksal wie Reinhard Karlsfeld und die Mertensbrüder, die sie ebenfalls auf dem Gewissen haben."

Der Träger der Kapuzenjacke blickte Wagner abschätzend an.

Bevor der Mann sich dazu äußern konnte, sprach Wagner weiter: „Warum haben Sie die Mertensbrüder umgebracht? Wollten die beiden ihr Geheimnis nicht preisgeben?"

„Sie sind ein schlaues Kerlchen. Hätten die beiden mit uns zusammengearbeitet, würden sie jetzt noch leben. So aber ist der eine ganz zufällig vor unser Auto gelaufen. Wir konnten leider nicht mehr rechtzeitig bremsen. Der andere lehnte sich zu weit über die Brüstung seiner Dachterrasse und verlor unglücklicher Weise den Halt. So ein Sturz aus dem fünften Stockwerk ist nun mal nicht angenehm."

Hauke stellte das Graben ein und blickte nach oben.

„Wer sind denn die Mertensbrüder?", wollte er wissen.

„Du sollst keine Fragen stellen", zischte der Mann mit der Pistole ihn an. „Los, graben."

Einer der Männer stand etwas abseits. Rein optisch passte er nicht zu dem Rest der Bande. Er war der einzige von ihnen, der eine Krawatte trug. Auch sonst hob er sich durch seine elegantere Kleidung von den anderen ab. Der Mann schaute sich um. Sein Blick fiel auf die Gruppe der jungen Männer mit den grauen Trainingsanzügen, die in etwa einhundert Meter Entfernung Volleyball spielten.

„Karl", sagte er zu seinem 1,90m messenden Kumpan, „halte deine Waffe so, dass diese Typen dahinten sie nicht sehen können. Einer von ihnen hat schon zu uns rübergestarrt. Ich möchte nicht unbedingt ihre Aufmerksamkeit auf uns lenken."

„Keine Angst, Chef, ich werd schon aufpassen."

Er trat nun näher an Trixi heran, fasste sie um die Hüfte und schob die Pistole mit leichtem Druck nach oben, direkt unter ihre Brust.

Trixi verzog malträtiert das Gesicht, stöhnte kurz auf.

„Sie tun mir weh."

Der Mann blickte sie mit kalten Augen an.

„Wenn du, oder jemand anders hier Zicken macht, dann werd ich dir richtig weh tun, Mädchen."

„Verdammt", fluchte plötzlich der Mann mit der beigefarbenen Jacke. „Da kommen welche auf uns zu."

Der Mann mit der Krawatte blickte sich um.

„Das sind diese Kerle, die vorhin am Bauwagen standen und über Vögel diskutierten", stellte er fest. „Sie sind harmlos. Sollten sie wirklich hierher kommen, dann werden wir sie abfangen und ihnen etwas von einer Polizeiaktion erzählen, bei der sie nicht stören dürfen. Das wird sie fernhalten."

Trixis vor Aufregung gerötetes Gesicht wurde mit einem Schlag blass. Sie zitterte am ganzen Körper, hatte das Gefühl, als würden die Beine ihr gleich den Dienst versagen.

„Ich glaub", kam es leise aus ihrem Mund, „mir wird schlecht."

Der Mann mit der Pistole ließ von ihr ab und machte einen Schritt zurück.

„Wenn du mich voll kotzt, Mädchen, dann ist was los."

Was dann geschah, glich der Filmszene aus einem Actionthriller, in dem Wagner die Hauptrolle übernahm. Alles ging blitzschnell.

280

Wagner hielt plötzlich ein Handy in der Hand.

„Zugriff!"

Dann warf er das Handy senkrecht in die Luft. Instinktiv blickten alle für einen Moment dem fliegenden Mobiltelefon hinterher. Diesen kurzen Augenblick nutzte Wagner aus.

Der Mann mit der Pistole verspürte einen schmerzhaften Schlag auf seinem Handgelenk und die Waffe fiel zu Boden. Noch ehe er realisierte, was passiert war, zuckte Wagners Hand nach vorne und traf ihn genau mit der Handkante gegen die linke Halsseite. Der 1,90 m große Hüne sackte zusammen wie ein nasser Sack. Jetzt erst erkannten die anderen Männer die Situation, doch es war zu spät. Flink wie ein Wiesel hechtete Wagner nach der heruntergefallenen Pistole. Noch in der Bewegung ergriff er die Waffe, rollte sich geschmeidig ab und stand blitzschnell wieder auf den Beinen.

„Alle flach auf den Boden legen!" Entschlossenheit lag in Wagners Stimme.

Die Männer vor ihm sahen ihn verdutzt an, so, als hätten sie das, was gerade geschehen war, nicht verstanden.

Als einer von ihnen Anstalten machte, auf Wagner zu zugehen, zuckte die Hand mit der Pistole kurz nach oben.

„Ich sagte hinlegen. Geben Sie auf. Sie sind umstellt."

Erst jetzt erkannten sie, dass nicht nur die Männer, die als harmlose Vogelfreunde getarnt am Bauwagen gestanden hatten, sondern auch die vermeintlichen Sportler in den grauen Trainingsanzügen auf sie zu spurteten. All diese Männer trugen plötzlich Waffen in den Händen.

Die Verbrecher blickten sich ungläubig um. Angesichts der bewaffneten Übermacht versuchten sie erst gar nicht,

Widerstand zu leisten. Sie befolgten Wagners Anweisungen und legten sich flach auf den Boden.

Als sich auch Trixi und die beiden in der Grube hinlegen wollten, schmunzelte Wagner. „Für Sie drei gilt das nicht. Bei Ihnen muss ich mich für die nette Zusammenarbeit bedanken."

„Zusammenarbeit?", stotterte Alexander. Sein Gesicht war kreidebleich.

„Ja. Entschuldigung, ich vergaß, mich richtig vorzustellen. Ich bin Hauptkommissar Günter Wagner, Kripo Hamburg. Ich leite die Sonderkommission Mertensbrüder."

Er wandte sich um und deutete auf die vermeintlichen Vogelfreunde und Sportler, die gerade dabei waren, die auf dem Boden liegenden Männer nach Waffen abzutasten.

„Das sind meine Kollegen."

Hauke war mittlerweile aus der Grube gestiegen und nahm Trixi in den Arm.

„Ist alles in Ordnung, Trixi? Hat dieser Mistkerl dir wehgetan?"

Trixi zitterte immer noch am ganzen Körper. „Es geht schon wieder." Sie schaute Wagner ungläubig an. „Wer sind denn die Mertensbrüder?"

„Walter und Werner Mertens waren gemeinsam mit ihrem Bruder auf der Suche nach diesem merkwürdigen Geheimnis und einem Goldschatz." Er deutete verächtlich auf die im Sand liegenden Männer. „Diese Bande hier bekamen Wind von der Sache und wollte sich selbst auf die Suche machen. Da weder die Mertensbrüder, noch ihr Bruder das Geheimnis preisgeben wollten, wurden sie umgebracht. Da diese Verbrecher wussten, dass Reinhard Karlsfeld Kontakt zu seiner Schwester aufgenommen hatte, hefteten sie sich an ihre Versen. Werner Mertens war im Übrigen ein Kollege Ihres Bruders. Ihr Bruder war eine Woche vor seiner eigenen Beisetzung auf der Beerdigung seines Kollegen Werner. Durch Unterlagen, die wir in den Wohnungen der Ermordeten fanden, ergab sich sehr schnell ein Zusammenhang der drei Morde, von denen die ersten beiden wie Unfälle aussahen. Um der Mordserie nachzugehen, wurde eine Sonderkommission gebildet."

Trixi blickte zu den Verbrechern, die jetzt aufgestanden waren und mit Handschellen gefesselt von den getarnten Polizisten abgeführt wurden.

„Warten Sie", rief Trixi hinter den Männern her.

Die Gruppe blieb stehen und Trixi ging auf den Mann zu, der zugegeben hatte, ihren Bruder ermordet zu haben. Direkt vor ihm blieb sie stehen.

Zwei Polizisten hielten den Mann fest.

Im stechenden Blick, mit dem Trixi den Mörder ihres Bruders fixierte, spiegelte sich blanker Hass. Der Mann zeigte keine Regung. Die junge Frau, die vor Wut zitternd vor ihm stand, beeindruckte ihn nicht im Geringsten. Auch als sie ihm verachtend ins Gesicht spuckte, blieb er ganz ruhig.

Mittlerweile war Hauke an Trixi herangetreten. Er fasste sie an den Schultern und zog sie zurück.

„Komm Trixi, für dieses Schwein ist sogar deine Spuke zu schade."

Wagner trat neben sie.

„Meinen Sie", wollte Hauke von ihm wissen, „dass diese Kerle uns auch umgebracht hätten?"

Der Angesprochene zuckte mit den Schultern.

„Vielleicht hatten sie es geplant, aber glauben Sie mir, Sie drei waren bei dieser Aktion niemals in Gefahr." Er schaute zu Alexander, der immer noch ungläubig in der Grube stand. „Sie können die Grube wieder verlassen. Dort gibt es nichts, was man ausgraben könnte."

„Was soll das heißen?"

Wagner lächelte.

„All diese Hinweise wurden von uns gefertigt. Es gehörte zum Plan, um die Bande hierher zu locken und dingfest zu machen. Bisher hatten wir, außer Verdachtsmomente, noch nichts gegen sie in der Hand. Es war aber abzusehen, dass sie aus ihren Fehlern gelernt haben. Ihnen war bewusst, dass sie ihr Ziel allein mit Gewaltandrohungen nicht erreichen konnten. Da sie die einzigen Menschen, die etwas über diesen Schatz wussten, schon ermordet hatten, blieb ihnen nur noch die Hoffnung, sich an die Fersen von Karlsfeld Schwester zu hängen. Es war mir von Anfang an klar, dass die Bande dieses Mal warten würde, bis sie zum Versteck des Schatzes geführt wird. Die Typen beschränkten sich also auf Beobachtungen und als wir vier uns heute zum Billriff begaben und anfingen, zu graben, glaubten sie, am Ziel zu sein. Genau so, wie ich es erhofft hatte, schlugen sie zu. Wie gesagt, all diese Hinweise waren fingiert."

„Aber der erste Hinweis, das war doch eindeutig die Handschrift meines Bruders", gab Trixi zu verstehen.

„Das stimmt", bestätigte Wagner. „Es war die Handschrift ihres Bruders. Allerdings hat ihr Bruder es nicht geschrieben. Wir haben Spezialisten, die jede Handschrift nachmachen können. Es sollte schließlich alles echt wirken. Ich persönlich hab die Hinweise versteckt. Da Sie drei den ersten Hinweis in der Miesmuschel nicht entdeckt hatten, musste ich nachhelfen. Die anderen Hinweise fanden Sie, wie vorgesehen, selbst."

„Deshalb hat die Frau im Kiebitzeck Sie auch wiedererkannt", stellte Hauke fest.

„So ist es."

„Dann war das alles nur geplant", kam es etwas enttäuscht aus Haukes Mund. „Es gibt keinen Schatz und keinen Cöersyn." Die Erkenntnis traf ihn wie ein schmerzhafter Peitschenhieb. „Es war alles umsonst." Sein Blick ging resigniert in die Grube.

„Ich möchte mich bei Ihnen entschuldigen", sagte Wagner, „aber Ihre unfreiwillige Mitarbeit war nötig, um die Mörder zu fassen. Sie waren ja gerade selbst Zeugen davon, dass die Männer ein Geständnis abgelegt haben."

„Woher wussten die Verbrecher denn, dass wir zum Billriff gefahren sind?", wollte Hauke wissen. „Wir haben das Haus heimlich verlassen und niemand kannte diesen Weg."

Wagner grinste.

„Während Sie vor dem Schuppen auf mich warteten, führte ich ein paar Telefongespräche. Daraufhin sind zwei meiner Kollegen zu Ihrem Haus gegangen, um sich bei Ihrer Mutter nach Ihnen zu erkundigen. Ihre Mutter sagte nur, dass niemand da sei. Meinen Kollegen war natürlich bewusst, dass der Typ in der beigefarbenen Jacke Sie beobachtete. Als Sie dann an diesem Mann vorbeigingen, unterhielten Sie sich lautstark darüber, soeben erfahren zu haben, dass wir das Haus durch die Hintertür verlassen hatten und nun auf dem Weg zum Billriff waren."

Hauke schüttelte langsam den Kopf. „Ich war so euphorisch, glaubte, vor dem Fund meines Lebens zu stehen, und jetzt?"

Wagner lächelte. „Niemand kann Ihnen verbieten, weiterhin einem Schatz nachzujagen."

Hauke runzelte die Stirn. „Ich dachte, es gibt keinen Schatz?"

„Wer weiß?" Wagner zuckte mit den Schultern. „Ich glaub ja auch nicht daran, dass es diesen Schatz gibt, aber die drei Mordopfer waren tatsächlich auf der Suche danach. Das geht aus den Unterlagen, die wir in ihren Wohnungen gefunden haben, eindeutig hervor. Daraus geht aber auch hervor, dass die drei das Billriff bereits nach dem Goldschatz abgesucht hatten und zwar ganz professionell mit Metalldetektoren. Ihre Suche blieb allerdings erfolglos. Wenn es diesen Schatz wirklich einmal gegeben hat, dann wurde er wahrscheinlich schon vor langer Zeit heimlich wieder ausgegraben. Die drei waren aber noch besessen davon, diesen Cöersyn zu finden. Ich bezweifle, dass an dieser Geschichte etwas Wahres ist. In meinen Augen sind das Hirngespinste."

„Und was ist mit dem Schlüssel?"

Wagner zog seine Augenbrauen hoch.

„Welcher Schlüssel?"

In diesem Augenblick wusste Hauke, dass er zu viel gesagt hatte. Der Schlüssel mit dem goldenen Drachenkopf sollte ihr Geheimnis bleiben.

„Vergessen Sie das mit dem Schlüssel", meinte er zu Wagner.

Dieser blickte Hauke fragend an.

„Es gibt also doch noch etwas, was ich wissen müsste?"

„Nein, Sie müssen nicht alles wissen."

Wagner strich sich mit der Hand nachdenklich über sein Kinn.

„Dann ist an dieser kuriosen Geschichte doch etwas dran?"

Auch als er Alexander und Trixi auffordernd anblickt, bekam er keine Antwort.

„Sie müssen mir nichts erzählen", sagte er schließlich. „Ich möchte Ihnen allerdings raten, auch niemand anderem davon etwas zu erzählen. Sie haben ja gesehen, wohin das führt." Er schaute kurz zu den Verbrechern hinüber. „Solche Galgenvögel gibt es leider überall. Ich weiß ja, wo Sie drei in der nächsten Zeit zu erreichen sind. Es könnten noch Fragen auftreten. Außerdem möchte ich Sie noch darauf hinweisen, dass Sie demnächst als Zeugen vorgeladen werden. Wenn Sie der Meinung sind, dass das Geschehe Sie seelisch sehr belastet hat, dann stellen wir Ihnen gerne einen Psychologen zur Verfügung."

„Ich glaube", sagte Trixi, „das wird nicht nötig sein."

Wagner zog etwas aus seiner Tasche.

„Falls noch irgendwelche Fragen auftreten, hier ist meine Karte. Leider muss ich jetzt zu meinen Kollegen. Noch mal vielen Dank für Ihre Hilfe."

Er wandte sich ab und verließ die drei.

Trixi blickte ihm ungläubig hinterher.

„Ich kann das immer noch nicht glauben. Es war, wie in einem Film." Sie schaute sich noch einmal um und ließ ihre Augen über die weite Sandfläche streifen. Ihr war, als hätte das Billriff mit einem Schlag seine geheimnisvolle Ausstrahlung verloren. „Kommt", sagte sie schließlich. „Lasst uns von hier verschwinden."

*   *   *

287

Als sie die Pension erreichten und in den Flur traten, kam Haukes Mutter ihnen entgegen.

„Da seid ihr ja wieder", begrüßte sie die jungen Leute. „Hattet ihr einen schönen Tag? Was für eine Frage. Natürlich hattet ihr einen schönen Tag. Die Sonne lacht und mein Sohn ist frisch verliebt. Da muss man ja einen schönen Tag haben."

Haukes Mutter griff nach einem etwas größeren Briefumschlag, der auf einem Schränkchen im Flur lag und reichte ihn Trixi.

„Du hast einen Brief bekommen."

Trixi nahm den Umschlag, blickte ihn kurz an und riss ihn auf.

„Meine nachgesandte Post", meinte sie und zog ein paar Briefe aus dem Umschlag. „Da ist auch noch ein Brief dabei, der an meinen Bruder gerichtet ist."

„Etwas Wichtiges?", wollte Hauke wissen.

Trixi öffnete den Brief.

„Das werden wir gleich sehen."

Sie zog ein Schreiben aus dem Umschlag. Während sie es las, wurden ihre Augen immer größer.

Natürlich war das den anderen nicht entgangen.

„Was steht denn da?", fragte Alexander neugierig.

Trixi blickte auf und sah Hauke und Alexander abwechselnd an.

„Den Cöersyn gibt es wirklich. Der Brief ist von einem Professor Hilmar Moderson." Ihr Blick ging wieder nachdenklich auf das Schreiben in ihrer Hand.

„Na los", forderte Hauke sie auf. „Lies endlich vor."

Trixi zögerte noch einem Moment.

Dann las sie:

Sehr geehrter Herr Karlsfeld,

Sie baten mich um Nachforschungen bezüglich des Begriffs „Cöersyn". Entschuldigen Sie bitte, dass meine Antwort so spät kommt, aber als Dozent an einer Uni hat man leider nicht immer die Zeit, solchen Anfragen sofort nachzukommen.

Ich bin bei Suche in Büchern, die uralte nordische Sagen beinhalten, tatsächlich fündig geworden. Der Cöersyn taucht in einer dieser Sagen auf. Dort kann man nachlesen, dass der Cöersyn ein Stein mit einem feurigen Schweif war, den die Götter auf das Haus eines tyrannischen Häuptlings geschleudert haben, worauf das Haus vernichtet und die Familie des Häuptlings ausgelöscht wurde. Dort, wo das Haus gestanden hatte, blieb nur noch ein tiefer Krater übrig und in diesem Krater fanden die Wikinger am nächsten Tag den Cöersyn. Die Glut des faustgroßen Steins war erloschen. Da die Menschen Angst davor hatten, dass die feurige Glut wieder zum Leben erwecken werden könnte, legte man den Stein in einen Kasten, den man fest verschloss. Als ein anderer Wikingerhäuptling von dem Stein erfuhr, nahm er ihn in seinen Besitz, denn er glaubte, dass er den Cöersyn als mächtige Waffe gegen seine Feinde einsetzen könnte. Der Häuptling hatte aber Angst davor, den Kasten mit dem gefährlichen Stein zu öffnen. Er legte den Kasten in eine prächtige Schatulle und verschloss diese. Die Schatulle wurde ehrfurchtsvoll von Generation zu Generation weitergereicht. Auch wenn man sich erzählte, dass man mit der unbändigen Macht des Cöersyns die Welt beherrschen konnte, so war die Angst vor diesem Stein so groß, dass niemand es wagte, die Schatulle zu öffnen.

Lieber Herr Karlsfeld, meiner Meinung nach beruht diese Sage auf den Einschlag eines faustgroßen Meteoriten, der

zufällig in ein Haus eingeschlagen war. Wovon sich die Bezeichnung „Cöersyn" ableitet, kann ich Ihnen leider nicht sagen, denn ein ähnliches Wort konnte ich nirgendwo finden.
Ich hoffe, Ihnen weitergeholfen zu haben und verbleibe mit freundlichen Grüßen
Hilmar Moderson

Für einen Moment herrschte Schweigen.

Dann legte Hauke eine Hand auf Trixis Schulter.

„Dein Bruder wollte mit einem Meteoriten die ganze Welt beherrschen."

„Nein, das wollte er ganz bestimmt nicht. Reinhard wollte nur dieses Geheimnis lüften. Das hätte er ja auch geschafft, doch leider kam dieser Brief zu spät."

„Damit hat sich die Sache erledigt", sagte Alexander. „Wir sollten Herrn Wagner eine Kopie von diesem Schreiben zukommen lassen. Das wäre ihm gegenüber nur fair."

„Ja", meinte Trixi. „Auch wenn Wagner uns gegenüber nicht immer ganz fair war. Er soll die Wahrheit über den Cöersyn erfahren."

„Und was werden wir nun machen?", fragte Alexander. „Es gibt kein Gold und keinen mächtigen Cöersyn mehr, dem wir nachjagen können."

„Ganz einfach", sagte Hauke und legte seinen Arm um Trixis Hüfte. „Es gibt eine schöne Insel und ein noch schöneres Mädchen. Wir machen jetzt endlich unseren verdienten Urlaub."

*   *   *

Ebenfalls im BoD-Verlag erschienene Bücher von
Dieter Ebels

Krimi
Die Bestie von Juist
Inselkrimi Juist

Krimi
Ruhrmord
Duisburg - Krimi

Krimi
Der schwarze Golk
Inselkrimi Wangerooge

Thriller
Scador – Die
vergessene Legende

Jugend-Fantasy
Ghandoya
Das geheime Land

Humoreske
Lola …oder wie man eine auf-
blasbare Sexpuppe ermordet

Buchtipp

Helene – Eine Kriegskindheit

Eine wahre Geschichte, tiefgründig und erschütternd. Dieser, bereits 2007 auf der Frankfurter Buchmesse neu vorgestellte Erfolgstitel gehört mittlerweile zu den absoluten Buch-Klassickern. Es ist eine erschütternde Ode gegen den Krieg. Der Krieg, gesehen mit Kinderaugen und gefühlt von Kinderherzen.

Dieter Ebels
Helene – Eine Kriegskindheit
BoD-Verlag
ISBN 978-3-7481-0295-3